OBRAS COMPLETAS
MARIA JUDITE DE CARVALHO
II

Título:
Obras Completas de Maria Judite de Carvalho – vol. II
Paisagem sem Barcos | Os Armários Vazios | O seu Amor por Etel
© Maria Isabel Tavares Rodrigues Alves Fraga, 2018

Autora:
Maria Judite de Carvalho

Capa: FBA
Na capa: reprodução de quadro da autoria de Maria Judite de Carvalho
Imagem de capa © Maria Isabel Tavares Rodrigues Alves Fraga
Fotografia de Sounds & Bytes

Depósito Legal n.º ????

Biblioteca Nacional de Portugal – Catalogação na Publicação

CARVALHO, Maria Judite de, 1921-1998

Obras completas de Maria Judite de Carvalho. – 6 v.
V. 2: p. – ISBN 978-989-8866-26-4

CDU 821.134.3-31"19"

Paginação:
João Félix – Artes Gráficas

Impressão e acabamento:
?????

para
Minotauro
em
setembro de 2018

Direitos reservados para todos os países de língua portuguesa.

MINOTAURO, uma chancela de Edições Almedina, S.A.
Avenida Engenheiro Arantes e Oliveira, 11 – 3.º C – 1900-221 Lisboa/Portugal

Esta obra está protegida pela lei. Não pode ser reproduzida,
no todo ou em parte, qualquer que seja o modo utilizado,
incluindo fotocópia e xerocópia, sem prévia autorização do Editor.
Qualquer transgressão à lei dos Direitos de Autor será passível
de procedimento judicial.

OBRAS COMPLETAS
MARIA JUDITE DE CARVALHO
II

Paisagem sem Barcos
Os Armários Vazios
O seu Amor por Etel

MINOTAURO

ÍNDICE

Toda a Eternidade, *Baptista-Bastos* 9

PAISAGEM SEM BARCOS 15
    Paisagem sem Barcos 17
    Tudo Vai Mudar. 75
    Rosa Numa Pensão à Beira-Mar 85
    Anica Nesse Tempo. 93
    Uma Pressa Louca. 125

OS ARMÁRIOS VAZIOS 135

O SEU AMOR POR ETEL 245
    O Seu Amor por Etel 247
    A Flor da Vida 255
    Levo-os no meu Coração. 263
    Adelaide 271

TODA A ETERNIDADE

A voz é suave, o rosto de uma serenidade adquirida, uma afabilidade de seu natural, os gestos mansos. Nada, nesta mulher de vulgar aparência, é contrito, repeso. Distancia-se (sempre se distanciou) dos rataplãs da publicidade; não vai a sessões de autógrafos, não cultiva as encenações de actor em que muitos autores (e alguns bons autores) se travestiram. Recusa a vida parda, a existência polvilhada de futilidades. Porém, alimenta uma vida interior riquíssima: a noção do pudor, o sentimento do escrúpulo. Maria Judite de Carvalho. Na grande tradição dos grandes contistas portugueses (cito alguns: Manuel da Fonseca, José Cardoso Pires, Branquinho da Fonseca, Irene Lisboa, Mário Dionísio, José Rodrigues Miguéis, José Gomes Ferreira) ela reintroduziu um certo artifício da racionalidade no dealbar dos indiferentes quotidianos. Um estilo sem estilo que é o registo incomum das pesquisas comuns aos escritores para quem o seu ofício sobrepuja, antes de tudo, uma *condição*. Sendo trabalho (árduo e, frequentemente, áspero trabalho), o ofício de escritor é antes de tudo – *condição*. A singeleza aparente de tudo o que o coração apreende para se transformar em sonho. De que fala, sobre que escreve Maria Judite de Carvalho? Penso que de e sobre os cativos resignados, os heroísmos complacentes, as solidões povoadas, os desamores; de todas as pequenas comédias que nos solicitam desde a infância.

André Gide disse, um dia: «O que procuro no deserto é a minha própria sede.» Tomo de mão o conceito e aplico-o à obra admirável desta escritora que tem narrado histórias habitadas pelo silêncio, por vezes em surdina, por murmúrios e por segredos; histórias de gente, histórias da gente que, na aparência, se resignou em nome da História. Porém, e essa situação reflexiva encontra-se subjacente à natureza do próprio texto, Maria Judite não acredita na necessária coincidência entre História e justiça. De aí que, falando sobre os dias pardos e toscos, ela narre (não descreve: narra) não só o sentimento palustre do abandono como também, e sobretudo, um outro significado: não é a ordem (porque a ordem é o caos reorganizado por sistemas políticos e sociais) que reforça a justiça, mas sim a justiça que pode fazer a articulação *humana* da ordem. Quer-se dizer: invocar a necessidade da ordem para impor vontades é o mesmo que suscitar e estimular a repressão. Mais ainda: ao falar sobre essa violência insinuosa e sinuosa que é a agressão dos dias, a incomunicabilidade, o pungente desespero de quem ama e não é amado, a loucura manda que nos impele à distanciação e ao exílio interior, Maria Judite também apõe, subtilmente embora, uma tese camusiana: «A punição dos carrascos não pode significar a multiplicação das vítimas.»

* * *

Dir-se-á: um outro aspecto da moral em acção. Preconizar ou estabelecer parâmetros, mesmo que exemplares sejam, para o riquíssimo edifício literário desta autora, é torná-lo redutor, é limitá-lo a significações que ele não comporta. «Escrever separa-nos e desmembra-nos, divide-nos e diverte-nos.» Claude Roy. Ou Artaud: «Escrevo para me desfazer, refazendo-me.» Se a leitura é uma utopia, se não se lê um livro mas sim através do livro; se o acto de escrever é uma das muitas formas de solicitar a intervenção dedutiva e criativa do *outro*, a obra de Maria Judite de Carvalho é um insistente convite a essa fascinatória travessia. É um discurso sobre o discurso: os dados *reais* (o que quer que a palavra *realidade* queira exprimir) são-nos oferecidos – porém remanchados, reinventados através de uma prosa extremamente simples e extremamente densa, plural e seminal, indiciadora, descodificada pela própria natureza da estrutura vocabular. Claro: todos os livros são políticos ou reflectem mal-entendidos políticos. Mas o *político*, em Maria Judite de Carvalho, reside na soma de informações triviais que reúne sobre a sociedade portuguesa. Não há abstracções impossíveis. E se a aprendizagem de uma língua exige o englobamento do discurso total como condição e como reflexão, os melhores livros de contos e novelas de Maria Judite recuperam esse preceito (instrumental?, como desejava Lukács; mediático?, como sugere Deleuze) para se exporem tais obras clássicas com um belo perfume de modernidade.

«Escrever é abstermo-nos para melhor estarmos presentes.» Volto a citar Claude Roy, tanto mais que esta fórmula me parece mais adequada para definir (definir?, define-se a poesia, cuja luz peculiar é indefinível?) o trabalho literário desta grande escritora. Ao propor a sua própria ausência, a narradora está necessariamente presente, porque ela é o corpo físico (ausente/presente) do livro mesmo. Livros datados, contos, novelas, narrativas datados. Claro que sim. Como datados são os contos de Tchekov, de Katherine Mansfield, de Maupassant; como datados são os contos de Manuel da Fonseca ou de Cardoso Pires. Datados mas (quanto a mim) imperecíveis porque conseguiram superar o imediatismo accional para se projectar nos domínios das grandes dores, dos eternos sentimentos, das constantes dúvidas, do permanente mal-estar, da espiral do amor – por aí fora. Lendo-se, por exemplo, *A Escola do Paraíso* ou *Saudades para Dona Genciana*, de José Rodrigues Miguéis, sabemos *mais* sobre uma certa (datada) Lisboa e quem cá viveu do que quase todos os magnos tratados históricos ou olissipográficos. Exactamente porque o autor (como todos estes autores que nomeei) resolveu, poeticamente, em termos de literariedade, a ruptura que sempre existe entre *quem escreve* e *aquele que lê*. O sopro do tempo, o bafo da época, a beleza discreta das ruas, o rumor das pessoas, o alancear dos dias importunos, a sombria claridade dos fins de tarde, a harmonia destoada dos largos, o ruído dos chafarizes. A marca do tempo – se assim me exprimo melhor. O tempo com a marca dos homens. O movimento perpétuo das coisas. O fluir majestoso das semanas, dos meses, dos anos. É a previsão de que, se «todas as horas nos ferem, a última mata-nos».

* * *

A linguagem é, como se sabe, uma outra realidade, ou um outro (pessoal) processamento de realidades. A grandeza de Maria Judite de Carvalho consiste em conferir aos seus belíssimos textos o conhecimento do espelho poliédrico. Melhorar-nos como criaturas humanas, desenvolver e acrescentar ao que sabemos um pouco (ou muito) mais daquilo que sabemos. Porque nós, todos nós, sabemos muito menos daquilo que existe para saber. Melhor: o que não sabemos é infinitamente superior ao que sabemos. Porquê, então, este quase desconhecimento da obra de Maria Judite? Apressadamente há quem tenha a leviandade de comentar: a culpa é dela, que se não promove, que não promove os seus livros. Um escritor é escrever. Promover é tarefa de outras instâncias. A relapção de Maria Judite em aparecer em público para justificar, explicar ou simplesmente falar dos seus livros é resultado desse seu escrúpulo e desse pudor com os quais se escora e com os quais se defende. Um escritor não tem cara. A cara de um escritor é a que está contida nos seus livros: sua única intervenção possível. Ainda há dias, conversando com Paula Morão, lhe manifestava a minha indignação perplexa pela forma como Maria Judite era uma escritora secreta, quase só para um público reduzido de iniciados. Paula Morão, veemente, disse-me que, nas suas aulas,

Maria Judite de Carvalho era lida, comentada, amada. Penso, realmente, que uma nova camada de leitores, os novos portugueses, vão finalmente encontrar-se com uma importante autora; reencontrar-se com admiráveis textos onde a alquimia da palavra reside numa poética visão transgressora da realidade, numa transfiguração emocionante e emocionada do real quotidiano; uma comunicação referencial irrefutável que abdica de todo o ritual para se assumir à escala de uma sociedade. A nossa. Porque Maria Judite escreve português, de problemas portugueses, de gente portuguesa. Há escritores que o querem ser à força de nunca o poderem ser. Há escritores cujos textos, porventura bem escritos, me apetece reescrever. Há escritores que se lêem, que se relêem – com a devoção de quem ama, com a observância de quem está a reaprender uma nova respiração, com o alumbramento de quem descobre um universo único.

Maria Judite de Carvalho, sobre ser uma das maiores escritoras da Literatura de Língua Portuguesa, é uma leitura permanentemente renovada, a constante aparição de um sector novo, de áreas diferentes, originais. Um sussurro, uma voz em surdina, uma cumplicidade mais proposta do que imposta. A sugestão de que vivemos sempre entre escombros, ruínas, demónios e fantasmas. A afirmação de que, apesar de tudo o que tem de agressivo e de lacerante, viver merece a pena. De que há múltiplas razões para esperar, para acreditar nas infinitas possibilidades do homem. Porque o homem, quando quer, consegue tudo quanto quer. Basta querer. Porque toda a eternidade cabe em cada momento de cada dia.

BAPTISTA-BASTOS
«Toda a eternidade», in *Ler-Livros & Leitores,* 1989,
n.º 5, inverno, pp. 29-31.

PAISAGEM SEM BARCOS

PAISAGEM SEM BARCOS

Paula ainda há poucos dias lhe dissera (mais uma vez) que aquilo não era vida e ela respondera-lhe (mais uma vez) que não era mas que não havia nada a fazer. A voz de Paula chegava-lhe intacta de alguns quilómetros de distância, grave, cheia, arredondada, levemente pomposa, sem a menor aresta, a menor falha na sua superfície. Era uma voz consciente do seu próprio valor ou então – também era possível – das suas limitações. Mas poder-se-ia pensar em limitações quando se tratava de Paula?

«Incomodo-te?», perguntou-lhe ela nessa noite.

«Bem sabes que não.»

Ajeitou-se melhor na cama para a ouvir e ouviu-a longamente, como sempre. Fechava os olhos e encontrava-a toda encolhida – mas com que elegância! – no seu divã de veludo verde-musgo, ou melhor, verde-líquen, um pouco inclinada para o lado esquerdo e desenhando arabescos no ar com a sua mão grande e invertebrada. Via-a assim e ia-lhe salpicando o monólogo de «ohs!» sem espanto. Dizia também «calcula», «vê lá tu», «quem havia de dizer», mas eram frases e palavras absolutamente insignificativas e que tinham por única finalidade mostrar que continuava ali e que seguia mais ou menos atenta o seu raciocínio; o que nem sempre era verdade. Às vezes tinha, é certo, a impressão deprimente de que estava numa conferência a que fora assistir a fim de se cultivar, e sentia-se aborrecida, semicolérica, as suas interjeições eram, de súbito, quase agressivas, apetecia-lhe despedir-se. Nunca, porém, se despedia. Esperava invariavelmente que fosse Paula a fazê-lo.

Quando estava a falar ao telefone com Paula, gostava de a ver no sofá de veludo porque essa era uma imagem facultativa de que podia, assim que o desejasse, libertar-se. As pessoas cansavam-na ultimamente, talvez entre outras razões por causa do mau tempo, mas era capaz de falar com elas – com as suas vozes – durante horas. O que principalmente a fatigava eram os olhos das pessoas, muito vivos e luzidios ou moles e esquecidos, fitos em todo o caso nos seus, a atraí-los, a prendê-los por tempo ilimitado. Ao telefone era diferente. Paula falava e Jô podia ver ou não o cenário e a personagem principal. As estantes de livros, virgens na sua maioria, forrando as paredes e deixando simplesmente a descoberto um ou outro retângulo, no maior dos quais sorria triste e comovedor um pequeno Pierrot cor-de-rosa (o Picasso de Paula, o seu célebre Picasso iluminado a luz fluorescente), o sofá cor de líquen, os *fauteuils* imponentes, eventualmente o rosto da própria Paula. A *voz* ia selecionando palavras. Desprezava umas, pegava noutras, hesitante, para uma última escolha, adotava uma delas com entusiasmo, ou, pelo menos, sem dúvidas aparentes. Essa palavra – a necessária – fugia-lhe, porém, às vezes, com malignidade, escondendo-se-lhe nos refolhos da memória ou, mais prosaicamente, debaixo da língua. Paula era às vezes muito prosaica, podia sê-lo, dava-se a esse luxo, e arriscava mesmo, ou melhor, dizia com o maior dos à-vontades uma ou outra palavra que arranhava os ouvidos sensíveis de Jô. Na sua boca, porém, isso era gracioso e as pessoas que a ouviam achavam-na muito simples e desempoeirada. Descontraída, enfim.

Jô ajudava-a às vezes a procurar a palavra em fuga, era um passatempo como outro qualquer. «Meticuloso? Perfeito?», sugeria. Mas não, era «escrupuloso» que Paula queria dizer. Essa palavra e mais nenhuma. «O Francisco é muito escrupuloso em tudo quanto faz. Na fábrica anda tudo numa roda-viva.»

E depois, de súbito, inesperadamente como sempre, embora tal coisa se tivesse desde há muito tornado um hábito, havia, houve ainda nessa noite (e noutras depois dessa), um corte brusco, sem nada antes dele a anunciar ou a preparar aquele fim sem epílogo.

«Então adeus. E aparece um dia destes, faz um esforço, não sejas chata. Tenho umas coisas para te mostrar.»

«Posso lá!»

«Mas isso não é vida, estou cansada de te dizer que não é vida. Quando tomas uma resolução? Porque esperas? Não é vida, Jô.»

«Não é, mas não há nada a fazer.»

Colocava o telefone no descanso, havia aquele leve, breve tilintar, e um silêncio grande e pesado, devastador, invadia a casa como uma onda. Jô levava sempre algum tempo a habituar-se à sua condição de não ouvir a voz de Paula. Era uma habituação vagarosa. Paula, sua amiga de infância, inimiga quantas vezes, trazia-lhe, graças ao espírito gregário que Deus lhe dera, imagens diferentes das do seu dia a dia. Certas noites era irritante, outras sedativa, diversória quase sempre. Fulana, aquela rapariga loira que ainda era Bragança, bastardia, sim, mas em todo o caso... Recebida, claro, apesar de um divórcio, de um registo e de muitas falas... Cicrano, nosso ministro em Karachi (em que oriente ficava Karachi? E em que país? Como seria um ministro plenipotenciário? Falaria de papo?), Beltrano, vencedor de *rallyes* e *play-boy*, que era tu cá, tu lá com o Aga Khan. Às vezes uma dessas pessoas-fada que gravitavam na órbita de Paula – planeta com direito a satélites – desaparecia e nunca se sabia muito bem para onde fora nem por que tivera tão fugaz existência. Ela perguntava-lhe: «E a Fulana? Que é feito do Cicrano? O Beltrano, que tal?» Paula dava então uma explicação vaga e subitamente desinteressada e tinha na boca (Jô adivinhava-o) aquele jeito enjoado de quem cheira uma atmosfera saturada de couves cozidas. Fulana (ou Cicrano ou Beltrano) mergulhara havia muito no poço de esquecimento para onde costumava atirar as pessoas gastas. Displicentemente e por cima do ombro.

PAISAGEM SEM BARCOS

Nos dias – nas noites – piores, naquelas em que a conversa de Paula lhe fizera mal embora a tivesse ouvido com atenção e dado a deixa sempre que tal se impunha, desligava o telefone e caía logo, depois daquela dor não localizável, no beco sem saída que era a sua existência, e onde se encontrava com problemas, sem projetos e sem esperanças. Paula falava-lhe de muitas coisas, demasiadas para o seu estado de espírito. Mas Paula podia lá adivinhar, no seu sofá de veludo, o estado de espírito em que ela se encontrava! Às vezes talvez exagerasse. As *suas* viagens, os *seus* vestidos, as *suas* relações, as pérolas que o Francisco lhe oferecera pelos anos. «É um amor, o Francisco. Não posso queixar-me. Se bem que poucas pessoas se considerem inteiramente felizes. Não é verdade, Jô?»

Todas as noites a horas mortas havia no quintal do comandante que morava no rés do chão um galo que cantava. Era um bonito galo branco, possante, senhor de dez galinhas Orpington e de uma crista vitoriosa. Jô gostava de o ouvir, de olhos bem abertos na noite porque ele lhe dava uma grande impressão de força e de inconsciente alegria de viver. Quando de madrugada o galo cantava – quando Jô o ouvia cantar – tinha uma sensação de paz e, mais ainda, de invulnerabilidade. Ele não a acordava por inteiro. Abria os olhos, às vezes sentia frio, mas apesar disso ainda dormiam dentro de si muitas coisas que só mais tarde o despertador luminoso e implacável como o olhar de Deus acordaria totalmente. Invulnerabilidade porque se sentia protegida – ainda – por um resto, já ténue embora, de noite. Eram momentos agradáveis. Acordava, sim, um pouco, podia ouvir – ouvia-o – o cantar do galo e o de outros a responderem-lhe lá longe para além dos muros dos quintais, mas isso e o frio que tinha eram coisas acontecidas à superfície, leves sensações. O resto dormia, dormiria algumas horas mais até a campainha do relógio a chamar brutalmente à vida. E ela então ia acordando aos poucos, por assim dizer com método, atordoada ainda pelos sedativos que quase sempre tomara na véspera, sem saber dessas coisas dispersas em si, perdidas no sono, sem grande interesse também em encontrá-las. Elas vinham, porém, e ela era outra vez Jô, tinha de o ser, e também a casa e o colégio e Artur eram os mesmos de sempre. Quando se punha de pé ainda se sentia, de passagem, perpendicular a si própria, mas depois, pronto, já ali estava toda embora olhasse sempre em redor como se lhe faltasse ou lhe sobejasse qualquer coisa. E olhava-se naquele espelho oval, tão ordinário – que estava sempre para substituir mas que nunca substituía porque se esquecia, porque lhe faltava o tempo ou o dinheiro para o fazer –, e de onde se punham a espreitá-la maliciosas carinhas boschianas vivazes e movediças, ora sem queixo e ar diabólico, ora queixudas e prudentes, muito matreiras, que àquela hora matinal eram sempre ela. Era, porém, um breve olhar. Depois do qual ia proceder às abluções da praxe a fim de passar, purificada, o limiar do dia.

Esse dia gastava-o quase todo por detrás de uma pequena secretária, a ensinar a várias turmas de meninas sobre o bem, definições e ideias gerais que nunca lhes seriam da mínima utilidade. Elas, de resto, suspeitavam disso, talvez por atavismo ou clarividência, e não se preocupavam muito com as suas exortações ao estudo, as suas repreensões e os seus zeros. Suportavam-nos. E até gostavam dela, o que era o cúmulo. Simplesmente, que lhes interessava saber o que era a garrafa de Leyde ou o condensador de Fizeau? Nada, não é verdade? O resto do dia passava-o Jô a dar lições particulares nos quatro cantos da cidade ou então, em casa, à espera de um telefonema ou de uma visita sempre possíveis, gastando o tempo e, ingloriamente, a andar de um lado para o outro, numa luta constante com as coisas que se lhe opunham: os objetos que se iam amontoando sobre os móveis sem ela saber como, a pouco e pouco, os próprios móveis, tão vivos, sobretudo de noite, antes de adormecer, de tomar aquele segundo comprimido que afinal de contas acabava sempre por tomar, até porque antes de o engolir não conseguia pensar noutra coisa, era uma obsessão. A cómoda que ficava do lado esquerdo, junto à janela, estalava às vezes porque um pedacinho de matéria inerte se pusera, de súbito, a viver. E ela acendia sempre a luz, sobressaltada primeiro, depois porque não podia estar às escuras com aquela presença insuportável, aquela quase certeza de que algo ou alguém a espiava por uma invisível lucarna. Apagava então a eletricidade, já mais serenada, com os olhos cheios da imagem sem mistério de uma velha cómoda com pilhas de livros em cima, frascos de perfume quase vazios, cinzeiros com ganchos e *bâtons* e um retrato seu, a três quartos, que tirara aos dezassete anos, de vestido de baile em tafetá azul-celeste, com decote rente ao pescoço e manguinha de balão, que nessa altura achara lindo.

Era a hora pior de todas, a mais difícil porque a obrigava a maior parte das vezes a uma total impassibilidade, por entre as imagens passadas que voltavam, ou aquelas que se projetavam no futuro. De dia podia mexer-se, fugir-lhes, metendo por outros caminhos. Àquela hora, não. E os seus afogados vinham nas redes que involuntariamente deitava ao mar, alguns já irreconhecíveis de tão antigos ou tão gastos, outros perigosamente atuais. Os avós, o pai, coitado, a mãe dos velhos tempos, ainda magra e de cabelos castanhos (agora estava loira), Paula de tranças (chamavam-lhe Paulinha e era gorducha), Mário... «Estarei a ficar senil?», pensava dirigindo-se com decisão para Artur, que a esperava na noite, hirto e inexpressivo.

Quando saía de manhã para o colégio, encontrava às vezes o comandante que morava no rés do chão. Abriam as portas respetivas ao mesmo tempo, um acaso, encontravam-se à saída porque ela descia as escadas a correr e ele andava muito devagarinho, arrastando os pés que nos últimos meses pareciam ter o peso do mundo. Afastava-se sempre para a deixar passar e isso seria natural se não se afastasse excessivamente. Era um homem muito bem-educado, mas de uma maneira um tanto *démodée,* com VV. Ex.[as] à mistura. «V. Ex.ª como tem passado? Não tenho tido ultimamente o prazer de a ver. Até já tinha pensado se estaria doente.» Ela dizia que estava muito bem, obrigada, e deitava uma olhadela diplomática ao relógio e outra ao lado de onde o autocarro surgia, a preparar uma despedida imediata. Mas às vezes o comandante tomava também o Cinco, ia à Baixa tratar de uns assuntos prementes (era uma palavra que ele usava muito, prementes) e gostava de ser dos primeiros. Quando havia lugares, o que era raro àquela hora, sentava-se ao seu lado e insistia em lhe pagar o bilhete. «Oh!, minha senhora, pelo amor de Deus... Tão pouca coisa, um bilhete.» Tão pouca, na verdade.

Ainda não há muito tempo, ao sair de casa, encontrou o comandante e falou-lhe do seu quintal e das suas galinhas. Do galo branco também, naturalmente. Nunca lhe tinha dito que às vezes se encostava à vidraça a vê-las debicar no empedrado ou a contar os ovos que a velha criada ia apanhando para um prato.

«É um entretenimento», desculpou-se o comandante.

«Sim, e um bom entretenimento», acudiu ela. «Útil.»

«Há quem pense», prosseguiu o comandante franzindo as sobrancelhas que tinha espessas e grisalhas, «que é impróprio de um oficial de marinha, mesmo mercante, mesmo na reserva. Mas que há de fazer um oficial de marinha que ficou em terra? Podia ler, talvez, mas nunca fui um bom leitor. Levei sempre uma vida ativa, fui, por assim dizer, protagonista da história – a minha. As dos outros, melhor, as que os outros se dão ao trabalho de inventar (porque as não viveram), para serem lidas por pessoas a quem aconteceu o mesmo, sempre me interessaram mediocremente. Que havia de fazer então? Barquinhos de papel para pôr no lago? Em que lago? É difícil, sabe... Felizmente sou um homem só, senão teria dado um marido ou um pai indesejável.»

«Todos temos as nossas pequenas manias», disse ela, e hesitou sem saber se aquela palavra o teria ofendido. «Conheço uma pessoa, um amigo, que lê o *Times*. Não direi de ponta a ponta, seria impraticável. Mas enfim, lê-o. Todos os dias. Passa horas, ao que penso, por detrás do jornal aberto.»

«Mas é um passatempo elevado, o desse seu amigo. Está a par do que vai pelo mundo e isso é uma coisa importante, direi mesmo premente, para a maioria das pessoas. As mais evoluídas, entenda-se. O *Times* é um jornal sério, não mente nem peca por omissão. Em geral, claro. Há sempre circunstâncias, não digo que não. Um jornal sério, em todo o caso. Mas aí está. Quando deixei de ser oficial de marinha, quando acharam que eu estava velho para comandar o meu barco, deixei também de me interessar pelas coisas importantes, graves, como possibilidades de guerra, viagens espaciais, política, tudo isso. De princípio foi difícil, mas habituei-me. Nós habituamo-nos a tudo, minha senhora, até a sermos desnecessários. Até então essas coisas interessavam-me muitíssimo e tinha opiniões mais ou menos definitivas, como toda a gente. Opiniões que salvariam o mundo. Agora tudo isso me parece muito longínquo e, o que é mais, infantil. Para voltar a interessar-me era necessário refazer a minha cultura, decorar a matéria esquecida, voltar a colocar as coisas num determinado lugar. Mas para quê? Onde há lugar para a atualidade? Desculpe esta filosofia de trazer por casa», terminou sorrindo.

«Às vezes fico um grande bocado a olhar para baixo, é tão repousante», disse ela. «Creio que se tivesse um quintal também havia de criar galinhas.»

O comandante declarou, pausado:

«É necessário fazer qualquer coisa. O mar fatiga quando é demasiado calmo.»

«E as planícies demasiado solitárias.»

Ele olhou-a com curiosidade e sorriu um pouco.

Às vezes os dias apresentavam-se lisos, mas isso era felizmente raro. Na sua maioria nasciam já esboçados, repletos de linhas retas ou de linhas curvas, às vezes tão emaranhadas que era difícil desembaraçá-las e muito mais cómodo servir-se dele, do dia, assim mesmo. Lembrava-se de que, quando pequena, tinha na mão um novelo de linha e uma agulha de *crochet* e, debruçadas nos olhos, muitas lágrimas. A mestra de lavores, que era morena, oleosa e se chamava Aurora, dizia-lhe: «Joana, desembaraça essa porcaria!» E ela punha-se a desfazer nós, mas cada vez eles eram em maior número porque em lugar de os desmanchar os ia dando. Resolvia então fazer a renda assim mesmo, mas as outras riam muito porque nem se percebia que era uma renda e ela acabava sempre a aula a soluçar convulsivamente, e às vezes de castigo em cima do banco, uma ignomínia.

Aquele dia, porém, que tão embaraçado se anunciava, com dois pontos escritos, duas explicações, exercícios para ver e um encontro, ao fim da tarde com Artur, transformou-se, de repente, numa das tais planícies solitárias, quando o telefone tocou e a preveniram de que nesse dia não havia aulas porque morrera a mãe da diretora. Jô estava-se a vestir e ia olhando ao mesmo tempo o dia cinzento, para além do velado retângulo da janela. O facto de o dia ser cinzento não tinha, em si, grande importância. Grave, sim, era o facto de ele ser o primeiro de uma série que se ia prolongar ao longo de um longo inverno. Dias escuros, sem sol, ou de sol molhado e hesitante. Dias pequenos, como que mirrados pelo frio. «Ainda falta tanto», costumava pensar ou dizer. Ainda faltava muito para o sol alto e para os dias grandes. É certo que cada vez ia faltando menos e que a certa altura chegava o verão e os vestidos de verão e a piscina aonde ia às vezes nadar, e o mês de praia, sozinha, num hotel qualquer, e aquela cor de pele que não lhe ficava pior nem melhor mas de que ela gostava porque a fazia episodicamente outra. A circunferência ia-se, porém, desenhando, bem devagar, e voltava a fechar-se. Estava de novo à porta do inverno. E agora, desta vez, tinha trinta e oito anos, o que não ajudava nada.

Enfiava a camisola de lã azul, penteava os cabelos com cuidado, bem esticados, bem enrolados verticalmente na parte posterior da cabeça, e deixava-se ficar um instante a olhar para o espelho do guarda-vestidos. Ainda não estava envelhecida, graças àquele seu rosto magro, de maçãs salientes, pensou com objetividade. Estudou atentamente a testa alta e abaulada, quase medieval, os olhos claros, a boca tão importante, tão exata como a de uma negra e que tinha mesmo em volta um leve traço leitoso. Era raro sorrir, essa boca, mas quando o fazia era largamente, mostrando bons dentes muito certos e brancos, um pouco grandes.

Quando acabou de se arranjar, perguntou a si própria em que iria gastar aquele dia tão longo, com tanto tempo livre para pensar. Ultimamente receava esses dias. Se fosse ao Banco?, ocorreu-lhe de súbito.

Está reverentemente encostada ao balcão, mas, para que ninguém se dê conta do seu estado de espírito, arranjou uma atitude lassa, de grande à-vontade. Pôs a mala vermelha sobre o tampo de vidro por baixo do qual há relatórios cheios de números e alguns prospetos turísticos (um plano da cidade comercial, um girassol estilizado sobre uma barra azul onde voga uma branca vela sem barco – falsas, distantes promessas para abril em Portugal), e passeia o olhar por sobre as cabeças escuras ou calvas, curvadas e atentas.

Ele então aproxima-se, aproveita o trajeto desde a porta de onde surgiu até ao balcão onde ela o espera para fazer duas ou três recomendações importantes, detém-se um momento, curvado, para este ou para aquele dos empregados. É um homem comedido. Move--se sem pressa – não só agora mas quase sempre –, pensa devagar, fala lentamente. Há como que um pequeno elevador hidráulico que desce, quando é necessário, do seu cérebro à sua boca, carregando dentro de si palavras que entram serenas no mundo. Palavras refletidas. Às vezes é apanhado a meio metro de distância, quase a atingi-la, pelo cavalheiro aromático (alfazema inglesa e tabaco americano), que acabou de chegar, é, com certeza, um bom cliente e quer saber, com o seu ar apressado, capitalista, se ainda será possível arranjarem-se mais umas obrigaçõezitas daquelas que o querido amigo sabe, de que falaram há dias. Ele responde com o seu modo atencioso mas paralelo, naquela voz baixa e suave de eclesiástico arrependido, com os *ss* muito sibilados e macios ao mesmo tempo, ou melhor, doces. Nem mesmo a olha, só depois, quando o cavalheiro importante se despede: «Posso então ficar tranquilo, querido amigo? Parece-lhe que para a semana...»

«Para a semana é quase certo. Se passar por aqui na quinta-feira...»

Olha-a como se só nesse momento a visse. Por aqui?, perguntam os seus olhos. Estende-lhe a mão discretamente e ela pensa mesmo, receia por um lapso de segundo que ele lhe vá dizer, como o comandante: «V. Ex.ª como tem passado?» Afinal, não. Limita-se a perguntar-lhe, em voz baixa, se aconteceu alguma coisa.

Aconteceram tantas coisas, pensa ela. Tantas. A todos os momentos de todas as horas. Tantas sem nós darmos por isso.

«Morreu a mãe da diretora.»

Um aceno puramente exterior de boneco de corda.

«Ora veja lá. O que é a vida. Bem, por um lado...»

«Sim, por um lado... Mas em todo o caso...»

«Decerto, decerto. Estava doente?»

«Bem, estava. De velhice, suponho. A diretora deve ter quase sessenta anos, já vê. E ainda dava lições, calcule. De moral.»

«Então diga lá.»

O seu olhar, que em tempos foi azul mas que depois se diluiu com o tempo numa água qualquer, que ficou simplesmente azulado e sujo, que perdeu a sua qualidade tão importante a princípio de olhar azul, detém-se no mostrador do relógio de pulso, um modelo suíço, automático, de que se orgulha porque não se atrasa nem se adianta e isso é preciso para ele, para quem o tempo é dinheiro. A sua mão direita, grande e magra, de unhas cuidadas, toca algumas escalas simples mesmo por cima do plano da Baixa. Dó ré mi fá sol lá si dó. O polegar bate três vezes com força em pleno Rossio. Dó dó dó. Entretanto volta-se um pouco, deita um olhar de lado aos empregados, receoso de que estejam a observá-lo, a criticá-lo.

«Já disse. A mãe da diretora...»

Interrompe-a:

«Bem. Não veio com certeza aqui para me dar essa notícia necrológica. Há de concordar...»

«Mas vim mesmo. Não, não é isso, claro, não vim só para isso, mas...»

Não podia dizer-lhe que se sentira de repente demasiado só no centro de um dia vazio. Ele não iria compreendê-la e talvez sorrisse. «Se tivesse tanto trabalho como eu, saber-lhe-ia bem um dia de folga...» É uma pessoa estimável, ou não o será?, pensa de súbito Jô. Incapaz de fazer mal a uma mosca, incapaz de derramar sangue, decerto. E se alguém o derramasse por sua culpa, então afastar-se-ia. Simplesmente não sabe ver os pequenos problemas dos outros.

Fica calada, à espera, e vê-o abrir lentamente os braços.

«Veja se compreende», diz ele por fim. «Estava em conferência com o diretor. Deixei tudo, enfim, pedi licença para deixar... Tenho um dia terrível à minha frente, muitíssimo que fazer. Claro que gosto de a ver mas não avalia...»

«... a responsabilidade que me pesa nos ombros.»

«Exatamente», responde com seriedade. «Exatamente. Julguei que fosse qualquer coisa de grave.»

«Desculpe não ter sido.»

Sorri. Artur também. De circunstância.

«Tem que ir a casa da diretora?», pergunta ele fazendo conversa.

«Oh!, não», diz Jô. «Não sou capaz de ver mortos, recuso-me terminantemente. Há pessoas... Não acha mórbido? Vão aos cemitérios carregadas de flores. Flores para quem, para quê? A alma, se alma havia, partiu e o corpo está a ser devorado.»

Ele diz: «Pontos de vista.» E logo a seguir: «Aproveite o dia, já que não tem aulas, descanse. Falte às explicações, uma vez não são vezes. Ouça, porque não telefona à sua amiga Paula e não combinam qualquer coisa? Ela está sempre a dizer que você não aparece, não é verdade?» A entonação daquele «ouça» remiu-o, deve pensar. Um «ouça» preocupado, insistente, interessado, levemente ansioso. Tudo isso. Ouça. «Talvez ela esteja em casa, era uma variante. Ou então porque não se mete num cinema, não há nada melhor para descansar o espírito. Os filmes são sempre tão estúpidos que as pessoas não se sentem tentadas a pensar.»

«É a sua opinião.»

«É, mas, como a sua é contrária, vá ao cinema para pensar porque os filmes são sempre inteligentes.»

«Bem, alguns. Ou então...»

Sugere outra coisa. Está de repente cheio de ideias, todas elas apressadas, já com o pé no estribo. Um empregado aproxima-se, para a dois metros de onde eles estão, para atender uma senhora muito velha que tem na mão trémula um macinho de cupões presos por um elástico. Então Artur diz em voz alta, mais alta em todo o caso, suficientemente alta para o empregado a ouvir:

«Pois, senhora dona Joana, muito prazer em vê-la. E não venda esses papéis, são do melhor que há. Coisa sólida. Muitos cumprimentos em sua casa.»

Aperta-lhe a mão friamente sem ver que ela corou, de súbito envergonhada, desejosa de já ali não estar, de nunca ali ter estado. Envergonhada de existir e de ele lhe apertar friamente a mão.

Não foi ao Banco nessa manhã. Ir era uma desnecessária caminhada que a conduzia – sempre, nos últimos tempos – ao palácio amargo dos desencantos. Fazia frio no Banco, e ela saía sempre de lá com a gola levantada e os braços em pele de galinha. Para quê insistir? De resto compreendeu há muito – sem o admitir totalmente –

que não valia a pena teimar, bastava deixar correr e entregarmo-nos à corrente que nos havia de levar aonde era necessário – porquê? – chegar. Por mais que uma pessoa esbracejasse não conseguia senão esfalfar-se, perder o controle e chegar um pouco mais cedo ou um pouco mais tarde. Em todo o caso, fora de tempo.

A ida ao Banco não passou de uma ideia, mas quando ela se esvaiu Jô compreendeu que muitas outras coisas se haviam esvaído também e que podia ver, ou, antes, era obrigada a isso (porque o não desejava), a ausência delas. Tinham sido coisas antigas, no seu tempo preciosas, que guardava bem dentro de si porque até o olhar das pessoas as podia magoar ou ofender. E agora, de repente, onde estavam? Pensou que a dissolução começara há muito tempo e que ela o sabia muito bem, ainda que só agora tivesse consentido a si própria tal descoberta.

A serenidade que ela lhe trouxe. Pôde finalmente observar, parada e de nariz no ar como um turista com todo o tempo por sua conta, coisas que só conhecia de relance. Houvera imagens que lhe tinham tocado uma retina qualquer, ou ideias, ou mesmo simples intonações. Ela, porém, seguia em frente. Voluntariamente apressada, como que aflita. Agora, porém, vira isso tudo e o coração não lhe batia mais depressa.

Quando deixara ele de ser ele? Perdera-se pelo caminho e só ficara como recordação para a posteridade a sua imutável efígie em cera. Uma figura falante, era verdade, mas porque não seriam falantes as figuras de cera, desde que as palavras que dissessem fossem de cera também? Havia qualquer coisa nele... Não sabia bem explicar; assim de repente nunca soube explicar coisa nenhuma, nem mesmo a si própria, em silêncio. Era preciso observá-lo com atenção, deitar fora toda a subjetividade, estudá-lo por alguns momentos com um frio olhar crítico. O olhar aquoso que-fora-azul por detrás dos óculos de tartaruga, o nariz direito, a boca grande e delgada, quase sem lábios, de cantos profundos, o queixo largo, as mãos perfeitas, o fato de bom corte. Que mais? Não muito, certamente, porque ele se fora transformando com o tempo numa efígie, a sua. Lá dentro, numa espécie de nife, havia várias camadas secretas, sobrepostas, bem escondidas. Jô tinha-as conhecido, mas não sabia se algumas delas ainda existiam ou se haviam sido asfixiadas pela carapaça exterior. Não sabia e nunca viria a sabê-lo, pensou. Era tarde de mais.

Às vezes apetecia-lhe – que loucura – fazer uma partida, empurrar o manequim, por exemplo, ou pintar-lhe uns bigodes ou dar-lhe um grito aos ouvidos. Era um desejo irresistível. Aproveitava um momento em que não houvesse mais ninguém no museu, nem guarda nem visitantes – o que era fácil – e ela aí ia. Mas, por mais que o empurrasse, o manequim não tombava, limitava-se a oscilar ao de leve, por um instante, como um sempre-em-pé, e logo regressava à posição vertical. A tinta que empregava, a que tinha à mão, não pegava na cera, que continuava lisa e impecável. Quanto ao grito, de nada servia, não tinha a mínima ressonância. O manequim sabia ser surdo quando lhe convinha.

Aquela sensação de mal-estar tão sua conhecida, vinda não sabia de onde, agora mesmo, neste instante – porquê? –, ou uma ligeira amargura que lhe chega levemente ao peito e logo se entorna ou desabrocha, toma em todo o caso posse dele, ou a súbita dissolução de uma nuvem (ar opaco em ar translúcido, nada em coisa nenhuma). A boca soube-lhe a sal e compreendeu então que chorava. À sua maneira e sem espalhafato. Duas lágrimas a descerem serenamente pelas faces quietas, obliquamente, até ao pescoço. Limpou-as com as palmas das mãos e pegou no telefone. Precisava de falar com alguém. Com a mãe talvez. Ou com Paula. Mas a mãe tinha saído e Paula estava a dormir. «A senhora deitou-se ontem muito tarde», disseram-lhe. «Está a descansar.»

Paula talvez lhe telefonasse à noite, para lhe contar o seu dia. «Eu sou o diário dela», pensou de súbito para mudar de pensamentos.

«Não gosta de escrever, mas precisa de fazer o ponto. Então marca um número, o meu, e dita todas as coisas importantes que lhe aconteceram.» Não eram propriamente amigas íntimas embora tivessem sido sempre amigas. Falavam, sim, mas nada do que diziam era profundo ou mesmo pessoal. Ela contava-lhe coisas do colégio, falava-lhe de um bom filme que vira, referia-se às vezes, de passagem, a Artur. «O Artur foi...», «O Artur disse...», «Eu e o Artur...» Com à-vontade mas discretamente. Paula, de resto, nunca lhe fizera perguntas e nisso e noutras coisas Jô achava-a apreciável. Só às vezes, ultimamente, a exortava a tomar uma decisão, dizendo-lhe que *aquilo* não era vida. Mas não especificava de que decisão se tratava nem dizia que vida é que *aquilo* não era. Às vezes descrevia-lhe a gente-fada que a cercava, falava-lhe das suas viagens, dos presentes que o marido lhe dava («É um amor, o Francisco»), das passagens de modelos aonde fora, dos chás de caridade que organizava em dezembro (ou antes?) para os pobres terem uma boa refeição pelo Natal, da última ópera em São Carlos ou da última receção em São Bento, esplendores em qualquer desses santos requintados. Jô pegava no auscultador e o contador de histórias dava início às suas narrações. Umas vezes eram novelas na terceira pessoa, ocorridas com algum dos seus amigos ou conhecidos, outras, acontecimentos todos eles muito importantes passados com ela própria, outras ainda, também acontecia, regressos bruscos e inesperados ao passado. Nesses momentos o coração de Jô batia sempre um pouco, com receio ou ansiedade.

 Paula sempre apreciara muito esses regressos orais a um tempo senão difícil pelo menos pouco brilhante, sentada no seu grande sofá de veludo. Jô era a única pessoa com quem podia recordar o passado, os tempos do colégio misto, aquela pastelaria aonde iam beber um copo de leite com o papo-seco que levavam de casa porque assim ficava mais em conta. Era tão agradável, pensava decerto, recordar em voz alta e ter junto de nós, para além do fio telefónico, alguém que acrescentasse um ou outro pormenor já esquecido, que se esvaiu no tempo... E esse alguém ser ao mesmo tempo público, isso principalmente. Paula falava. No singular, claro. As recordações eram suas, era ela quem ia beber o copo de leite à pastelaria que se chamava – «... Sabes? Pastelaria Chique.» – «*Pâtisserie*», dizia Jô. «Pâtisserie Chique, não te lembras?» – «Era isso, era, vê lá tu. *Pâtisserie*. E *chique,* é verdade! Meu Deus, meu Deus!»

De vez em quando esquecia-se de que ela a acompanhava, dizia que aquele papo-seco ali comido ao balcão era delicioso – «Uma maravilha, não calculas.» O grande homem a falar aos jornalistas da dificuldade dos seus princípios, pensava Jô. John Ford ou Steve Rockefeller a recordar com uma ponta de saudade o pãozinho comido à pressa ao balcão de um *drugstore* qualquer. Marilyn Monroe a voltar aos anos que passou no asilo. Mas lutou e venceu, viram, ouviram? E hoje era alguém. Os jornalistas tomavam notas. Ou talvez não tomassem. Talvez tivessem comido ao lado de Ford ou Rockefeller, ou fossem contemporâneos de Marilyn no orfanato. Simplesmente, eles não tinham triunfado.

«Era um tempo formidável», dizia Paula. «Tenho saudades dele. Claro que não digo que desejasse em absoluto voltar atrás. As pessoas adquirem hábitos, não é? Voltar atrás é sempre difícil. E depois para quê, mesmo que isso pudesse ser? Mais anos para serem vividos e depois talvez fizéssemos sempre as mesmas coisas, que chatice. Havia certos contras, naturalmente. Dificuldades de dinheiro, sei lá. Isso sobretudo, dificuldades de dinheiro. Mas ao mesmo tempo... A expectativa é tão boa. Tão... como direi?, frutuosa. Ainda nada aconteceu, tudo pode acontecer...»

Depois cortava, de repente, inesperadamente:

«Então adeus, é tarde. Amanhã tenho de estar em forma. Uma chumbada. Um jantar com um tipo inglês, com quem o Francisco tem negócios, e com a mulher. Ele só fala de cavalos e cães de caça, ela é extremamente *snob* e sem nenhum interesse. Mas então nenhum. Depois te conto.»

* * *

Artur era um simples perfil e inócuo aquele olhar-que-fora-azul. As suas mãos brancas, levemente luminosas na noite, pareceram-lhe de súbito intemporais, de quietas, quase desnecessárias, sobre o volante. Havia dez minutos (ou dez horas?), perguntara-lhe se queria a janela aberta. Depois do que o silêncio se havia reinstalado, pesado e grosso, entre ambos.

Ela põe-se então a falar sem som, a falar calada, e diz-lhe tudo o que vai dentro de si. Fala-lhe mesmo de uma coisa em que raramente se atreve a pensar – um assunto tabu –, dos filhos que não teve e que decerto já não terá. Até deles. Acusa-o de querer ser um homem livre. Ele, porém, olha fixamente a estrada e os seus olhos refletem inocência. Se a sua expressão fosse outra, os pratos da balança equilibrar-se-iam. Mas todo ele é serenidade e alma branca. E o prato de Jô vai descendo, descendo. O dele sobe, leve, leve. Nem um ricto nem uma ruga. Ao pensamento final: «Sinto-me traída», os dois pratos estacam, um em baixo, o outro bem alto.

«Não tenho passado nem futuro e às vezes recuso-me a ter presente.» Era tão cinzenta, tão vazia a vida das pessoas. Uma amálgama de acontecimentos sem interesse e sem sentido. O que pensou em dado momento? O que sentiu? Já não sabe. O tempo passa, uma, outra vez, não para, não pode parar, e as coisas ficam cobertas de sucessivas camadas de pó. Pó velho, poeira venerável. Qualquer coisa como um truque de prestidigitação e o coelho e os pombos e os lenços multicolores amarrados uns aos outros pelas pontas, tudo aquilo desaparece dentro do chapéu alto. E o chapéu volta-se de todos os lados para o respeitável público verificar e está vazio. «Recuso-me a ter presente.»

«Estava a pensar...», começou num tom de voz cauto.

«Em quê?»

Ela deteve-se porque tudo o que dissesse ia parecer importante de mais depois de todo aquele silêncio e sentiu-se intimidada perante as palavras por dizer. Era, porém, difícil deter-se a meio caminho.

«Então?», incitou-a Artur, animador.

«Entre outras coisas, que as nossas vidas, a sua e a minha, estão num beco sem saída. Caminhamos de maneiras diferentes para o mesmo muro. Você gloriosamente e eu muito aborrecida. Mas talvez que o muro não seja o mesmo. O seu deve ser mais bem rebocado ou não haveria justiça.»

«Tudo isso me parece pouco seu.»

«É que...»

«O quê?»

«Gostava de ter tido um filho», arriscou reticentemente. «Só isso, um filho. Não era pedir muito, suponho. É uma coisa fácil e não muito desejada na maioria dos casos. Um acidente, não é verdade? Eu gostava de o ter tido.»

«Não podia ser, Jô», disse ele.

«Não podia», concordou ela. «Mas sinto-me, como direi...»

«Frustrada?», sugeriu Artur, prestável.

«Mais ainda, traída.»

«Por mim?»

«Não, não, você nunca me prometeu nada. Não tenho, na verdade, de me queixar. Pela vida, talvez, pelas circunstâncias. Às vezes penso que isto não é mais do que uma falta absoluta de humildade. Em todo o caso... Bem», disse olhando-o de lado, «não pense que estou a pedi-lo em casamento.»

Artur riu um pouco.

«Sei que não está. É demasiado tímida para isso. E demasiado prudente.»

«Creio que sou. Ambas as coisas. Mas suponha, sim, suponha por um instante que estou, de facto, a pedir-lhe que case comigo.

Note que se trata de uma simples suposição de caráter experimental. Que responde?»

Ele nem pensou.

«Mas se já conhece a resposta. Se falámos nisso tantas vezes...»

«Há tanto tempo!»

«Sim, há muito tempo, mas o problema mantém-se. A minha filha ainda não casou. Tem dezassete anos. Falámos a esse respeito logo no primeiro dia.»

«Lembro-me disso», concordou ela. «E de que pensei: Bem, é um homem franco e eu gosto das pessoas francas. Tudo ficou claro desde o primeiro dia. Não tenho, na verdade, de que me queixar.»

Artur acenou afirmativamente e seguiram um grande momento silenciosos. Depois ela perguntou:

«Nunca se encontrou a si próprio sem se conhecer, com a sensação de ter encontrado um estranho?»

«Está hoje muito complicada.»

«É do tempo, creio eu. Este começo de inverno dispõe-me sempre mal. É como o começo da velhice, o começo da morte, o começo de muitas coisas que pressupõem o fim de outras coisas. Torna-me lúcida. Ou clarividente. A primavera, pelo contrário, emociona-me. Ah!, a primavera...»

Artur disse:

«Antes isso.»

E ela concordou:

«Naturalmente.»

«Quer voltar?», propôs-lhe ele.

«Creio que sim. Sinto-me cansada.»

O *Lancia* deu a volta em plena estrada, e eles retomaram o caminho de Lisboa. Novamente em silêncio.

Ia a entrar em casa quando o telefone começou a gritar. Era a mãe, de *robe-de-chambre* àquela hora, e de Benfica, onde morava, com *bigoudis* nos cabelos loiro-veneziano e a cara besuntada de creme antirrugas e de esperança.

«Como tens passado? Estou farta de ligar, mas ninguém respondia», gritou porque era surda.

«Tinha saído. Cheguei agora mesmo.»

«Foste ao cinema? O que foste ver?»

«O que fui ver?»

«Sim, o quê. Que fita?»

«Nenhuma. Bem, não fui ao cinema.»

«Ah! Compreendo.»

O silêncio. Depois a voz da mãe subiu ainda mais de tom, foi por ali acima como se ela lhe tivesse perdido o controle. «Compreendo!», gritou. «COMPREENDO!»

«Pergunto a mim própria quantas vezes ouvi essa palavra nos últimos anos. Quantas vezes compreendeste. Porque recomeças sempre se tudo está compreendido?»

A mãe disse: «As coisas vão-se modificando, e as pessoas, é normal. Tu, por exemplo...»

«Eu?»

«Enfim, o que pensas fazer?»

Ela encolheu os ombros.

«Sei lá. Estou à espera. De qualquer coisa que venha do exterior ou de mim própria. Por enquanto não há nada. O vácuo. Haverá alguém capaz de ter pensamentos no vácuo?»

«Minha pobre Jô», disse a mãe teatralmente. E ela viu-a além-linha fazer boca de flor, abanar a cabeça como quem não pode acreditar na realidade, agitar a mão onde a esmeralda brilhava à luz do candeeiro. «Minha pobre Jô.»

«Não me lamentes, bem sabes como detesto tal coisa. Para mais não me sinto propriamente infeliz, só um pouco perdida. Toda a gente sentada na plateia, e eu de repente sem lugar, compreendes? Não digo que às vezes... Em todo o caso, é episódico. Creio que só hoje é que vi... Olha, agora gostava que não me falasses mais no caso. Como te disse, não tenho pensamentos. É natural que daqui por algum tempo eles voltem, e nessa altura ponho-te ao corrente, está descansada.»

«Posso fazer-te uma última pergunta?», disse a mãe. «Porque não pensaram em casar? Ele é livre, tu também.»

«Ele é livre, tu o disseste. E quer continuar a sê-lo. Há uma história de uma filha... De resto, essa pergunta já ma fizeste também, quantas vezes?»

«Meu Deus, Jô. Tens uma maneira de ver as coisas. Enfim, falas tão objetivamente do que te diz respeito...»

«Faço o possível. E podes crer que forço a minha natureza. Eu gosto de me lamentar e de arranjar bodes expiatórios. De fugir à responsabilidade. Facilita muito a vida das pessoas.»

«Talvez», disse a mãe. «Talvez.» Depois falou noutras coisas, entre elas na viagem, organizada, claro, e de camioneta, que faria no mês de outubro, que fazia sempre em outubro. «Porque não vens?», perguntou. «Olha que não é caro, asseguro-te. Queres que te mandem a literatura? Se estás interessada...»

Ela interrompeu-a. Que não estava. Se algum dia pudesse viajar não seria em grupo. De resto, em outubro já tinha aulas.

«Posso ir em setembro.»

Fechou os olhos e procurou a mãe. Encontrou-a após algumas tentativas infrutíferas, de *tailleur* claro e óculos escuros, rodeada de esvoaçantes pombas brancas na praça de São Marcos e sorrindo ao fotógrafo improvisado. Nem pensava no seu coração doente. Escrevia-lhe muito quando viajava. Postais ilustrados com vistas de Stratford-on-Avon ou de Madrid ou de Veneza, em que nunca dizia grande coisa. Antes pareciam circulares. «Continuo deslumbrada. A Itália (ou a França ou a Inglaterra ou a Espanha) é um sonho. Não imaginas os momentos que tenho vivido. *Inolvidáveis*. Penso constantemente em ti. Muito trabalho? Até breve, *cara* (ou *ma chérie* ou *darling*).» A mãe pródiga, sorriu Jô, com as suas pequenas loucuras organizadas, as suas loucuras com conta, peso e medida.

«Se precisas de dinheiro posso emprestar-te algum», disse a mãe. «Fazia-te bem mudar de ambiente, acredita. Não há nada como uma viagem para se ver melhor os problemas, asseguro-te.»

A mãe julgava ter monopólios de ideias que eram achados, truques para a felicidade. Isto é bom, ou aquilo, dizia. ASSEGURO-TE.

«Vou pensar nisso, talvez tenhas razão.»

Era a melhor maneira de lidar com ela. Ultimamente a memória enfraquecera-lhe e no dia seguinte era natural que já não se lembrasse de nada.

Estava sentada a um canto da sala das professoras, que tinha ao centro uma mesa redonda com dois ou três números antigos e destroçados do *Paris-Match,* como num consultório médico, e pensava laboriosamente na sua vida enquanto ia ouvindo a professora de História, que se chamava Lucrécia, discorrer acerca dos males que a atormentavam. Era uma mulher baixa e magra que usava sempre saias plissadas sobre o comprido e blusas alvadias. De inverno as saias e as blusas eram de lã, no verão de algodão ou seda.

«Já fui a um oftalmologista», dizia a professora de História. «Receitou-me outras lentes mas a verdade é que fiquei na mesma. Umas dores de cabeça atrozes.»

«É aborrecido.»

«Muito. Só quem as tem pode avaliar. Você sofre de dores de cabeça?»

Ela disse que não, e a outra olhou-a com um misto de superioridade e de inveja. A inveja venceu, porém, e a professora de História observou: «Não sabe a sorte que tem. Os médicos que eu já corri, o dinheiro que gastei! Já pensei se não será uma alergia qualquer.»

Jô pensou em Paula que também tinha alergias e às vezes telefonava só para dizer: «Estou com a minha alergia, um horror, não podes calcular. Não, não podes fazer uma ideia...»

«Tenho uma amiga...», disse.

A campainha do telefone interrompeu-a, porém, e ela deixou-se ficar onde estava, a ver o braço da professora de História dirigir-se ao aparelho. «Está?», disse ela. Depois acrescentou que era, sim, e que estava ali mesmo, sim. Ia-lha passar, um momento. Ofereceu então o aparelho a Jô e explicou-lhe que era para ela, que era um homem e que não dissera o nome. Em seguida levantou-se e foi-se encostar à vidraça, aparentemente absorvida pelo que se passava na rua.

Artur. Mas que teria acontecido para lhe falar para o colégio? Nunca em tantos anos...

«És tu, Jô?», perguntou a voz que não era a de Artur. «Não me conheces? Já não? Ora pensa bem...» Para quê pensar? Ficou calada, sufocada, de repente sem palavras ou sem voz. Branca. Quando falou, disse numa voz desconhecida, mal colocada:

«És tu, não és? Meu Deus, de onde surgiste?»

O homem disse-lhe a rir que chegara havia já algum tempo, para matar saudades, e perguntara por ela a várias pessoas. Todos lhe diziam, porém, que desaparecera, que nunca mais a tinham visto. Afinal acabara por saber, tudo acaba por se saber. A persistência, não é? Disse depois que esperava que ela não ficasse aborrecida por lhe telefonar para o colégio, mas a verdade é que fora a única maneira possível de comunicar com ela. Só lhe tinham dito que era professora naquele colégio. «Professora de quê, Jô?»

«De Física e de Química.»

«Vê lá tu. Uma coisa assim...»

«Pois não é verdade?»

Riram ambos ao mesmo tempo e entretanto ela olhava para as costas imóveis, tão atentas e tensas da professora de História.

«Espero que não tenhas nenhum aborrecimento por minha causa.»

Ela disse que também o esperava, não havia razão para tal, embora, não é verdade, nunca se pudesse ter a certeza. As palavras, de repente, tinham voltado e ela podia também pensar e depois dizer os seus pensamentos. Mário – chamava-se Mário – quis então saber a que horas ela saía e essa era uma resposta difícil de dar, ali, ao pé da professora de História tão imóvel e recetiva. Fingiu não ter ouvido, perguntou-lhe se viera por muito tempo.

«Não sei ainda», disse ele. «Tinha pensado em seis meses mas creio que não aguento e me vou embora antes. Sinto-me despaísado. Penso, em todo o caso, voltar, vir de vez em quando. Aluguei mesmo uma casa.»

«Sério?»

«Aluguei, vê lá tu. A que horas sais? Posso passar por aí?»

As costas da professora moveram-se sob a blusa creme e então Jô disse-lhe que sim, que podia, às cinco e um quarto, e enquanto falava não perdia de vista a figura recortada a contraluz, no fundo da janela.

«Esplêndido», disse ele. «Até logo.»

Com o desligar do telefone coincidiu o súbito regresso à vida da professora de História. Respirou, moveu-se ao de leve, e Jô viu-lhe o olhar fito em si e tão curioso que resolveu não lhe dizer nada. «Esplêndido», exclamara Mário, e aquela palavra tão sem significado dera-lhe como que uma vida nova, fora uma espécie de injeção estimulante. De súbito sentira-se animada, com vontade de viver. E pensou que dantes também era assim e que ela costumava deixar-se arrastar por esse entusiasmo, incapaz de lhe resistir, embora, por vezes, o fizesse receosamente. Era um entusiasmo útil até quando nada produzia a não ser futura amargura. Aquela voz um pouco implorativa – só um pouco, em todo o caso – e que não esperava pelo resultado daquilo que implorava. Por falta de tempo, talvez. Ou porque não valesse a pena esperar, o resultado era sempre satisfatório.

Lucrécia caminhou para a porta.

«Até logo», disse. «São quase horas da aula.»

Não ensaiou as futuras palavras, as frases indicadas, não afastou as inconvenientes, não as recordou para as afastar. Esta não, nem esta, aquela nem pensar em dizê-la. Sentia-se vazia de ideias de interesse imediato e desceu a escada cautelosamente, como quem receia que o chão lhe passe de súbito, traiçoeiramente, uma rasteira qualquer. Olhava para os passos, media-os, dir-se-ia que lhes calculava a largura tendo em conta o peso do seu corpo e a velocidade por ele adquirida lá em cima, no andar de onde vinha. Quando chegou à rua viu-o logo ao volante de um carro verde-claro.

«A minha reputação vai ficar manchada», disse sentando-se ao lado dele e para dizer qualquer coisa. «Espero não ter sido vista por muita gente.»

«Suponho que não. Mas ralas-te muito com o que possam pensar?», perguntou ele, risonho.

«Bastante, até porque está em causa o pão nosso de cada dia. Mas na verdade ralo-me com o que os outros possam pensar. Cada um é como é, e eu sou assim. Mas espero que não me tenham visto.»

«Julguei que estivesses mais diferente», disse Mário. «Passaram quantos anos?»

«E não estou? És um encanto. Tu também não, de resto.»

«Eu não o quê?»

«Não estás muito diferente. Isto é, estás diferente mas não em decadência. Os quarenta anos são a idade perigosa, dizem. Nos homens, está bem de ver.»

«Não pareces ter mais de trinta, asseguro-te», disse Mário. «E tens...»

«Trinta e oito.»

«É isso, trinta e oito.» Houve um silêncio e depois ele disse: «Vou mostrar-te a minha casa. Estás de acordo?»

«Pois sim.»

Deram voltas ao Bairro Alto e o carro parou finalmente à porta de uma grande moradia com primeiro andar e gradeamento em volta de um exíguo jardim onde havia duas palmeiras.

«É aqui», disse Mário. «Tem uma linda vista. Ninguém dirá, pois não? O rio, tudo. A casa com que sempre sonhei.»

Abriu a porta do automóvel para ela descer, depois abriu o portão e a porta de casa.

«Este portão e esta porta que tenho de abrir lembram-me sempre um jogo que todos nós tivemos em criança. Uma caixa pequena metida noutra maior que por sua vez estava dentro de outra maior ainda. Lembras-te?»

«Nunca tive tal jogo.»

Ficou pensativo.

«Não? Tens a certeza? Bem, é possível que eu também o não tenha tido, é muito possível. Mas apesar disso lembra-me esse jogo. Descobri-a por acaso. Ia a passar e vi escritos. Até julguei que fosse para demolir, como estão a deitar a cidade quase toda abaixo... Afinal não era. Aluguei-a logo, sem hesitar. Tinha-a comprado se estivesse para vender.»

Entraram num pequeno vestíbulo onde havia um óleo bem estalado, uma mesa antiga e duas cadeiras. Mário abriu uma porta de vidro que ficava no lado direito e teve um sorriso largo que perguntava em silêncio: Que tal? Que te parece? Que dizes?

Ela entrou numa grande sala e girou lentamente sobre os tacões. Aonde fora buscar o espanto necessário, a expressão admirada toda olhos redondos e testa franzida? O silêncio conveniente? Estava lindo, lindo, disse por fim. Um encanto. Mário, um encanto. Muito, muito bom gosto. Aquela arca, ali, era uma maravilha. E a tapeçaria, onde a fora arranjar? Que riqueza de tons naquela folhagem de outono! E o sofá? Veneziano, não? Via-se logo. Da segunda metade do século XVIII, talvez... Entrava no jogo com entusiasmo, ardentemente.

«Da primeira», disse ele. «Lembras-te de um grande leilão que houve em Sintra o mês passado? Tinha eu acabado de chegar. Na altura ainda não tinha casa. Comprei umas coisas com ideia de as levar. Depois pensei melhor... Sabes que não gastei muito... Esta arca, por exemplo, ora faz lá um cálculo. Não, não, que ideia isso também não podia ser. Custou-me doze contos. Às vezes, nos leilões, arranjam-se autênticas pechinchas. Já mobilei assim o meu apartamento do Rio. Claro que é preciso sorte, e saber, naturalmente, do assunto. Ser-se conhecedor. Quem o não for passa pelas coisas sem dar por elas e vai espetar-se numa imitação qualquer, sem o menor valor. Repara no quadro.»

Ela sentou-se diante de uma grande tela com flores, muito escura, para ver da direita para a esquerda por causa da luz da janela que absorvia as cores quase por completo. Assim, de face, quase só se avistava uma mancha sangrenta no meio de uma superfície escura, luzidia, estalada também, imponente mesmo assim. Uma tela de museu. Velha. Velha não, antiga.

«Autor desconhecido», disse Mário enquanto abria a porta do bar.

«Na verdade, é muito bela», declarou Jô que se ergueu para a ver melhor. «Muito bela.»

«Não é? Ouve cá, o que vais beber? *Whisky*?»

«Nunca bebo *whisky* de dia. Só à noite e mesmo assim em condições muito especiais. Na verdade, creio que não gosto e que o acho uma bebida repugnante, mas não digas nada a ninguém.»

Olhou-a desolado.

«Vê lá! E eu convencido de que eras um bom copo. Dantes...»

A mania de as pessoas relacionarem factos, arranjarem pontes ou então, também acontecia, abrirem comportas a rios sem pontes nem barcos, a rios fronteiriços para não serem atravessados. Interrompeu-o.

«Ora, dantes! Nessas idades gostamos mais ou menos de tudo o que nos é proibido. Um cigarro às escondidas, que delícia. E então uma bebida forte! Julgamo-nos gente grande, não é verdade? Depois, com o tempo, tudo volta a adquirir as suas proporções normais e passa a ser ocasional e sem interesse, não é?»

«Eu gosto muitíssimo de *whisky*», afirmou ele com seriedade.

Jô refletiu em que, apesar de tudo o que dissera, lhe apetecia beber. Não queria, porém, fazê-lo, não eram horas.

Nunca havia horas tão importantes como aquelas em que estava sozinha. As outras eram igualmente ficção e só depois, a sós consigo própria, adquiriam uma certa consistência e uma atualidade relativa. Às vezes, quando regressava do colégio, ou quando se separava do Artur, acontecia-lhe pensar: «Fui eu, na verdade? Mesmo eu? Eu que estou aqui, toda inteira, como sempre enrolada em mim própria?» À tarde, quando chegasse a casa, ou à noite, quando apagasse a luz, é que essas imagens teriam relevo, som estereofónico e significado mais ou menos concreto. Agora folheava, num cenário desconhecido, algumas páginas de um livro que largara há muitos anos, logo no princípio (tinham-na obrigado a largá-lo), e que acabava de abrir ao acaso. Um homem chamado Mário, recém-chegado do Brasil, mostrava a sua casa a uma mulher chamada Jô, e esta soltava exclamações entusiásticas enquanto ia vendo as obras de arte. Exclamações entusiásticas e frases laudatórias, já tão pouco suas que acabou por olhar em volta à procura de alguém a quem atribuí-las. Estavam, porém, sozinhos. Tão sós que ele abrira a porta com uma chave e não se ouvira o mínimo rumor lá para dentro. Não teria nenhum criado?, pensou. Aquilo pareceu-lhe, de repente, um pouco *louche,* mas lembrou-se de que já não tinha, infelizmente, dezoito anos mas trinta e oito. Mais vinte, portanto.

«Em que estás a pensar?», perguntou ele com o copo na mão.

«Medito», disse Jô. «Mas não me perguntes em quê. As minhas meditações foram sempre pessoais e intransmissíveis.»

«Sempre. É nisso que és extraordinária. E tão repousante!»

«O que é repousante, Mário?»

«Tudo isto. Estares aqui e seres a mesma. E terem passado vinte anos.»

Ela suspirou um pouco e disse:

«Suponho que sou a mesma. E que mudei muito, ao mesmo tempo.» E pensou que mudara, de facto. No tempo de Mário gostara dele, depois tinha gostado muito de Artur, mas agora estava seca e o seu sentimento tornara-se árido.

Quis, porém, sentir-se feliz como dantes e procurou regressar ao passado, tanto quanto possível, naturalmente, e de modo a não ferir a suscetibilidade de ninguém. Sentir-se feliz por estar junto de Mário, sozinha com ele. Mas era difícil, mesmo impossível regressar assim à juventude. No entanto gostaria de lhe passar a mão pelos cabelos duros e lisos, de lhe perguntar pela décima ou pela vigésima vez no dia se gostava dela. De o ouvir dizer que sim. Só porque isso lhe trazia de novo o que passara, esse tempo, o seu, claro. A pergunta e a resposta e o caso em si havia muito que tinham prescrito.

«... e o quarto é dona Maria», disse Mário continuando uma frase qualquer que ela não ouvira. «Mas tens de beber qualquer coisa, *Grand Marnier*? *Marie Brizzard*?

Sempre aceitou um licor, à procura de coragem para entrar em determinado assunto, logo que visse caminho aberto. Desde que ali entrara, melhor, desde que ouvira a sua voz, soubera que falar daquilo era necessário. Mário parecia, no entanto, deleitar-se no tempo presente. Falou do Rio, da sua casa no Rio, das vezes em que pensara vir a Portugal.

«Estás então um homem rico», verificou ela à falta de melhor.

Ele fez o gesto contrito, entre orgulhoso e envergonhado, de todos os homens ricos deste mundo. «Rico não», disse. «Enfim, tenho o bastante para viver à vontade, sem me preocupar com o dia de amanhã.»

Falara com ar impessoal e ao mesmo tempo desinteressado, esforçava-se por isso – e ela riu porque aquilo era novo.

«É engraçado», disse. «A minha mulher a dias considera-me rica porque tenho mais do que ela. Tu também não te julgas rico porque acima de ti há uma longa escada que culmina sei lá em quem, talvez no Xá da Pérsia, não?» Riu um pouco e depois ficou séria e olhou-o bem de frente. «Ao tempo que não me ria, queres crer? Não calculas como me sinto feliz, como me senti feliz quando um dia soube, já não sei quando nem onde nem por quem, que estavas rico. Não calculas. Foi, por assim dizer, uma libertação. Sentia-me tão culpada.»

«Mas não havia razão, filha.» Levantou-se, pegou numa bonita caixa de prata trabalhada, ofereceu-lhe cigarros que ela recusou e foi sentar-se ao seu lado no sofá veneziano. Jô tinha o seu plácido rosto de sempre; o seu coração, porém, estava inquieto. «Não havia razão», prosseguiu ele. «Se alguém teve culpas, fui eu, que nunca mais te escrevi uma palavra. Mas que queres tu? Refiz a minha vida, não é assim que se diz?, quis refazê-la. Nascer outra vez. Foi agradável, ia dizer apaixonante se a palavra não fosse...»

Ela murmurou: «Sim.»

«Outro homem, estás a ver? Cortei todas as ligações com o passado, mudei de cenário, arranjei outros comparsas, mudei sobretudo de peça. Tive sorte também, naturalmente. O meu tio foi formidável. Fingiu que ignorava tudo, nunca houve entre nós a mínima alusão ao caso. Quis-lhe muito por isso.»

«E ele a ti?»

«Não tinha mais ninguém. Formámos um bloco. É bom formar assim um bloco com alguém, nem que seja com um tio que nunca se tinha visto antes.»

Ela disse:

«É bom. Deve ser.» E logo a seguir pediu-lhe um *whisky*. «Mas só um, pequenino. Mesmo que te peça mais não mo dês.»
«Fala-me de ti», pediu ele depois. «Suponho que não casaste.»
«Não. Porque supões?»
«Não sei. Talvez porque ainda não falaste nisso. Ou porque mo disseram.»
Fala-me de ti. Quando iria perguntar-lhe se era feliz? Antecipou-se-lhe.
«És feliz?»
«Creio que sim», disse ele. «Nota que nunca analisei a coisa em pormenor, nunca senti a necessidade de o fazer. Talvez porque sou feliz. Hás de pensar...»
«O quê?»
«Que me apeguei demasiado às coisas terrenas, e se o pensares tens razão. Mas a que havemos de nos apegar nesta terra senão às coisas terrenas? Acho que compreendi isso bastante cedo, felizmente.»
«Foi bom teres compreendido isso tão cedo. Conta-me como foi, como é.» Sempre sentira uma grande admiração pelas pessoas que compreendem cedo as coisas, que não precisam para tal de chegar ao fim da vida, ou, pelo menos, a uma idade madura.
Ele levantou-se, pôs-se a falar com muitos gestos, como dantes, andando de um lado para o outro e tropeçando às vezes no tapete.
«Bem, é isto. Conforto, uma boa mesa (tenho a melhor cozinheira do Rio, uma mulata formidável), umas amiguinhas sem nada a ver com o amor, só um pouco para enganar o coração. Eu dantes falava com desdém, não é, dos bens materiais. Mesmo *aquilo* era só para sobreviver até sermos maiores, não é verdade? Mas olha que os bens materiais... É preciso ser-se saudável, filha, e isto é ser-se saudável. Enfim, não sei se me estás a seguir... Quero dizer, ter coisas boas, gozá-las e pensar que se teve muitíssima sorte porque há muitas pessoas que as não possuem.»
«Dar graças a Deus.»

«De certo modo.»

Jô sorriu, contente, lançando-se como naquele tempo numa conversa daquelas de que ambos tanto gostavam e em que não se dizia nada.

«Há o fígado», lembrou. «Bem, uma casa bonita, duas no teu caso, nunca fizeram mal. Mas a boa comida, Mário, a da melhor cozinheira do Rio, não foi o que disseste? E a bebida, claro... Há o fígado, não te esqueças. Quanto às amiguinhas, ao excesso de amiguinhas...»

«Mas eu sou um homem regrado. Uma amiguinha de vez em quando, um jantar copioso de vez em quando... Nos intervalos, castidade, grelhados e *whisky,* que nunca matou ninguém. Sou um homem previdente.»

Ela riu mais, com alegria. Fora um amor feliz, o deles, mesmo cercado pelo arame farpado das dificuldades. Fosse Mário outro e teria sido um amor todo tristeza e lamentações. Com ele isso era, porém, impossível. Um rapaz discreto, o desse tempo, recordou. Calado e solitário, às vezes, outras alegre, tão exuberante e comunicativo que assustava. Impaciente, é verdade, e também instável. A sua instabilidade era, porém, só física, só o seu corpo se rebelava contra as pessoas quietas e a paisagem imóvel. Estava aqui, estava além. Ninguém compreendia senão ela como ele estava sempre no mesmo lugar.

Um bom rapazinho, o Mário desse tempo, pensou. Seria mais do que isso? Tê-lo-ia sido? Todos gostavam dele, ele gostava de todos, era por assim dizer polífago. E Jô pensava muitas vezes se seria muito meritório o amor que ele lhe tinha. O seu gostar era igual, indulgente, quase diria profissionalmente cristão. Mas tudo isso pensá-lo-ia mais tarde, quando ele partira, quando o tinham obrigado a partir.

«E já te falei de mim», disse.

Agora fala-me de ti, devia pensar. Da tua vida, dos teus amores, dos teus problemas. Porque não te casaste? Porque não quiseste ou porque ninguém apareceu?

Ela acudiu apressadamente:

«Tão pouco, Mário, tão de passagem. Sei que tens uma bonita casa no Rio e outra – esta – em Lisboa. Que comes bem, bebes bem e tens, de vez em quando, umas amiguinhas. Tudo isso é mais ou menos óbvio. Mas o resto?»

«Assim, de repente, é impossível. Espero que nos vejamos mais vezes. E tu? Ainda não me falaste de ti. Disseram-me que tiveste ou tens uma ligação!»

«Sim, mas não foi logo. Levei muito tempo a pensar.»

«Em mim?»

«Não propriamente em ti, mas na falibilidade das coisas, mesmo das mais bem construídas. Desfazem-se e nada fica.»

«Nada mesmo?»

Ela quis dizer: «Nada, absolutamente nada», e isso, que havia duas horas seria fácil, era-o agora muito menos, e então respondeu-lhe que qualquer coisa ficava às vezes, imponderável ou inexplicável, e sentiu-se, de súbito, feliz por lho ter dito. Muito leve, como que liberta, mas triste também, triste e feliz ao mesmo tempo. Mário olhava-a sem bater as pálpebras e ocorreu a Jô que talvez ele pensasse outra coisa diferente e também que ainda estava a tempo de fazer marcha-atrás sem grande espalhafato de travões. Isto imaginou-o ou compreendeu-o ela, suspeitou-o em todo o caso, e foi-lhe necessário rir, embora não tivesse propriamente vontade disso, porque viu que ele ia falar e receou ouvir palavras indesejadas. Riu pois disciplinadamente. Um risinho leve, um tanto íntimo, e também, ao mesmo tempo, de sociedade.

«Creio que não devia ter vindo», disse com naturalidade exagerada. «Devia ter-te dito que parecia mal e por aí fora. Ou muito simplesmente que tinha muito que fazer. Mas queria ver-te e falar contigo. O que se deve fazer e eu!»

«Estava a pensar que te estraguei a vida.»

Era isso. Jô perdeu a combatividade de que começara a sentir--se possuída e ao mesmo tempo a moderação, encolheu os ombros e estendeu-lhe o copo vazio que ele voltou a encher, em silêncio.

«Creio antes que a estragámos, Mário. Refiro-me à minha vida, não à tua, que só ganhou com isso. Agora a minha... Bem, se eu não te tivesse sugerido *aquilo*... Fui a mais culpada, claro, não pode haver duas opiniões, e eu própria nunca tive outra. É certo que o teu silêncio... No fundo acho que procedeste bem, quero dizer, com lógica. Fomos feitos para tratar de nós, cada vez me convenço mais disso. Dos nossos queridos corpinhos, dos nossos espiritozinhos adorados. Os outros, sejam eles o grande amor ou o merceeiro da esquina... Que abismo, meu Deus!»

«Estás a exagerar.»

«Qual! E tu também o dizes, ou melhor, pensa-lo. Ou ainda, sente-lo. Não é a nós que dói a cabeça dos outros, não somos nós que morremos em vez deles. Ficamos mesmo, como direi, incólumes. Porque hão de ser comuns as outras coisas? Impossível. Tu estavas e continuas a estar na razão. Essa das amiguinhas é um achado. Muito bem visto na verdade. Nasceste outra vez, não foi o que disseste? *Tu,* naturalmente. Conta o que sentiste.»

«Queres, na verdade?»

«Quero, sim.»

«Bem, um grande desejo de ser outro, de fazer muitas coisas bem feitas, claro, de um dia poder regressar *outro.*»

«Purificado.»

«Nem tanto, filha, sejamos modestos. Lavado, se insistes. Desinfetado quando muito. Não havia neste desejo nada de muito transcendente, podes crer.»

«Pudeste regressar *outro,* deves portanto sentir-te contente.»

«Sinto-me contente.»

Ela então levantou-se e despediu-se porque já era tarde e tinha um encontro marcado. Mário perguntou se podia voltar a telefonar-lhe para o colégio.

«É melhor não telefonares», disse ela. «Pode criar problemas. Fala antes para minha casa. Suponho que ainda te lembras do meu nome completo.»

O fim da tarde – o fim da luz – trouxera consigo um vento frio que arranhava. Mário quis levá-la a casa mas ela recusou. «Gosto de andar, sabes?» Ele sabia e não insistiu. Jô pôs-se a descer a rua como se não tivesse nenhum objetivo concreto, com passos irregulares, ora largos e lentos, ora quase miúdos e quase apressados, seguindo pela borda do passeio, pisando cautelosamente os paralelepípedos que o debruavam, preocupada em não tocar com a biqueira do sapato nas linhas divisórias, quase apagadas pela luz noturna dos candeeiros. Sentia-se um pouco exaltada, mas sem tristeza nem amargura. Era qualquer coisa de novo, ou melhor, de reencontrado, que não experimentava havia muito tempo e que a enchia toda, transbordava num vago sorriso cuja existência desconhecia.

Mário Sena, escrevia a sua mão antiga, lisinha e tão branca, lenta, conscienciosamente, como quem pinta uma miniatura. Ao lado escrevia Joana Sena, mas isso não lhe agradava e emendava para Joana de Sena. Era um lindo nome, Joana de Sena. Soava bem... Soava-lhe bem. Mais tarde houvera outra possibilidade embora remota e ela escrevera Artur Fraga no papel branco, e também, a seguir, Joana Fraga. Pobre Joana Fraga. Fraga, vissem lá!

Às escuras, no seu quarto, com a cabeça tapada com a roupa, Jô pensava em Joana de Sena e em Joana Fraga, pensava mesmo em Joana sem mais nada, em Jô, com vontade de chorar pelas três.

Nessa noite o galo do comandante soou mais alto ainda do que habitualmente, e apagou de chofre, com a força estrídula do seu canto, todas as imagens. De longe, como ecos perdidos, outros cantos lhe responderam, primeiro um, depois outro, outro ainda. Um móvel estalou e ela acendeu a luz para tomar um comprimido.

A tentação de dar o grito ao ouvido do manequim. A irresistível tentação de lhe expiar o olhar diluído, a boca quieta. Tanto mais que achava que as pessoas deviam falar às refeições, mesmo que não tivessem nada a dizer, ou então tornavam-se ignóbeis com o seu mastigar compenetrado. Mesmo que não tivessem nada para dizer, o que não era o seu caso.

«Está cá o Mário.»

«Que Mário?»

«O Mário Sena.»

«Sena... Ora deixe ver...»

«Chegou há um mês e tal do Brasil.»

Ele compreendeu então de quem se tratava, soltou uma breve exclamação.

«Ah! O seu antigo namorado. Porque não disse logo? Conheço tanta gente. Mário... Mário Sena... Como havia de me lembrar?»

Jô ficou silenciosa e ele então perguntou:

«Quem lho disse?»

«Telefonou-me para o colégio. Estive em casa dele.»

«Do Mário Sena?»

«Do Mário Sena.»

Nem um olhar sequer. Estava ocupado, preocupado mesmo, em libertar da espinha aquele lombo de linguado que tinha em cima uma pele loira, natas e um camarão. Levou o garfo à boca, mastigou, engoliu, limpou discretamente os lábios, bebeu um gole de vinho de Colares, chamou o criado para lhe dizer que o vinho estava quente. Depois, olhou-a, e o seu rosto não exprimia nada, nem mesmo espanto. Um rosto cansado, nem isso, indiferente.

«E então?», perguntou.

«Quis por força mostrar-me a casa», disse Jô. «Está muito orgulhoso. A casa dos seus sonhos e por aí fora. Tem andado a comprar móveis em leilões.»

«Está bonita?», perguntou ele com interesse delicado.

«Não está mal. Muito museu para o meu gosto. Fria. Móveis com passado, sabe o género? Não se está à vontade ao pé deles, faz-se cerimónia.»

Artur mastigou um pouco de pão.

«Acho isso chocante», declarou.

«Isso, o quê?»

«O entusiasmo de certos homens pela casa. Tem qualquer coisa da recém-casada no seu novo habitat ou do homossexual *dans ses meubles,* não sei se me faço compreender. Não come?»

Ela reparou que tinha esquecido o linguado no prato e isso exasperou-a quase tanto como a impassibilidade dele. O grito não dera resultado, pensou mastigando com esforço. O manequim nem sequer oscilara, não houvera nele a mínima vibração. Um jeito na boca, talvez, quase impercetível. Mas nem isso, era impressão sua. Não houvera jeito nenhum na boca de Artur, e ela sentiu-se envergonhada porque falhara e porque ele sabia – estava certa disso – que ela tinha falhado.

«Não bebe?»

«O vinho não está gelado.»

«Pois não, que maçada.»

Chamou de novo o criado, mandou vir outra garrafa com muitas recomendações. «Falaram só de móveis?», perguntou depois.

«Não, claro, se bem que tivesse sido um dos assuntos dominantes. Móveis, quadros, leilões. Coisas extremamente concretas. O Mário tornou-se muito realista.»

«Pois que pensava?»

«Nada, suponho eu, o que me deixava todos os caminhos abertos. Há vinte anos que não o via e em vinte anos... Parece que é natural as pessoas mudarem. A evolução, etc.»

Artur disse: «Claro.» Estendeu-lhe a lista. «Que quer como sobremesa? *Pêche-melba?* Dá-me licença que dê uma vista de olhos ao jornal? Ainda não tive hoje um momento sequer...»

E o *Times* abriu-se entre ambos.

* * *

Jô apagou a luz do seu quarto, e o quarto onde estava era, de repente, pequeno, pobre e quase sórdido. Do teto pendia uma lâmpada sem *abat-jour* e as cortinas das janelas estavam rotas. Eles nesse dia – porque fora lembrar-se desse dia e não de outro qualquer? – estavam tristes, condenados e cheios de revolta. Ela. Mas talvez o tivesse contagiado também, porque Mário tinha a testa franzida e o olhar ausente. Deitados lado a lado e tão sós consigo próprios que nem as mãos se lhes juntavam. Dois raios de sol, paralelos, cujo calor tão quente houvesse, de súbito, gelado.

«Mas porque não hão de compreender?», perguntou ela quando teve palavras. «Parece tão simples. É tão simples.»

«Talvez o não seja para eles. São velhos, sabes? E é possível que já não se lembrem. Nós já não nos lembramos do que fazíamos e dizíamos em crianças.»

«E eles lembram-se.»

«E eles lembram-se.»

«Quando se convencerão de que os filhos têm uma vida própria, que lhes pertence, e que é a sua e de mais ninguém? Que os filhos são como eles foram?»

«Mas eles já não sabem, Jô. Esqueceram-se, não te lembras de que se esqueceram?»

«É verdade.»

Houve outro silêncio e ela tentou rompê-lo por várias vezes. Era, porém, um silêncio demasiado espesso, feito de todas as perguntas que eles faziam, revolviam dentro de si. E quando Jô abria a boca para falar, arrependia-se porque nada do que ia dizer valia a pena ser dito.

«Em que estás a pensar?», perguntou finalmente Mário.

«Em nada.»

«Diz lá.»

«É sem importância.»

«Quem sabe, filha?»

«É sem importância, asseguro-te.»

«Insistem em nos olhar como crianças», disse ele. «São revoltantes. Que só me caso quando for maior, mais ainda, quando ganhar o suficiente para manter a casa sem andar a pedir-lhes dinheiro emprestado. Sempre o dinheiro. Meu Deus, se pudéssemos viver sem ele!»

«Parece que não, que é impossível.»

«Se houvesse maneira...»

Ela continuava quieta, uma estátua jacente de braços caídos e olhos cegos voltados para o teto.

«Havia uma maneira», disse. «Mas não ta aconselho.»

«Qual?»

Ele soerguera-se, estava à espera. «Qual?», repetiu.

«Não ta aconselho, já disse. Arranjar dinheiro, já que ele é preciso e escondermo-nos em qualquer aldeia até sermos maiores. Onde ninguém nos conheça. Gosto tanto do campo. Deve ser bonito na primavera.»

«Mas o dinheiro, filha?»

Outra vez o silêncio, capaz de todas as respostas. Ele, porém, não ouvia nenhuma e insistia: «Tiveste alguma ideia? Anda, diz lá!» Por fim murmurou: «A não ser que tenhas pensado na possibilidade de eu... Mas não pode ser... O meu pai...»

«Se nos escondêssemos bem...»

Não disseram mais nada. Tinham medo dos próprios pensamentos, mas sentiam-se atraídos, seduzidos, deixavam-se seduzir. Os dois sozinhos e sem aqueles olhares desconfiados, acusadores, da mãe quando ela entrava mais tarde. «De onde vens a uma hora destas? Do liceu, não? Julgarás que sou parva?» Sem os gritos do pai quando ele lhe falava em casar. «Não casa, não senhor, ainda ontem tirou os cueiros e já me quer arranjar mais complicações. Como se as que tenho... Casar! Cresça e apareça, depois se verá. Juízo é que precisa ter, e muito juízo, senão vai parar com os ossos ao Brasil e lá não estuda, não, trabalha com o seu tio Ernesto!» Sem os ver e os ouvir. Sem o relógio a gritar-lhes continuamente que eram horas de se separarem. Sozinhos e donos do tempo. A pouco e pouco iam-se habituando à ideia, e ela própria, agora que a compartilhara com Mário, se sentia menos amarga e menos só. O pai dele, embora não fosse rico, ganhava bem. Que diferença lhe faziam uns contos de réis?

Mário rompeu o silêncio, arriscando a medo:

«Tinha que ser no dia em que ele recebesse o ordenado.»

«Penso que sim», concordou Jô em voz baixa. «Hoje são vinte e cinco, não são?»

«Vinte e seis.»

«Ah!»

Saíram. Jô levou esses dias a arranjar às escondidas as suas coisas, as mais importantes, numa pequena mala que dissimulara a um canto do guarda-vestidos. Bem no fundo meteu as pequenas joias que possuía: o anel, o fio com a medalha, a cruzinha de safiras, a pulseira de libras esterlinas recortadas. Mais tarde havia de pensar muitas vezes no egoísmo que a levara a incitar Mário a praticar um ato em que ela própria se recusava a colaborar ativamente. Na mala só havia coisas suas.

A mãe nunca tinha sabido de nada. Nunca encontrara a mala no guarda-vestidos e não reparara em como ela voltara um dia para o seu lugar, em cima das outras malas, no quarto das arrumações. Só achara estranho o facto de Jô começar a entrar mais cedo, à tarde, e também o silêncio do telefone. Isso, porém, não a preocupara grandemente porque os achava a ambos muito novos e aquele namoro, a seu ver, não iria longe. Um bom alívio, pensara decerto. E apesar das lágrimas escondidas e nunca explicadas de Jô, sentia-se contente. «As pessoas choram às vezes para rirem depois», dizia. E pedia a todos os seus santos que Mário não voltasse.

Sovado, insultado e só, Mário, ladrão inábil e envergonhado, ia nessa altura a caminho do Brasil.

* * *

«Julguei que a minha vida estava acabada, podes crer, e sem glória», disse-lhe ele dias depois, numa pastelaria da Baixa. «Julguei mesmo. O que nós pensamos. E sentimos. Nunca fui tão infeliz, tão sujo. Estava destroçado, compreendes? Tinha saudades tuas, sim, mas mais importante que tudo era aquela vergonha de existir, de ser eu, de não poder fugir de mim. Estava ali no barco, em plena primeira classe (o meu pai cuidava muito das aparências), no meio de toda aquela gente bem-disposta que me sorria por bem e tentava meter conversa. Houve mesmo uma senhora de uns cinquenta anos, que me pareceu velhíssima nesse tempo e que resolveu proteger-me. Eu fugia, trocava-lhe as voltas. Um dia em que me senti mais desamparado do que nunca, deixei-me ficar, e ela disse-me então que tinha tido um filho com quem eu me parecia e que morrera num acidente. Trazia o retrato dele na mala e parecia-se na verdade comigo, era impressionante. Contei tudo a essa mulher, vê lá tu. Ela sorriu e isso causou-me um grande espanto. "Não é grave", disse. "Pode acreditar em mim. O único problema é saber se o seu tio é mais compreensivo do que o seu pai. Você está tão arrependido, é o principal. Gestos assim todos nós os temos praticado em pensamentos, palavras ou obras. Até piores. Nunca matou ninguém? Que bonzinho! Sabe lá as pessoas que eu já matei... O que tenho pensado na campainha do mandarim!" Lembro-me de lhe ter dito que as palavras tinham muito pouca importância e os pensamentos ainda menos, mas ela não estava de acordo e deu-me as suas razões. Boas razões, por sinal. Falou-me de novo – e longamente – das pessoas que tinha, assim o dizia com volúpia, assassinado. Convenceu-me, naturalmente. Eu estava morto por isso. Quando cheguei ao Rio e me receberam como se nada fosse, tudo me pareceu maravilhoso. Pisava rosas embora lhes receasse – às vezes – os espinhos. Depois, com o tempo, convenci-me de que eles pouco existiam.»

«Tudo isso que me dizes faz-me outra vez pensar...»
«Em quê?»
«Essa mulher, o teu tio, o teu pai, esse principalmente, que ideia hão de ter feito de mim? Mostraste-me o teu pai uma vez, lembras-te? Ele subia o Chiado pelo passeio da direita, e nós descíamo-lo pelo da esquerda. Às vezes dizia de mim para comigo... Se o encontro, fujo. E pedia a Deus que ele não tivesse reparado na minha cara.»
«Mas não havia razão, Jô, nunca se falou de ti, podes crer», disse Mário levemente estupefacto. «Tu não sabias de nada, nunca o soubeste. E olha, agora que penso nisso, creio que não me calei por dedicação mas por egoísmo. Sim, sim, por egoísmo. No fundo sentia vaidade, um resíduo de vaidade, num ato de que ao mesmo tempo me envergonhava e arrependia. Se atirasse as responsabilidades para cima dos teus ombros, filha, ficaria na triste situação do rapazinho desencaminhado por outro mais esperto.»
«Mais esperto, tens a certeza?»
Ele disse que não tinha, de facto, a certeza, mas que todos o pensariam e que isso era o principal. Falou depois dos seus primeiros tempos no Rio, e dos outros, dez anos depois, quando o tio Ernesto morrera e ele se tinha encontrado de um dia para o outro com dinheiro. Ainda desta vez não disse rico. Com dinheiro. Jô ouvia-o e olhava-o e tinha uma sensação esquisita que não era nova mas que se dissolvera no tempo e agora se ia reconstituindo, a de que conhecera sempre Mário. Não desde aquele dia dos seus dezassete anos, quando se haviam encontrado num baile do Clube Brasileiro, aonde ela fora com o seu vestido de tafetá azul-celeste, mas mais longe, de outra existência, onde ambos tivessem, sem se lembrar, estado. Ele voltava a ser, passados tantos anos, uma pessoa importante na sua vida. Mais ainda, talvez nunca tivesse deixado de o ser apesar de ela ter amado Artur com um entusiasmo onde havia, talvez, uma certa afetação. Apesar de já não amar nem um nem outro. Mário estava longe, noutra margem, para além de muito mar e muita bruma e

dias e noites de viagem, tão diluído e imprestável, afogado no além-
-horizonte, que a maior parte das vezes ela não se dava conscientemente conta da sua presença-ausente.

«Em que estás a pensar que não me ouves?»

«Em nada.»

«Já dantes respondias assim.»

Jô encolheu os ombros e riu um pouco mas calou-se logo por sentir esse riso inoportuno. Ela costumava sempre dizer que não estava a
pensar em nada, e Mário lembrava-se. Contente mas séria, quase grave.

«É que é impossível dizer. Eu nunca soube explicar os meus
pensamentos. É como se depois de um bolo amassado me pedisses
para lhe separar os ingredientes. Os meus pensamentos são um bolo
e a certa altura já não me lembro do que deitei para dentro da forma.
Pensava em ti, claro. E em mim. Mas como? E em que companhia
estávamos nós?»

«Era mal de mim que pensavas?»

«Era lá capaz! E porque havia de o fazer? Houve um tempo,
não digo que não; suponho que já te falei nisso. Pensei muitas coisas
a teu respeito, mas olha que nunca te matei, juro. Eram pensamentos
amargos mas plácidos. Simples cogitações sobre o absurdo dos amores eternos. Depois tudo passou.»

«Tudo passa», disse ele, pensativo.

«Sim, quase tudo. Se bem que...»

O criado aproximava-se e ele perguntou-lhe o que queria. Chá?
Bolos?

«Sim, uns com manteiga fresca, muita manteiga. E chocolate
por cima. Como se chamam?»

«Londrinos, talvez», disse o criado. «Creio que é isso que
deseja. Quadrados, não é?»

«Sim, quadrados. É isso, londrinos.»

«Não tens medo de engordar?», perguntou-lhe Mário quando o
criado se afastou.

«Quem me dera! As mulheres gordas têm um ar tão saciado, um ar de quem tudo lhes corre tão bem... Venham-me falar do pecado da gula... Adorava ser uma mulher daquelas a quem as saias sobem muito quando se sentam, e levam todo o tempo a puxá-las para baixo, sabes o género?»

Ele sabia e perguntou-lhe pela Paula, que dantes era tão gorda. Isso era dantes, disse Jô. Se ele agora a visse... Não passava dos cinquenta e cinco quilos, recusava-se terminantemente a passar.

Falaram de Paula durante o resto da tarde.

«Falámos de ti, Paula», disse-lhe nessa noite ao telefone.

«E ele, como está?»

«Bem. Com mais vinte anos. Eu também. E tu. Estive em casa dele, quis mostrar-ma, está cheio de orgulho nela. Diz que tenciona passar aqui algumas temporadas. A *sua* casa. Sabes que foi um choque vê-lo na *sua* casa? O Artur diz...»

Paula interrompeu-a.

«Mas porquê?», perguntou.

«Por se tratar dele, claro. Era tão, como direi, de ar livre... As mesas serviam-lhe para pôr os pés. Agora tem em cima *bibelots*, relógios antigos, com redoma. Coisas assim. Está tão instalado, tão contente...»

Paula riu alto, além-fio.

«Não é uma coisa muito extraordinária.»

«Não é, tens razão. Deves achar-me um pouco ridícula.»

«Que ideia. Ouve, que impressão te causou?»

Pensou um pouco.

«Não sei», disse por fim. «Ainda não sei. Eu sou de compreensão lenta, sempre o fui. Preciso de algum tempo para assimilar as coisas, e às vezes, quando isso acontece, já lhes perdi o gosto. Sou assim, que hei de fazer? Em todo o caso... Gostei de o ver, sem dúvida. Havia, de resto, uma coisa entre nós – com vinte anos, vê lá

– que precisava de ser esclarecida, ou melhor, conversada. As coisas que não foram ditas deixam um desagradável sentimento de frustração. Por isso gostei de o ver.»

Paula deixou tombar o assunto, talvez porque não entrava nele. «Sabes que estou com a minha alergia?», disse. «Um horror... Foi há bocado. Senti uma coisa esquisita, era como se a cara de repente não fosse minha. Levantei-me e fui ao espelho...» O filme de *suspense*, Hitchcock puro, pensou Jô. A música a subir de intensidade, a subir tanto que os ouvidos doem. Levantou-se, foi ao espelho, e o que viu? «Não podes calcular. Por pouco não dei um grito, não assustei toda a gente. Por pouco. Dominei-me, consegui dominar-me. É que, bem, não podes fazer uma ideia. Só vendo.» Aqui a música baixou, caiu por completo, deixou praticamente de haver música, simples asas a adejar. «Já me tem acontecido, mas nunca assim, desta maneira. Os lábios incham-me um pouco, já sei do que se trata, tomo um anti-histamínico, ponho-me a dieta e a coisa vai por si. Desta vez duvido. Estou num estado... Foi qualquer coisa que comi no *cocktail*. Mas o quê?»

O quê?, pensou Jô. O quê?, voltou a pensar.

A mãe sentira-se pior do coração e tinha ido ao médico nessa tarde. Falou-lhe logo que Paula desligou, e a sua voz era macia e receosa.

«Nem me atrevi a dizer-lhe da viagem, sabes? Há um momento», murmurou como que em segredo, «há um momento, Jô... É terrível, tu não podes avaliar, mas um dia sentimos que estamos a apodrecer. Sim, sim, a apodrecer, Jô. Os olhos já não veem bem, o estômago não digere como dantes, o ouvido não é o que foi, o coração... E a memória? Lembras-te da memória que eu tinha? Todos recorriam às minhas luzes quando era necessário um número de telefone e não havia lista ali à mão, uma data, um nome perdido na noite dos tempos.»

Jô disse que tinha uma memória razoável, mas nem sempre operante, chamar-lhe-ia talvez afetiva. Só fixava bem aquilo que interessava ao seu coração.

«Por coração, filha... Aos trinta anos começamos a apodrecer, acautela-te. Tomamos drogas e besuntamo-nos para protelar a podridão total, mas ela vai avançando», disse a mãe na sua linguagem rebuscada. «Dia a dia. Hora a hora. Tenho pena de morrer!», gritou quase histericamente.

«Quem fala em morrer?»

«Posso viver ainda cinco, seis, dez anos na melhor das hipóteses. Sei que posso. Tomo Quinicardine às refeições, encho-me de vitaminas, subo as escadas devagar, faço uma certa dieta. E as preocupações? E depois mesmo que as não tenha? Ao fim desse prazo a morte é inevitável. Há tantas coisas que não fiz, Jô, e que já não posso fazer!»

«Todos devem pensar o mesmo», disse ela, fatigada. «Ninguém fez o que queria fazer, todos se perderam pelo caminho.»

«Sim, decerto, mas cada um preocupa-se com a própria morte. Esta é a minha, compreendes?»

Eram cinco horas e tanto as alunas como as professoras se preparavam para sair, quando a diretora a mandou chamar. Jô tinha tido na sua frente, durante três horas, três levas de carinhas, de cetim, muito brancas e rosadas à luz da tarde, flutuando numa atmosfera inodora. Encontrou a diretora sentada como sempre à sua pavorosa secretária de torcidos e tremidos. Era uma mulher de sessenta anos muito morena, com um enganador aspeto bonacheirão e vestida de negro. Sorriu quando ela entrou e apontou-lhe a cadeira da-mãe-da-aluna.

«Desculpe se a demoro um pouco mais, mas precisava de lhe falar, e só a esta hora é possível ter um pouco de calma. Nos intervalos das aulas estão sempre a interromper e é praticamente impossível trocar duas palavras. Espero que não lhe faça muito transtorno.»

Em primeiro lugar queria saber se ela continuava satisfeita com o seu trabalho. Sim? Tanto melhor. Achava importante as professoras gostarem de ali estar. O colégio era uma grande família, ela, pelo menos, sempre assim o encarara. «A minha mãe – Deus tenha a sua alma em descanso – já pensava assim quando o fundou.»

«Não tenho de que me queixar», disse Jô.

«Ainda bem. E as pequenas, que tal?»

Durante meia hora falaram das alunas, das más e das sofríveis, das que talvez passassem e das que não passavam com certeza. Falaram também de uma explicação que a diretora gostava que ela aceitasse. A mãe da pequena era ainda sua parente, dela diretora.

Aonde queria chegar? Jô sentia que por detrás de tudo aquilo havia coisas mais fortes, ou pelo menos mais importantes, que dentro em pouco ficariam na primeira fila deixando aquelas diluídas na névoa dos planos secundários. A diretora dava voltas muito hábeis, desenhava espirais que se enrolavam e logo se desenrolavam, círculos, retas mais raramente. Era contra as retas, devia achá-las demasiado fáceis e vulgares, próprias de qualquer pessoa. O atalho mais fácil, o de todos. Às vezes detinha-se num ponto, abandonava-o, percorria longos caminhos escabrosos, para a certa altura voltar ao mesmo sítio, onde já ninguém a esperava.

Vagueava por um pedagogo qualquer, que lera em tempos, pelo pai que costumava dizer..., depois pela mãe, coitada, que trabalhara até ao fim porque tudo é inadiável. Estúpidas, imbecis abelhas que nós somos!, tinha exclamado pensativa. De súbito regressara apressadamente:

«A própria mãe não tem ilusões, a pequena é... vulgar.» Jô sorriu um pouco, discretamente. A diretora também, e compungida. O sorriso que pode permitir-se uma filha inconsolável e uma parente ilustre que lamenta aquela vulgaridade na sua família. Vulgar. A maneira desatenta, um pouco desdenhosa, não muito, o suficiente em todo o caso, com que disse «vulgar». Nada de muito especial, em suma. Mas gostava de ser agradável à mãe, que lhe pedira que lhe arranjasse uma explicadora competente.

«É tudo. Não quero demorá-la mais.»

Jô levantou-se, dececionada. Seria possível que a diretora ficasse por ali? Estendeu-lhe a mão, e a outra conservou-a na sua mais demoradamente do que era costume.

«Pois ainda bem que se sente feliz entre nós. Receei que pensasse deixar-nos.»

«Mas porquê?»

«Bem, quando se casar.»

«Eu não tenciono casar-me.»

Gostaria de reaver a frase mas isso já não era possível. Estava dita e perdida, lançada ao mundo e na posse da diretora. Fora vista com Artur, era evidente. Talvez alguém lhe tivesse mesmo falado no seu caso.

«Ah, julguei», disse a diretora alçando muito as sobrancelhas pretas. «Como me disseram que há uns dias alguém telefonou e depois a vieram buscar de carro... Se não tenciona casar, suponho que isso não se repetirá e ainda bem. Teria de lhe pedir que evitasse telefonemas e esperas à porta. Seria um mau exemplo, como deve compreender. As pequenas...»

«Pode estar certa de que tal coisa não voltará a acontecer. Foi talvez uma precipitação da minha parte, mas tratava-se de um amigo que eu não via há vinte anos e que chegou do estrangeiro.»

«Decerto, decerto. Também pensei que devia ser qualquer coisa desse género. Mas as pequenas, não é? Depois há famílias tão minuciosas.»

Jô lembrou-se de que nunca tinham suspeitado da existência de Artur e isso preocupou-a durante algum tempo. Maquinalmente ia calçando as luvas que eram novas e macias, de uma cor suave e incerta, um pouco melancólica, de folha seca. Custavam a calçar, era preciso ajudar os dedos a serem vestidos pelos dedos, devagar, pacientemente. Ela entregou-se a isso com paciência, com atenção, como se toda a sua vida dependesse da maneira como aquelas luvas ficavam calçadas. Não olhava para mais nada, só para as suas mãos pequenas, de dedos delgados, quase castanhas e quase lisas. Não olhava para mais nada mas estava bem longe dali, bem longe.

A noite às vezes era grande. E compacta. Tanto que o galo branco mal conseguia atravessá-la com o seu canto. O ar não era ar, intervalo entre as coisas, espaço vazio. Constituía-o uma matéria mais espessa, mais importante e presente e quase irrespirável. Uma mordaça do tamanho do quarto aproximava-se lentamente, ia poisar-lhe sobre os lábios. Os móveis não estalavam também, ou talvez estalassem sem ela os ouvir. Nessas noites atirava para longe a roupa, levantava-se indiferente ao frio e ia até à sala que ficava no outro extremo da casa. Acendia então a luz, sentava-se no *fauteuil*, relia o livro policial que agarrara ao acaso, na estante, bebia fazendo caretas um ou dois *whiskies*, às vezes três. Era espantoso como tudo então se ia tornando leve, fácil e agradável, como tudo adquiria uma tonalidade diferente. Olhava quase enternecida para a rodela líquida que o copo deixava no tampo de mármore da mesa. E acabava por adormecer.

Assim nessa noite. Mas não leu, pensou. E em pensamento resolveu muitas coisas. O álcool ajudava a pensar e a resolver.

Artur está ali sentado, ao seu lado ou na sua frente, e o aparelho de rádio transmite um concerto.

«Demora?», pergunta ela.

Artur pede silêncio e daí por vinte minutos, quando o locutor de voz melosa diz que os estimados radiouvintes acabaram de escutar o concerto número 1, em sol menor, de Max Brusch, declara, traçando a perna, que o não gostar de música é um defeito de sensibilidade de que não se deve orgulhar. Um feio defeito de sensibilidade.

«Mas eu não me orgulho. Confesso.»

«Acha-se interessante por não gostar de uma coisa de que todos gostam.»

«Mas está enganado. Lamento não gostar. Odeio tornar-me interessante.»

«Lamento. Odeio. Que lhe aconteceu, Jô? Está exagerada.»

Ela encolhe os ombros.

«Tem razão, deve ter. Mas asseguro-lhe que não quero tornar-me interessante. Insisto nisso.»

«Desculpe se a ofendi. Longe de mim…»

Não está ofendida mas cheia de desespero. Como se aquilo fosse extremamente importante. E sente-se irritada porque ele não prossegue, e ela deseja uma continuação. Precisa em absoluto de discutir e para nada das desculpas dele.

«Um defeito de sensibilidade… Muito bem, de acordo. Mas não é grave, não acha? Não prejudica ninguém, não acha? Quem pode sofrer neste mundo com o facto de eu não gostar de música? Quem sou eu para se dar pela minha ausência nos concertos ou junto do aparelho de rádio? Há, no entanto, outras pessoas que têm defeitos de sensibilidade incomparavelmente mais graves porque podem produzir sofrimento. Não é assim, Artur?»

«Como diz?»

«Não é assim, Artur?, perguntei.»

«O que não é assim?»

«Não sei, Artur, não sei. Só sei que está tudo acabado.»

Fita-a demoradamente, sem compreender. Depois pergunta-lhe porquê. O seu rosto é quase patético. Tem a boca entreaberta, o olhar inquieto. Não é manequim por um instante. Um breve instante.

«Porquê, Jô? O Mário Sena?»

Ela diz que não em silêncio. Tudo tinha acabado há mais tempo, explica. E o Mário há muitos anos que deixou de a interessar.

Ele repete:

«Porquê então?»

Porquê? Sabe lá. Talvez porque não atingiu aquilo que desejava, porque ficou pelo caminho. Talvez porque a vida deles foi sempre demasiado despojada, sem raízes nem flores. Nem frutos, pensa. Talvez porque se cansou. Simplesmente por isso.

«Estou farta de viver na sombra», diz. «Farta não é bem o termo, isso implica exaltação mesmo secreta. Cansada é mais verdadeiro. Exausta. Tão na sombra, Artur, que ninguém sabe de nada. Nem no Banco onde você trabalha, nem no colégio onde eu ensino. E já me falaram no Mário, veja lá.»

«Isso foi-lhe útil, Jô?»

«Foi, calcule. Foi.»

«Pode explicar-me qual a razão porque isso lhe foi útil, Jô?»

«Não posso. Eu própria a ignoro. Creio que ainda não pensei nisso. Mas sei que me foi útil. O Mário vai partir um destes dias e muito tempo há de passar antes que volte.»

«Tem aqui uma casa, é possível que volte depressa.»

«É possível. Isso, porém, não tem a mínima importância.»

«Vou-me embora», diz ele então. «É tarde.»

«É tarde», repete Jô.

Abre os olhos e volta a fechá-los para adormecer, ali mesmo, enroscada no *fauteuil* da sala.

Mário telefonou e a sua voz era inquieta e apressada. Ou talvez a inquietação e a pressa não estivessem na sua voz mas nele, que se escapava das palavras inacabadas.

«Parto amanhã, vê lá. Agora que tencionava passar umas férias sossegado, dar um salto a Paris... Tenho que ir. Recebi um telegrama urgente. Uma complicação, Jô. Uma complicação dos diabos.»

Ela perguntou:

«Negócios?»

«Não, não. Um problema dos diabos, já te disse.» Calou-se um instante, depois continuou: «Creio que tenho que tomar a coisa pelo lado melhor e seguir em frente. É um problema que afinal de contas posso solucionar com uma palavra.»

«É bom essa certeza de poder fazer uma coisa, não é?», perguntou ela com ar mundano.

Mário respondeu que sim, se bem que preferisse não ser obrigado a fazê-la. «Creio que desta vez é que é», disse. «Creio que desta vez é que me caso.»

«Meu Deus, casas?» E as ideias deixaram de ser imagens para se transformarem em pequenas nebulosas pessoais. «Casas?»

«As circunstâncias...»

«Ah!»

Ele pediu-lhe que o desculpasse mas era quase certo não poder passar por casa dela a despedir-se. Tinha uma série de passos a dar, umas complicações de última hora no consulado. Esperava que da próxima vez tivessem mais tempo.

«Nem fomos a lado nenhum, filha.»

«Pois não.»

«Uma coisa destas. Mas penso voltar na primavera. Então será diferente.»

«Na primavera?»

«Em abril ou maio. Talvez seja a minha viagem de núpcias.»

«É uma boa altura para mostrares a Europa à tua mulher.»

«Já faz bom tempo.»

«Não há ainda muito calor.»

«Já se podem tomar banhos de mar.»

«Há quem os tome.»

«Ou ir até ao campo.»

«Parece impossível, mas nunca estive no campo, só de passagem. Uma vez era para ir lá passar um tempo. Na primavera. Mas tudo falhou.»

«Coisas da vida.»

«É. Coisas da vida. No verão vou sempre para a praia. Sou a mulher só do hotel. Há sempre uma, suponho. Como o idiota da aldeia ou o bêbedo da rua.»

«Quando eu vier...»

«Quando vocês vierem...»

«Quando nós viermos.»

«Tu e a tua mulher.»

«Eu e ela. Havemos de ir os três ao campo.»

«Porque não?»

«Está combinado?»

«Está combinado.»

Houve um silêncio e ele então disse:

«Não penses que isto é para mim um drama. Ela é bonita, tem dezoito anos e tenho de casar com ela. Tem de ser, paciência. Não é nenhum drama.»

«Sei que não é.»

«Adeus, Jô. Logo que chegar ao Rio escrevo-te.»

«Sem dúvida», disse ela sem acreditar, mas com uma voz convicta. «E eu respondo-te.»

Mário desligou e ela ficou quieta, sem pensar, e com o telefone na mão.

Nessa noite a voz de Paula disse-lhe outra vez que aquilo não era vida. Primeiro falou de outras coisas e de outras pessoas. De si própria também, como não podia deixar de ser. Uma vida tão presa, Jô, tão cheia de obrigações. O tempo era sempre curto para certas pessoas e ela era uma delas. «O quê, já é tão tarde? O quê, já estamos a 20? Mas como é possível?» Para ela o tempo nunca chegava, era um horror. O Francisco não, era espantoso, tinha tempo para tudo e nunca se apressava. O pai também era assim. Recuou muitos anos e falou do pai. Seguia por atalhos, saltava valados e galgava muros.

Coitado, já nessa altura – que altura?, perguntou Jô em silêncio porque não a tinha seguido –, já nessa altura sofria do coração e ela sem saber e todos sem saberem. Ele, claro, devia calcular. Do seu lado todos eram cardíacos e isso os levava à sepultura. Santas mortes, não era? O pai ficara-se, de noite, sem acordar. Era uma doença de família. Jô deu consigo a pensar que aquela «doença de família» devia parecer a Paula elegante e portanto aproveitável. Qualquer coisa como o lábio dos Bourbon ou a hemofilia dos descendentes da rainha Vitória.

Jô deu uma resposta qualquer, ao acaso, e pensou que Paula era uma mulher feliz, sempre o fora. Já era assim no tempo do colégio, só que nesse tempo o era receosamente, acanhadamente. A felicidade, porém, estava nela, nos seus cromossomas. Como em Mário, de resto. Como nele. Mesmo que as coisas não lhes corressem muito bem – uma suposição –, isso era só aparência, eles caminhavam, em todo o caso, para melhor. Eram, de resto, hábeis em procurar a felicidade e em encontrá-la. As portas tinham-se sempre aberto à sua passagem, antes mesmo de eles baterem, ou, pelo menos, logo à primeira campainhada. De par em par. E as pessoas recebiam-nos de braços abertos. Já tinham lugar para eles, já contavam com a sua vinda. Como? «Ora!», riam as pessoas. «Um sexto sentido, uma espécie de espírito santo de orelha.» Duas ou três receções desse tipo trazem uma grande segurança, afastam definitivamente todos os complexos, pensava Jô. E mesmo que aqui ou além as portas não se abrissem com tanto entusiasmo, com uma rapidez tão grande, sentiam-se seguros e invulneráveis. Tocavam de certa maneira (uma campainhada definitiva), sorriam do alto da sua certeza. E entravam. Afastavam as pessoas, abriam caminhos, obrigavam-nas com a sua simples presença a levantarem-se do lugar conquistado, se tanto fosse necessário, para eles se poderem sentar no que mais lhes conviesse.

«… e provavelmente vamos passar o Natal a Paris. Os Royer insistem muito, e o Francisco está meio convencido.»

«Ah!»

«Queres que te traga alguma coisa?»

«Um maço de *Gauloises*.»

«Meu Deus, não és exigente!»

«Não sou, pois não?»

«Às vezes não te compreendo bem.»

«Sou uma ilha, Paula.» Sim, uma ilha pequena, sem arquipélago, e à volta o oceano desconhecido e um nevoeiro tão denso que não deixava ver os barcos, se os havia. Mas era natural que os houvesse. Há sempre barcos em volta das ilhas. Estivera um dia numa ilha assim...

A voz de Paula ria na sua sala, no seu divã. «Todos o somos, não és original.»

«Mas eu sou aquela ilha.»

Pequena e com praias de cascalho, não muito belas, voltadas para oriente. O sol abandonava-as a meio da tarde, e então fazia frio e a água ainda há pouco morna e confortável tornava-se gélida, matéria opaca, cheia de vida, de morte e de mistérios. Só havia uma coisa a fazer, subir, subir à procura de um resto de sol. Mas do lado ocidental era o reino das gaivotas e dos rochedos a pique. Coisas só para olhar. Ruídos que eram silêncio. E acabava sempre por regressar à tenda onde estava acampada com uns amigos. Cansada. Farta. A querer ir-se embora e sem partir.

«Mas a tua vida é que é uma ilha, não tu.»

«Sim, a minha vida», concordou Jô. «Mas o que sou eu sem a minha vida, o que somos nós sem ela?»

«Bem, é tarde, vou deitar-me», disse Paula. «E o teu caso, na mesma?»

Fechou os olhos ou abriu-os. Amanhã, pensou, tenho aulas, duas explicações e um encontro, à noite, com Artur. Vamos tomar café a Cascais ou ao Guincho, se não chover, naturalmente, e ele abrirá a certa altura o *Times,* cujas notícias mais importantes comentará em voz alta porque está a par do que vai pelo mundo, que é uma coisa importante, premente, quem disse esta frase? Quanto a mim, esperarei com paciência ou sem ela, com paciência aparente, em todo o caso, que a filha, um dia qualquer, se case.

Então tudo isso lhe pareceu insuportável e resolveu que no dia seguinte teria uma conversa com ele, talvez aquela em que pensou, talvez outra. Uma conversa definitiva, em todo o caso. A mãe tinha razão. Paula tinha razão. Amanhã. Telefonar-lhe-ia de propósito, pedir-lhe-ia para se encontrarem, iria talvez ao Banco. Amanhã.

Ainda pensava assim quando adormeceu e adormeceu serenamente. A noite, porém, foi longa, daquelas sólidas e tão pesadas que lhe cortavam a respiração e quase a asfixiavam. Daquelas noites. Acordou, tomou comprimidos e sonhou com o pai que mal conhecera, com a mãe antiga, com Paula gorda e de tranças, só não sonhou com Mário. Não foi um sonho mas uma manta de retalhos. De madrugada a superfície das águas foi agitada ao de leve – um simples estremecimento, um arrepio – pelo som estrídulo e pelos seus ecos. Ela, porém, ainda não se reunira toda e só uma parte de si, muito breve, os ouviu. O resto, o mais importante, estava ainda fundo, escondido ou esquecido, perdido talvez, lá onde nenhum peixe-imagem deslizava. Por entre algas, búzios mortos e esqueletos de navios.

TUDO VAI MUDAR

Imobilizar as coisas, as pessoas, os momentos, arrancar-lhes um a um todos os véus, depois olhá-los bem, longamente, saciar-se deles até os olhos lhe ficarem doridos e as pálpebras descerem de cansadas. Olhá-los assim para ter coragem. Observar com atenção tudo aquilo que deixa, tudo, bem de frente, por uma vez sem receio, e verificar que não tem pena de se ir embora. Não fugir, não se escapar pelas ruas transversais, não se esconder na primeira porta aberta. Não sonhar. Sobretudo não sonhar.

Tem vivido – há quantos anos! – de esperanças construídas no ar, sem alicerces nem paredes mestras nem telhado. Só janelas abertas onde não se debruça, porque nem isso se atreve a fazer, onde se limita a espreitar, e que abrem todas elas sobre um impossível, que ele absorve aos poucos, receoso. Sem elas não teria podido sobreviver.

Mas, de súbito, não sabe porquê, os sonhos tornaram-se insuficientes. Agora há sempre uma larga margem de angústia branca, que se lhe enrola ao peito como uma serpente, que o aperta, que lhe corta a respiração e que faz doer. E já não é só o peito, é todo ele que é apertado, comprimido, por múltiplos, invisíveis anéis.

Dantes o patrão, o senhor Valdemar, aumentava-o e promovia-o com uma certa frequência, e Fausto saía do gabinete da direção e atravessava a grande sala repleta de secretárias como se descesse a nave central de uma igreja. Todos o olhavam com admiração e respeito, e ele arrastava atrás de si, lentamente, o longo e pesado manto da sua nova dignidade: era chefe de escritório. Aquilo tinha naturalmente consequências importantes. A filha ia poder estudar piano, o seu sonho, a mulher teria um pouco mais de descanso (talvez até pudessem meter uma criada) e iriam finalmente mudar-se, depois de quase vinte anos de espera, de desespero e de esperança gastos em partes de casa e em quartos alugados, para um andar onde não houvesse mais ninguém. E ele, Fausto, podia mandar logo fazer um fato. Há quantos anos não fazia um fato?

De outras vezes não era através dele que chegava a prosperidade, mas através da filha, que casava, não com esse namorado que vem todas as noites falar com ela à rua (a dona da casa não quer «poucas» vergonhas de portas adentro), não com esse rapazinho pálido e enfezado que ganha seiscentos escudos por mês e faz projetos de casamento, mas com um homem rico que tivesse automóvel e fumasse cigarros americanos como o senhor Valdemar. Porque não o próprio senhor Valdemar? Não era tão velho como isso e tinha uma boa fortuna. Mudariam logo de casa, naturalmente, e ele teria também o seu fato. O fato é, tem sido de há certo tempo a esta parte, uma das suas preocupações dominantes. Aquele que traz vestido está passajado de alto a baixo. A mulher tem-no enchido de remendos interiores para ficar mais resistente, mas a fazenda, já muito coçada, todos os dias se vai rasgando ao lado dos remendos. É rara a noite em que ela não passa o serão a cosê-lo.

Havia, naturalmente, sonhos acessórios. O da carteira encontrada na rua e cujo proprietário não aparecia a reclamá-la, o do tio Bento que tinha ido para o Brasil quando ele era garoto e que de repente surgia do silêncio de quase quarenta anos, velho, acabado e podre de rico. Sem mais herdeiros. Mas esse é um sonho sumptuoso, quase assustador, e Fausto é um homem modesto. O que ia ele fazer com os milhares de contos do tio Bento? Por isso prefere a sua promoção – legítima – a chefe de escritório ou o casamento de Isaura, tão possível afinal de contas. Todos os dias se ouvem na telefonia histórias desse género.

Preferia. Agora já não pode sonhar. Recusar-se-ia, mesmo que pudesse, mesmo que aquilo, que não sabe bem o que é, o não apertasse cada vez mais. Quer é olhar as coisas de frente, vê-las com nitidez, bem desenhadas, quase em relevo sobre o pano de fundo da sua vida vazia. A mulher é de repente aquela velha, velha e flácida, estragada antes de tempo, por sua causa. Sua? Se não fosse ele, se não fosse o escritório onde se amarrou, se não fosse não saber fazer mais nada do que aquilo, elas podiam levar ambas outra vida, na terra, onde tinham família. A filha talvez até casasse com algum pequeno lavrador que possuísse qualquer coisa de seu e se encantasse com a sua beleza delicada de rapariga da cidade. Beleza delicada! Chegou a hora da verdade. A Isaura é feia, parecida com ele, tem o mesmo nariz aguçado, a mesma boca mole, os mesmos olhos fundos. Não se quer iludir, não quer sonhar. Não e não. O quarto sem luz, o quarto só quarto, sem sol, sem nada lá de fora, nem ar puro sequer a entrar pela janela. Sem janela. Uma simples fresta de tempo cinzento para o saguão. O tabique a separá-los da filha. A casa de banho e o cheiro de casa de banho. As discussões, na cozinha, à hora em que as mulheres preparam as refeições, e o cheiro do azeite rançoso em que a mãe do tipógrafo frita as batatas. Os sapatos cambados, rotos, que nunca há dinheiro para mandar consertar. Talvez seja possível no princípio do mês... Mas no princípio do mês o dinheiro nunca chega para os sapatos, a não ser que se tire noutra coisa qualquer, nos carros, por exemplo. E durante uns dias, oito, dez, quinze dias, Fausto sai mais cedo de casa para chegar a horas de assinar o ponto. A filha a coser o dia inteiro. As rugas da mulher e as pernas inchadas que lhe custa a arrastar. A dona da casa, tão malcriada, a exigir o pagamento logo no dia um e a dizer sempre, com indiretas, que quem não está bem muda-se. E aquele casamento que talvez se faça, não há razão para não se fazer – não casou ele, não casou a mulher? – e a filha a ir para outro quarto igual àquele, talvez pior, talvez sem fresta para o saguão, até ao fim dos seus dias.

Agora os sonhos já não chegam, porque tudo se tornou grande de mais, triste de mais. E Fausto quer morrer. A morte aparece-lhe como a única solução. É a calma, a serenidade. Deus? Mas foi-o perdendo aos poucos, sem dar por isso, no decorrer da sua vida. O que ele perdeu de Deus desde o dia em que casou naquela igreja da terra dela, cheia de rosas brancas! Foi involuntariamente que isso aconteceu, sem ele se dar conta. A verdade é que Deus nunca mais lhe deu sinal de si, e Fausto nunca soube procurar os outros, implorar o amor dos outros, fossem eles deuses ou homens. E agora está sozinho.

Acaba de comer sem apetite (diz que lhe dói o estômago) o arroz de tomate e o peixe frito da véspera, levanta-se e põe o chapéu. Vai dar uma volta, até já, não se demora. A mulher olha-o perplexa e repete «até já»; a Isaura não diz nada porque não deu por nada, está concentrada no vestido que tem de entregar amanhã à tarde.

Fausto deita em redor um olhar que abrange ao mesmo tempo a mulher, a filha e a mobília escalavrada de tantas mudanças. Mas não se detém em sentimentalismos, não é um sentimental. Não beija as mulheres, não lhes diz nenhuma palavra que elas depois possam interpretar. Vai ser vítima de um desastre, está resolvido a isso.

Põe-se a caminhar e os seus passos fazem um estranho eco na noite. Desce a rua das Pretas e acha-se na Avenida. Atravessa-a com cuidado, olhando bem para os lados (ainda não chegou o momento) e depois começa a subi-la devagar, rente à beira do passeio que fica junto à faixa alcatroada. Há poucos carros àquela hora, não escolheu bem. Mas não pode voltar a casa. Sente que regressar é uma cobardia, e Fausto não quer ser cobarde, tudo menos isso. Ouve perto de si passos largos e vagarosos de quem passeia, há pessoas que dão sempre um giro depois de jantar. Um carro negro avança rapidamente e Fausto sente que tem de aproveitar aquela oportunidade. Calcula o tempo, fecha os olhos e lança-se para a frente.

* * *

Recua, porém, tão depressa como avançou. Há um ruído estranho, qualquer coisa que se tivesse rasgado dentro de si, talvez o seu coração subitamente grande, e o carro passa-lhe rente aos pés sem lhe tocar. Fausto debate-se, mas a mão que lhe agarra o braço direito é forte, ou, pelo menos, obstinada e não cede um milímetro. Ele desiste, fica quieto, rendeu-se. Volta-se um pouco, receoso.

«O que ia você fazer?», perguntam-lhe.

Fausto tem um vago sorriso, mas o gesto que lhe arrepanha os lábios não teve origem dentro de si, é um gesto independente, sem significado. Apareceu por aparecer.

«Ia atravessar a Avenida», diz por fim. «Ia para casa...»

«Você ia mas era atirar-se para debaixo daquele carro. Eu vi-lhe o impulso. Estava a olhar para si, por acaso, e vi-lhe o impulso. Felizmente tenho bons reflexos.»

Fausto repete numa voz alvar: «Felizmente... Bons reflexos...», mas não sabe o que está a dizer. Ainda não compreendeu muito bem o que se passou. Vive em plena nebulosa e os próprios sons lhe chegam diferentes do habitual. Mas a pouco e pouco tudo volta à normalidade e Fausto está na borda do passeio ao lado de um homem que lhe pega no braço, com força, como se receasse que ele se fosse atirar para debaixo de outro carro.

Fausto tenta libertar-se, delicadamente. A vida habituou-o a ser delicado, mesmo com os intrometidos, especialmente com esses. Diz por isso, baixando a cabeça ao de leve, não custa nada:

«Obrigado.»

Um sorriso de felicidade no rosto jovem do companheiro. Jovem? Talvez não seja assim tão jovem. Um rosto liso, em todo o caso, e com feições moças, inacabadas. Começam a caminhar ao lado um do outro, em silêncio. Depois o desconhecido põe-se a falar, apressadamente, do destino, do acaso e de Deus, tudo aquilo muito bem doseado e metido em compartimentos estanques. Às vezes as ideias extravasam, misturam-se um pouco, e Deus e o acaso encontram-se face a face. É, porém, um encontro fortuito e momentâneo e logo um deles é forçado a recuar para ceder o lugar ao outro, e aquilo passou-se tão depressa e a voz dele é tão convincente que Fausto não dá por isso e se desse talvez achasse o encontro natural.

Tenta despedir-se. Uma vez, outra ainda. Está a afastar-se demasiado daquele escuro, odorante quarto aonde afinal vai regressar. Hoje gastou toda a coragem, todas as possibilidades se lhe foram naquele gesto falhado. Tenta recuar. O outro, porém, segura-lhe o braço com firmeza, ainda não lho largou, só agora repara, e arrasta-o consigo.

«Vamos até minha casa. Você está precisado de uma bebida. Vai sentir-se melhor.»

«Está a fazer-se tarde... A minha gente...»

«É sempre cedo para quem não tencionava voltar, amigo.»

Sim, é sempre cedo. E Fausto, inerte, deixa-se levar não sabe para onde. Voltam à esquerda, atravessam a linha dos elétricos, metem por uma rua, param, sobem um elevador todo espelhos.

«Posso vir incomodar...»

«Vivo sozinho.»

«Mas... Não estará a fazer-se tarde?»

Um pequeno *hall* com reposteiros e apliques, uma sala com duas paredes forradas de livros, quadros, *bibelots* que parecem a Fausto maravilhosos, aquele *fauteuil* profundo tão acolhedor e caricioso onde se deixa respeitosamente tombar.

Agora tem na mão um copo, e o líquido doirado, quase esquecido na noite dos tempos – aos anos que não bebia um bom *cognac*! Quantos terá bebido em toda a sua vida? –, dá-lhe um estranho bem--estar, uma leve, branda euforia. Lembra-se vagamente de que se quis atirar para debaixo de um automóvel negro, mas não sabe exatamente porquê nem onde isso aconteceu nem se foi há muito tempo ou agora mesmo.

«Talvez você não avalie o que significa para mim.»

É o outro que fala. Tem uma cara engraçada, uns olhos fixos. Fausto dá consigo a sorrir compenetradamente, como se aquilo o divertisse.

«Bem... não?»

De súbito, está à espera, quase com ansiedade, da resposta do outro. Ele diz-lhe simplesmente que é natural e oferece-lhe *Chesterfield*. Tem visto lá no escritório, ao senhor Valdemar, mas nunca experimentou. De resto, há muitos anos já que não fuma, que perdeu esse hábito dispendioso. Hoje, porém... Hoje é um dia... Hoje talvez...

Acendem-lhe o cigarro com um bonito isqueiro doirado e olham na sua direção, mas não para ele. O olhar é tão intenso que o atravessou, que se perdeu. É um olhar-espada.

«Fiz trinta e nove anos há oito dias e nunca me tinha acontecido nada. NADA. E, de repente, salvei uma pessoa da morte. Você. Não fiz coisa nenhuma para isso. Só estava ali e estendi um braço. Mas foi tão importante, amigo. Compreende agora?»

«Não acontecem muitas coisas importantes na vida das pessoas», diz Fausto por dizer.

«Não acontecem. Na vida de ninguém, creio eu. As pessoas é que não dão por isso e julgam que sim. Eu esperava por uma coisa... sempre esperei. O quê? Sei lá... Fazer a felicidade de alguém, talvez. Mas total, compreende? Dar-lhe tudo o que tenho, por exemplo, mas isso é impossível. Ainda tentei, mas não fui bem-sucedido. Ela não compreendia, nunca compreendeu nada. Julgou que era um sentimento vulgar... No fundo, pensando bem, a frio, creio que nem gostava dela. Ridículo, não é? Folhetim barato, não acha?»

Não, Fausto não acha nada disso. Compreende, colabora, ainda que por oposição. Oposição? Nem tanto. A verdade é que já bebeu o *cognac* e olha esquecidamente para o copo vazio. Não está na mesma sala onde entrou, mas num ambiente em que a pouco e pouco se dissolveu. Observa, sem espanto nem admiração, o grande quadro multicolor que está do seu lado esquerdo.

«É um quadro abstrato, não é?»

O outro olha-o, surpreendido com aquele salto no espaço, e segue-lhe a trajetória do olhar.

«É sim, é um quadro abstrato. Não gosta de pintura abstrata?»

Fausto acena negativamente e o outro põe-se a falar de Braque. Quem será Braque?, pensa Fausto iniciando a sua segunda bebida, e muito leve.

«Tenho de me ir embora», diz. «Está a fazer-se tarde.»

Tarde, tarde, TARDE! Repete o eco dentro de si. Quantas vezes já disse ele aquela frase sem sentido?

O outro faz um gesto, impede-o de se levantar. De longe, de onde está, sem uma palavra. Ou talvez Fausto só tenha visto a sua mão branca, aberta no ar, e as palavras se tenham esvaído no princípio da sua embriaguez. O gesto imobiliza-se, fica estático, espetado nas lombadas dos livros.

«Queria fazer qualquer coisa por si, ajudá-lo, enfim, no que estivesse dentro das minhas possibilidades. Porque queria o senhor morrer? Falta de dinheiro?»

Fausto abre a boca, mas não acha palavras. Não pode explicar àquele homem, ali naquela sala, com aquele copo de cristal na mão, que queria morrer por causa do mau cheiro da casa e do quarto escuro, sem sol, e do casamento da filha e dos sapatos rotos e do fato todo a abrir e de tanta coisa, de tanta coisa... Não pode, é demasiado complexo.

«É demasiado complexo», acaba por murmurar. «Chegamos a uma certa altura e descobrimos que a vida, como hei de dizer... e que nós...»

A sua frase fica em suspenso, ninguém pega nela para a continuar, nem ele próprio. Não tem continuação.

Levanta-se e só então repara na manga direita, rasgada até ao cotovelo. Fica transtornado, não ouve o que lhe dizem, o que lhe explicam. Só sabe que tem a manga rasgada e que amanhã não pode ir ao escritório. E ele tem, naturalmente, que ir ao escritório amanhã. Isso está na ordem das coisas, nessa ordem a que não conseguiu fugir.

«Fui eu quando o agarrei. Fui eu quando lhe peguei no braço.»

Como se aquela confissão de culpa o pudesse consolar. Como se o facto de ter sido o outro, e não ele ou a própria fazenda, lhe fosse de algum auxílio.

Para que passou por ali, porque estava ali? Ali e não um metro atrás ou adiante, ou ao lado. Porquê?

Se estivesse a um metro de distância, a meio metro de distância, não podia ter estendido o braço, e Fausto não estaria naquela casa, mas em lugar nenhum. Levanta os olhos do copo outra vez vazio, que não se lembra de ter esvaziado, mas o outro já ali não está, saiu a correr, volta logo a seguir e traz nos braços um fato castanho.

«Ora vista-o, veja lá se lhe serve. Serve com certeza. Devemos ter o mesmo corpo, enfim, parecido. O senhor é mais magro, até ajuda, porque talvez eu seja um pouco mais baixo. Vista-o, ande. O alfaiate mandou-mo ontem. Está novo em folha, por estrear. E de cheviote, apalpe.»

Fausto apalpa-o, veste-o, abotoa-o, curva-se, volta-se, está surpreendido. O fato fica-lhe bem, uma luva. Deve agradecer? Deve receber aquilo como uma dádiva afinal de contas natural? O outro, porém, mete-lhe na mão, quase à força, um cartão de visita.

«Procure-me amanhã nesta morada. Há de arranjar-se qualquer coisa. Pode crer. Amanhã.»

Fausto dá entrada no frio da rua. Sente-se alegre.

Efeitos do álcool? Talvez, mas sobretudo daquele fato novo que ainda ninguém vestiu e que é fato para durar uns dez anos, talvez mais, e do cartão que os seus dedos apertam, afagam dentro do bolso. Está ansioso por chegar a casa e contar tudo à mulher e à filha. Contar? Mas como há de ser? Não pode ir dizer-lhes que se quis suicidar. Que encontrou um amigo que não via há muitos anos? Bem, talvez possa ser... Está alegre. Já nem se lembra do mau cheiro, nem do azeite rançoso, nem do namorado que ganha seiscentos escudos por mês e quer casar. Tudo lhe parece fácil de resolver, é como se de repente voltasse a acreditar nos seus sonhos. Amanhã, naquela morada... Oh!, ele sabe, agora sabe que qualquer coisa há de acontecer, tem disso a certeza absoluta. As coisas não podem continuar na mesma, agora que ele tem um fato de cheviote. Seria estranho, quase ridículo. Ele com um fato de cheviote, novo em folha, por estrear, e aquele cartão no bolso, com essas duas coisas e a mulher... e a filha... e a casa... Não, não, é impossível. Tudo vai mudar.

Foi precisamente nessa altura, quando ia a atravessar a Avenida para subir a rua das Pretas, que Fausto foi atropelado e morreu a caminho do hospital. O fato castanho de cheviote ficou sempre um mistério indecifrável para Isaura e para a mãe.

ROSA NUMA PENSÃO À BEIRA-MAR

    Ela voltara-se um pouco, com discrição (ou o simples hábito de se voltar um pouco), e o seu grande olhar de um verde-amarelado de folha seca tinha roçado levezinho pelo dele, logo retrocedera aparentemente chamado por outros interesses – ou surpreso –, esvoaçava por aqui e por além, detivera-se num chapéu que passava, voltara a poisar nos seus olhos como que indeciso, sim ou não, seria ou não seria? Era, sim. Sou eu, eu, apetecia-lhe gritar com as mãos em porta-voz, ou então levantar-se e correr para ela, para a mesa a que ela estava sentada a beber o seu refresco por uma palhinha, e estender-lhe a mão, assim mesmo, francamente. Como está desde aquele dia terrível, desde aquela terrível hora? Como está, Rosa?
    Era Rosa o seu nome. Rosa. Nem podia ter outro. Era lá possível imaginá-la a chamar-se Maria ou Berta ou Ana... Rosa! Gostava de o pensar com lentidão, a esse nome, de o murmurar saboreando-o bem, descansadamente, às vezes, quando estava só, de o entoar baixinho, um compasso binário, Ro-sa. Um nome de que ela tomara posse, que não era de mais ninguém, de mais nada. Rosa era ela e tanto que as próprias rosas de *r* minúsculo se haviam tornado tão minúsculas como o seu *r* inicial (e restantes letras) e tinham como que secado, caído em todo o caso para plano muito secundário no seu mundo, Rosa era ela, a palavra, mesmo no meio de uma frase – de qualquer frase onde se falasse de rosa-flores –, sugeria imediatamente a sua imagem de rosa-mulher.

Claro que havia imagens e imagens de Rosa. Rosa a nadar em tranquilas águas quase azuis. Rosa a perguntar na receção se chegara alguma carta que nunca chegara. Rosa a comer, séria, como que esquecida, no seu canto de sala de jantar. Mas a que costumava aparecer com mais frequência no seu *écran* privativo não era, infelizmente, das melhores, se bem que fosse, sem dúvida alguma, a mais nítida porque mais longamente focada. Nessa imagem, Rosa, olhada à vontade porque sem defesa, estava deitada, de pálpebras corridas, numa cama estilo rústico-barato, e ao seu lado direito, na mesa de cabeceira, via-se, junto ao candeeirinho de globo amarelo, um copo vazio e um tubo de um sedativo qualquer com sugestões de beladona algures no nome.

Fora ele o primeiro a entrar no quarto, tivera prioridade – pois não a havia merecido? – empurrando para tal o dono da pensão, muito enervado, e a criada que plantara na passadeira do corredor um tabuleiro com garrafas vazias, a fim de fazer funcionar com autoridade o *passe-partout*.

«Eu bem dizia! Veem que eu tinha razão? Veem? Veem?»

Viam, claro, não viam outra coisa, mas ninguém lha dava, tinham coisas mais urgentes a fazer. Em primeiro lugar telefonar para o médico. Ou para a Cruz Vermelha? Por isso o proprietário se precipitou pelas escadas abaixo, seguido de perto pela criada outra vez de tabuleiro em riste, e recomendando-lhe, a ele, no auge da excitação, que ficasse a tomar conta.

Nessa altura ainda não sabia que ela se chamava Rosa, nem mesmo, vendo bem, que a amava. Fazia-lhe uma corte discreta, toda olhares e vagos cumprimentos matinais, isso sim, mas daí a amá-la... Dela sabia unicamente o que todos sabiam e não morria de impaciência por saber mais. Que estava sozinha havia quase quinze dias naquela pequena pensão, que não conhecia ninguém, que passava o seu tempo a nadar ou estendida ao sol e que tinha uns lindos olhos claros. Não, não era só isso. Sabia também – e era o mais importante de tudo – que ela entrara nessa manhã numa farmácia onde ele próprio estava a comprar uma pasta de dentes e pedira numa voz baixa e difícil, que tropeçava em invisíveis escolhos, um tubo de Veronal.

«Só com receita médica.»

Vira-a ficar hesitante, como quem não espera ter o caminho cortado e não sabe muito bem, de repente, improvisar outro por onde meter. Talvez fosse pedir qualquer coisa para dormir ou um simples comprimido de Saridon, para tomar uma atitude. Mas não. Dera meia-volta e saíra sem dizer palavra.

O farmacêutico é que lhe tinha posto a pedra no sapato, resmungando enquanto embrulhava a pasta:

«Não me admirava nada se esta se estivesse a preparar para fazer asneira.»

«Talvez não... Porquê?»

«Isto do Veronal... Claro que há outros produtos igualmente fortes, mas falou-me demasiado neste e as pessoas lembram-se sempre... Depois, a cara dela...»

«Que tinha a cara dela?»

Não dera por nada senão pela voz. Vira-a de lado, com as suas calças floridas e a blusa preta que tão bem lhe ficava. Por nada.

Fora o farmacêutico. Por isso, por causa do que lhe dissera, é que tinha reparado que Rosa (que ainda não era Rosa) não aparecera para jantar. Comera com dificuldade, de olhos fitos na mesa vazia. O bife à pensão X, igual a todos os bifes, enrolava-se-lhe na boca e quando procurava engoli-lo verificava que ele se havia transformado num bolo duro e seco, na feitura do qual a saliva, por qualquer razão, se recusara a colaborar. Levantara-se antes do café e fora até à porta onde o senhor Costa olhava enlevado para a noite recostado numa cadeira de verga e assobiando em surdina o tiro-liro.

«A senhora que costuma ficar naquela mesa do canto já se foi embora?»

«Pediu para não a chamarem. Está indisposta, não janta.»

Contara-lhe a cena da manhã. O Costa tinha reagido. Não podia, recusava-se terminantemente a acreditar, a admitir que lhe fizessem uma coisa dessas, a ele, Costa. Que houvesse alguém tão malformado que quisesse arranjar um sarilho a um pobre homem que vivia do seu trabalho. Para mais tendo o mar ali à mão.

«E depois, se não lhe venderam o tubo...», acabara por arriscar numa voz semirrendida e invertebrada.

Podia tê-lo arranjado noutro lado, não? A cidade não ficava longe. Ou ter refletido, era o mais lógico, e comprado outra coisa qualquer, até Aspirinas. Ou ainda ter cortado as veias dos pulsos...

A ideia de um quarto inundado de sangue fez o senhor Costa dar um salto na cadeira. Mas ainda hesitara. E se ela estava simplesmente a dormir?

«Há muitas probabilidades de nem dar pela sua entrada.»

Não dera, de facto. Estava meio atravessada na cama e tinha vestidas as calças da manhã e a mesma blusa preta. Por entre os lábios donde o *bâton* parecia haver fugido, via-se-lhe uma placa de saliva que era extremamente desagradável. Respirava com dificuldade e gemia baixinho.

Tinha ficado só com ela – a tomar conta – e pensava no que a teria conduzido àquilo. A solidão, claro.

Era sempre a solidão. Quase sempre, em todo o caso. Ela parecia saudável.

Só depois de a terem levado ele soubera o seu nome. Rosa Lima. Soubera também que a amava, mas esse saber viera mais devagar, a pouco e pouco, com tanta lentidão que, quando tomara consciência do facto, já a tinha perdido a ela. Que tinha regressado a casa, responderam-lhe no hospital. Mas não sabiam – ou não quiseram dizer-lhe – onde vivia nem mesmo em que cidade. De resto, vendo bem, de que lhe valeria a ele saber onde encontrá-la? Não podia apresentar-se em sua casa e dizer: «Sou eu, aquele que lhe salvou a vida no dia tantos de tal...» Quem sabe se ela maldizia quem lha tinha salvo? Quem sabe...

Era um problema que podia levar a muitas cogitações e ele não se lhes furtava. Agora que amava Rosa, tudo o que lha trouxesse era bem-vindo, até aquela hipótese – plausível – que às vezes lhe ocorria de ela ter ficado a odiar a pessoa que se lembrara de abrir a porta do seu quarto. Depois, ele, salvando-a, tornara-se implicitamente o responsável pela sua morte, não essa que ela própria tinha procurado mas a outra, a inevitável, a que um dia havia de vir. Como seria? Quando? A triste morte da velhice de uma pobre mulher tonta ou paralítica? Um cancro? Um acidente de automóvel? Uma doença de coração? Qualquer que fosse, até outro suicídio, era ele o responsável, o culpado, e era-o ainda de todas as tristezas, de todas as dores que ela pudesse vir a sofrer. Daqueles momentos de solidão também, muito difíceis (ela bem o sabia) que quase nos fazem gritar, talvez para haver alguém que olhe, que veja, que pense momentaneamente em nós. Era ele.

E agora, meses passados, oito meses certos, via-a sentada naquela esplanada da Avenida onde ele próprio parara a beber uma cerveja, e o olhar dela tinha-se atrasado nos seus olhos, pensativo. Deviam ter-lhe contado. Quem, não interessava.

Sem saber como achou-se a seu lado, de copo na mão.

«Não se lembra com certeza de mim...»

Ela sorriu e respondeu logo, sem hesitação, que se lembrava, sim, que se lembrava tão bem... Andava sempre com um livro na mão, não andava? E lia constantemente, na praia. Nos seus pensamentos chamava-lhe o rapaz do livro. Eram versos, não eram? Não? Julgava... Tinha-lhe parecido... Pediu-lhe que se sentasse e falou do tempo. Ele, porém, não a ouvia. Ficara numa frase lá atrás. «Nos meus pensamentos...» Ele, nos pensamentos de Rosa...

O olhar dela, amarelado, qual amarelado, era verde como as folhas das árvores, tocava-lhe e logo fugia como que receoso. Rosa abriu a mala e tirou um maço de cigarros. Acendeu um – ele esquecera-se de o fazer a olhar para o seu rosto –, levou-o à boca, tirou-o, procurou em volta, maquinalmente, um cinzeiro, depois sacudiu para o chão a cinza que ainda não existia, tudo com gestos sacudidos e incoerentes.

«Ainda ficou muito tempo?», perguntou-lhe de chofre.

«Creio que dois ou três dias. Três, foram três.»

Sentia-se corar e isso era extremamente desagradável, parecia uma criança. Rosa ia rir-se dele. Não, talvez não risse, não era, não podia ser, pessoa para isso. Mas em todo o caso era aborrecido que notasse a sua confusão.

«Foi você... creio que foi você...»

A descobri-la, a fazer com que ali estivesse, de vestido de *mousseline* e a saborear um refresco cor de mel, ou a obrigá-la a sofrer, a continuar sozinha, a sorrir sem vontade, a dizer palavras que não sentia, a fingir, a viver? Qual dessas coisas fizera ele salvando-a da morte?

«Fui eu, de facto. Tinha-a encontrado na farmácia, sabe?, a pedir Veronal...»

Ela ficou quieta, levemente estupefacta. Depois soltou uma risada breve, demasiado natural e logo em seguida ficou séria.

«Acontecem às pessoas coisas tão esquisitas», disse então. «Você estava na farmácia... Calcule! Não o vi, não tenho a menor ideia de si na farmácia... Eu estava a atravessar uma época difícil. Excesso de trabalho, creio eu. E não conseguia dormir, mesmo em férias, mesmo ali na praia. É terrível não dormir. Você dorme bem? Então não pode avaliar... Consegui arranjar outra coisa qualquer, na cidade, mas creio que exagerei. Tomei já não me lembro quantos comprimidos. Parece que a dose não era mortal, longe disso, mas dormi uma quantidade de horas e quando acordei estava no hospital. Foi extremamente desagradável...»

Estremeceu como quem acaba de dizer uma enormidade e pôs-se a falar muito depressa:

«Não pense por isto que não lhe estou grata, não, pelo contrário. Você foi formidável. É tão raro as pessoas preocuparem-se com os outros, com quem não conhecem... Ainda procurei saber a sua morada para lhe agradecer, mas o Costa tinha-a perdido.»

«Perde-as todas. Também procurei pôr-me em contacto consigo através do hospital...»

Ela riu depressa:

«Ainda bem que nos encontrámos. Eu não tinha a certeza, parecia-me...»

Houve um silêncio e Rosa fitava-o com uma ansiedade que ele não viu, todo nos seus pensamentos.

«Quer dizer que não foi... que não tentou...?», acabou por perguntar.

«Não, claro, pois pensou isso? Pensou na verdade? Porque o teria feito? Não havia razões suficientes... Não, na verdade, não havia razões suficientes. Só queria dormir. Pode acreditar, estou a falar-lhe verdade... Porque havia eu de lhe mentir?»

Sim, porquê? E no entanto, a ele, custava-lhe a acreditar, ainda lhe custava.

«Quer dizer... quer então dizer...»

Já estava de pé, sem dar por se ter levantado, e ela então estendeu-lhe a mão, um pouco ansiosa, deixou-a na sua e pediu-lhe sem sorrir, estranha, repentinamente grave, mais velha (onde teria arranjado de repente todas aquelas rugas?), que aparecesse um dia em sua casa para falarem com mais vagar. Eram velhos conhecidos, afinal...

«Vem na lista. Em Rosa Lima.»

A sua voz era outra vez baixa e difícil, tropeçava, caía, voltava a levantar-se, como naquela manhã, quando entrara na farmácia.

«À tarde estou quase sempre em casa.»

Ele curvava-se ao de leve, olhava-a sem a ver, repentinamente cansado:

«Então até um dia destes, Rosa.»

Dissera o nome e era um nome vulgar, mais ainda, banal (lembrou-se de que tivera em garoto uma cozinheira chamada Rosa), e que não lhe deixou na boca nenhum sabor. Depois, afastou-se por entre as mesas, sem ver que o olhar dela o seguia, grande e ansioso, mais uma vez desiludido e sem compreender. Não o viu, a esse olhar, porque não olhou para trás. Não lhe ocorreu olhar, não valia a pena. Lembrou-se, isso sim, de que não se tinha apresentado e tal facto aborreceu-o por o considerar uma indelicadeza. Mas afinal talvez isso não fosse muito importante, pensou. Tinha uma ideia vaga e longínqua, mas que se vinha aproximando a pouco e pouco, de que nunca iria a casa de Rosa, mais ainda, de que ela começara nesse instante a apagar-se no seu coração.

ANICA NESSE TEMPO

Sentado no seu canto de sofá, o major, de olhos semicerrados e olhar vago, pensava com labor e com intensidade em coisa nenhuma. Porque dentro da sua cabeça, para além daquela testa ampla, um pouco abaulada e tão pálida (da palidez dos soldados sem guerra), o major só encontrava um muro alto, liso e branco, impraticável a qualquer escalada e por isso mesmo desolador, o muro que separa a atualidade do passado perdido, que nada deixou, nem mesmo uma breve, fugidia recordação.

Havia, é certo, a cara daquela mulher na sua frente, um pouco para o lado direito e tão importante entre tantas caras sem importância de maior. Havia o seu olhar claro, um pouco estrábico, as pestanas ralas que lhe tremiam à luz, esvoaçavam como duas borboletas daquelas quase inexistentes de tão leves, que se alimentam de lã e se desfazem em pó quando lhes tocamos. A sua voz vagarosa e séria também. Uma voz plácida, sem sorriso. E aquele alçar de sobrancelhas, já altas por natureza, delgadas e como que desenhadas a lápis de tão certas. Sobrancelhas antigas ou antiquadas, diferentes das outras em todo o caso. Uma certa expectativa nelas, ou uma certa incredulidade. «Sim? Na verdade? Tem a certeza?» Qualquer coisa desse género. E as suas mãos? Dir-se-ia que também elas eram familiares ao major, grandes mas estreitas, de longos dedos ossudos e sem verniz nas unhas. Isso notava-se porque todas as mulheres presentes tinham unhas sangrentas, quando muito rosadas. Luísa que ali não estava, que um dia partira sem deixar carta de despedida, usava--as de madrepérola. Eram mãos nuas, quietas, essas mãos; serenas, modestas e avessas a qualquer exibicionismo. Mas não acanhadas, isso nunca. Estavam ali sem recuar um milímetro, sem se projetar um milímetro para a frente. O major olhou-as com atenção, descansadas sobre os joelhos redondos, uma em cima da outra. A mulher não precisava delas para falar. Não precisava delas também para pegar no cigarro (não fumava), nem para pegar no copo. Ainda há pouco dissera que nunca bebia álcool. «Faz-lhe mal?», tinham perguntado com distraído interesse. «Não gosto», respondera sem dar grande importância ao assunto. Mas mesmo nessa altura não sorrira a desculpar-se desse estranho desgosto. E o major tinha pensado que seria um sorriso natural e que, se tal coisa se passasse com ele, teria sem dúvida sorrido, um pouco contrafeito e apologeticamente, de uma abstenção tão claramente divulgada. Havia tudo isso. Não bastava, no entanto, para o major poder atravessar aquela parede.

A mulher chegara dias antes do estrangeiro e ele compreendera pela conversa que ouvia, mas em que não colaborava (até porque estava demasiado atento para tal), que era casada e que o marido era cônsul. Chamava-se Adriana, um nome sério e um pouco antiquado também, que estava de acordo com ela. Adriana Moura. Mas esse nome, fragmentado ou inteiro, nada dizia também ao major. Era um nome novo, recém-nascido para ele, bem solto, sem ramificações na sua memória. Nunca conhecera nenhuma Adriana e o único Moura de quem se lembrava fora seu professor de Matemática. O major, no entanto, não era homem para ligar os nomes às pessoas a quem pertenciam. Guardava as pessoas, guardava os nomes. Mas separadamente. Aquele, porém, tinha a certeza de nunca o ter ouvido.

«Não parar em lado nenhum acaba por fatigar», dizia a voz dela, com certa solenidade. Uma coisa importante, grave, aquilo de não parar em lado nenhum, aquilo de tal coisa fatigar.

«É assim mesmo», respondia convicta a da senhora gorda, coberta de joias, com quem conversava. «É assim mesmo.»

«A habituação é sempre lenta e quando começamos a sentir-nos bem, em nossa casa, um pouco na nossa terra, lá vamos outra vez para o cabo do mundo.»

«É aborrecido, deve ser. No entanto...»

«Tem aspetos positivos, sim. Os rapazes já sabem falar – bem – três línguas. O mais novo percebe mesmo o flamengo, que é um horror. E não há muito tempo para nos cansarmos das pessoas e das cidades. Não há tempo para nos cansarmos de nada.»

A senhora gorda disse então que nunca fora dotada para as línguas e que tinha com isso uma grande tristeza. A sua pronúncia era detestável, mesmo em inglês, que falava desde criança. Mau ouvido, não era? Péssimo ouvido. Quando ia a Londres...

O major decidiu libertar-se – o que estava ali a fazer? –, levantou-se do sofá, dirigiu-se para o grupo de homens que talvez discutissem política em frente da janela. Lançou-se na árdua travessia da sala. «Dá licença? Dá licença? Perdão. Desculpe incomodar.» À sua volta havia luzes de vários tons, que iam do café com leite claro ao branco integral, que quase cegava, passando pela cor de areia e pelo pérola macio. Luzes que os quatro *abat-jours* despejavam, interpenetrando-se e acabando por se fundir, produzindo aquela tonalidade que tornava igualmente brancos e irreais as carnes e os ombros e os braços das mulheres. Demasiado brancos para serem de carne vulgar. Havia pessoas sentadas, outras de pé, e uma rapariga ruiva sentara-se no chão com um copo ao lado. Os nomes que lhe tinham dito, guardara-os o major como era hábito, sem saber colocá-los nos seus competentes lugares. Eram nomes abstratos, incorpóreos, misteriosos. Maud Navarro. Afonso Nobre, o escritor. Outros ainda. Mas quem eram Maud Navarro e Afonso Nobre, o escritor? Quem eram os outros? Só fixara Adriana Moura, o seu rosto, as suas mãos, o seu nome. Donde a conhecia? Onde a encontrara? Quando?

O major tinha grande fé no Mercado Comum, foi o que declarou a Fontes, o dono da casa, homenzarrão gordo e luzidio, que, esse, não tinha nenhuma – «nenhuma, meu caro Aníbal, e já lhe digo porquê...» – e ao mesmo tempo pensava, continuava a pensar, que estivera um dia junto daquela mulher, talvez a falar com ela, em todo o caso a ver bater as suas pestanas claras. Fontes preparava-se para iniciar uma exposição sobre problemas alfandegários e o major, que já lhe conhecia as exposições lentas e pormenorizadas, quase científicas, afastou-se outra vez mas discretamente, a pretexto de esmagar a ponta do cigarro no cinzeiro mais próximo. Bem devagar, porque tudo o que perdesse era ganho. As pessoas falavam, falavam, pensou. A vida era um longo monólogo mil vezes repetido, que tinha o seu fim na morte. Entretanto todos iam falando sem ouvir os outros, absolutamente sem os ouvir, de tão atentos às próprias vozes. Insistindo sempre nos mesmos pontos, discutindo sempre (com os outros?, consigo?) os mesmos interesses. Qual seria o seu monólogo pessoal? Nunca tinha reparado mas havia de ver, havia de ver sem falta.

A rapariga que pouco antes estava sentada no chão avançou para ele com o copo vazio na mão direita. Pegava-lhe delicadamente, como se se tratasse de uma flor, cujo aroma aspirasse a certa distância. Bebera de mais e os seus grandes olhos verdes, fortemente debruados a lápis preto, estavam revoltos como as águas do mar depois da tempestade. Trazia um sorriso astuto na boca grossa e o cabelo despenteado caía-lhe para a cara.

«Major», disse. «Fale-me da sua última batalha.» Sentou-se na otomana vazia que estava à entrada da sala de fumo e deu pancadinhas no lugar ao lado. «Então, major. Não como ninguém. Quer dar-me outro *whisky*? É tão amável que... Ali, naquela mesa. Sinto as pernas a tremer um pouco, que acha que seja? Major...»

«Sim...»

«Conte-me coisas interessantes. Coisas, como direi...»

«Sou um major manga de alpaca… Como é o seu nome?»

«Maud. Maud Navarro.»

«Sou um major manga de alpaca, Maud, Maud Navarro. Não houve guerras para mim, pois não leu os jornais? Um oásis de paz, não era assim que escreviam? Um oásis de paz num mundo conturbado. Quero dizer, dantes. Agora é tarde. Desisti. E se todos os dias luto corpo a corpo, é com ofícios que luto. São eles as minhas ingloriosas batalhas. Gasto várias esferográficas por mês, as minhas munições. Nunca matei ninguém, Maud Navarro. Sou um homem pacífico por natureza.»

Ela cada vez tinha os olhos mais revoltos. E olhava-o, fascinada.

«Não acredito», disse. «Nem quero. É muito modesto, major, e isso fica-lhe bem. Sim, sim, fica-lhe bem. Não quer que se saiba que é um herói e que matou dúzias de inimigos. Dúzias! Que digo? Centenas… Espere, já sei, o senhor ganhou a batalha de Canas. Foi lá que o feriram aí na cara, foi lá.» Ria tanto que lhe caíam as lágrimas, e o mau tempo passara com a chuva e agora, de súbito, o mar estava bem verde, quase transparente. «Major, tenho orgulho em si», disse extasiada. «Um dia, quando for velha, hei de contar aos meus netos que estive ao lado de Aníbal, sentada com ele numa otomana cor de… Que diabo de cor é isto?»

«E que tinha bebido muito.»

Ficou pensativa. «Talvez escuse de lhes dizer isso», arriscou por fim. «Talvez seja desnecessário.»

«Talvez. Está implícito.»

«Que estupidez!», exclamou. «Não tenciono ter netos.»

Olhava-o. Um longo olhar incivilizado que se prendera ao dele e não podia libertar-se mesmo que quisesse. Querê-lo-ia, porém? «Major…» Mas ele tinha voltado a cara nesse instante porque algo exigia a sua presença noutro lugar. Voltara-a a tempo de ver aquela mulher, Adriana, que o observava com atenção, quase minuciosamente. Tinha a boca apertada, as sobrancelhas levemente franzidas.

Mal o major a fitou, desviou o rosto e continuou a conversa interrompida com a senhora gorda que tinha muitos brilhantes mas uma terrível falta de ouvido, porque não se pode ter tudo.

Também o conhecia, era bem claro. Mas de onde o conhecia ela? Levantou-se sem dizer nada a Maud Navarro, que, de resto, parecia alheada de tudo o que se passava à sua volta, e aproximou-se outra vez do grupo de homens, agora reduzido a dois, Fontes e Aires, que contavam anedotas em voz baixa e depois riam grosso, coravam muito com a energia despendida a rir, porque eram ambos gordos, possuidores de muitos quilos de carne daquela flácida e farta, dada pela prosperidade através de bons jantares, vida sedentária e álcool bebido ao fim da tarde – de todas as tardes de todos os anos – nos seus bares prediletos. O major pensou isso vendo-os rir tão esforçadamente e com tanta glória, não hesitando mesmo ante o ataque de tosse que não deixaria de vir.

«Meu caro, ouça esta do nosso Aires», disse Fontes quando acabou de tossir. «Tenha paciência, Aires, conte lá.»

Juntaram-se as cabeças, a voz dobrou-se, segredou, era um simples murmúrio, um bichanar. Manuela, a dona da casa, disse alto e com aquele à-vontade que tão bem lhe ficava e ela exibia com tanta classe:

«Lá estão eles com as suas histórias. Mas porque não hão de contá-las em voz alta? Não há aqui nenhuma jovem inocente.» Riu-se para Maud. «Só tu, minha pomba. Mas creio que lhes podes ensinar algumas boas, não?»

«Por qual queres que comece?», perguntou ela em voz cansada. Depois voltou ao *whisky* e os outros às conversas interrompidas para sorrirem. Foi a vez de Fontes contar a sua anedota. O major, porém, não a ouviu, embora estivesse aparentemente atento e no fim se risse com delicadeza. Aires ficou apoplético e outro homem que se havia aproximado (Afonso Nobre, o escritor?) riu com medida, à escala intelectual. «Tem uma certa graça», concedeu, distraído. «Uma certa graça, na verdade.»

O major ria ainda, sem bem saber de quê. Ria por mimetismo ou por fraqueza. Por receio de não colaborar. «Sou um fraco», pensou melancolicamente. «Sempre o fui. Que teria sido de mim numa guerra? Ou num país ocupado? Que teria feito se fosse necessário fazer qualquer coisa, sair do rebanho?» Estava farto, ansioso por se encontrar sozinho em casa. Aquilo acontecia-lhe quase sempre em sociedade. Ter a visão nítida de que à sua volta todos representavam um papel importante ou secundário, mas de antemão escolhido, e só ele desmanchava o conjunto passeando por entre os artistas, sem maquilhagem nem trajo adequado, nem frase para dizer no momento próprio, só ele estragava o espetáculo como um dia, em menino, quando durante a festa do colégio atravessara, a correr e soltando gritos agudos de índio sioux, o palco onde uma rapariguinha de cara de lua declamava com trémulos na voz: «Meus amigos e meus parentes, eu sou uma pobre viúva a quem Deus privou de toda a força e amparo neste mundo.» Nesse dia, porém, tinham-no aplaudido – fora tão inesperado – enquanto a menina, embrião de atriz, tinha uma violenta crise de choro. Agora não lhe davam palmas, não. Achavam-no certamente impopular, criticavam-no talvez quando voltava as costas, falavam, era natural, de Luísa e talvez «a compreendessem».

Aquela sensação vinha de longe e surgia sempre nas chamadas reuniões mundanas. O major nunca conseguia estar nelas, sentir-se integrado. Ficava sempre de fora e a olhar. As mulheres iam ao cabeleireiro, decotavam-se, pintavam-se com cuidado e eram todas elas encantadoras e cheias de espírito. A mulher ideal! Quanto aos homens, vestiam fatos sobre o escuro, de muito bom corte, tinham um aroma discreto e muito masculino a uma alfazema qualquer e eram ou muito inteligentes ou muito ricos ou então dotados de muita, muita graça. Cada um destes estilos tinha os seus adeptos e as suas fãs. Ele era sempre um militar, continuava a sê-lo apesar de tudo, muito visivelmente vestido de civil, com uma gravata qualquer, um fato qualquer de qualquer alfaiate, e a sua eterna maneira de ser. Tinha pouco dinheiro e não era excecionalmente inteligente nem engraçado. Não era excecionalmente coisa nenhuma.

Pensou em Luísa, em quem resolvera não pensar. E isso aconteceu por causa do silêncio total que fizera em volta do seu nome. Já a recordara várias vezes desde que ali chegara, talvez por isso, porque ninguém lhe falara dela ou lhe perguntara por ela. E no entanto seria natural. Nem todos tinham obrigação de saber... Mas aí está, sabiam. Manuela, Fontes, Aires... Outras pessoas. Todas, quem sabe? Até Maud Navarro, apesar do álcool, até Adriana Moura que chegara do estrangeiro havia poucos dias. Luísa conhecia tanta gente, tinha tantos amigos que ele ignorava... Era tão simpática, tão boa rapariga...

«Em que está a pensar, major?»

Ele teve um sobressalto e voltou-se, ficou a olhá-la sem saber que dizer, como um garoto apanhado pelo mestre a folhear um livro obsceno. Afastara-se dos homens sem dar por isso, não a vira caminhar na sua direção, parar ali, a seu lado. A mulher esperava, dir-se-ia que necessitava urgentemente da sua resposta e que não lhe serviria uma qualquer. E olhava-o com atenção. Em que está a pensar, major?

Fixara a sua patente, assim como ele tinha guardado o nome dela. Donde a conhecia? Ainda entreabriu os lábios para lho perguntar, assim, diretamente, sem rodeios, mas deteve-se porque ela continuava à espera. Em que estava a pensar, afinal de contas?

Como não podia falar-lhe de Luísa, recuou um pouco no tempo: «É que estamos sem máscaras num baile de máscaras onde as pessoas, por acaso, não dançam», acabou por dizer, lamentosamente.

Ficou à espera de a ver altear as sobrancelhas de incompreensão ou desdém, mas nada disso aconteceu e ela limitou-se a perguntar:

«Porquê estamos? Porque me associa aos seus estados de alma?»

O major fitou-a, perplexo, melhor, continuou a olhá-la como antes, só com alguma perplexidade. Não achava uma resposta conveniente e pensou que a conversa entre ambos, recém-iniciada, se estava a apresentar como uma partida de esgrima de salão e que ele detestava esse género de duelo oral para que não fora fadado pela natureza.

«Talvez porque não me parece mascarada», disse por fim, procurando ceder e entrar modestamente no jogo.

Interrompeu-o:

«Tudo isso é falso», declarou. «Não faça suposições. De resto, não sou dotada para as imagens, e as palavras significam sempre para mim aquilo que significam.»

Ele pensou que era o momento de lhe pedir que – já que era assim – lhe dissesse onde se tinham encontrado. Não o fez, porém. A sua maldita timidez. Limitou-se a perguntar-lhe se se queria sentar e a sentar-se depois em frente dela. Adriana esperava. Tinha as pernas bem juntas, os pés unidos e as mãos uma sobre a outra, pousadas num dos joelhos, como uma rapariguinha ajuizada. Não usava anéis nem pulseiras. Não usava sequer aliança. O major sabia, no entanto – percebera-o pela conversa dela –, que era casada e tinha filhos. E que o marido era cônsul algures.

«Chegou há poucos dias, não foi?», perguntou, para iniciar qualquer coisa.

«Há oito. Estou sempre a partir e a chegar. E a fazer malas e a desfazê-las, é o meu destino. Devo ter gasto anos de vida a encher e a esvaziar malas.»

«Há mulheres que levam anos a limpar o pó do seu pedaço de mundo, ou a encerar-lhe o chão. Entusiasticamente e cheias de dores nas costas. Às vezes até tuberculizam de tanto esforço. Outras passam a vida a olhar para as montras ou para o espelho.»

«Sim», disse ela. «Sim. Uma vida dentro da vida. A minha mãe, coitada, era a passajar meias. Às vezes meias que já não serviam a ninguém e que ela sabia que ninguém ia calçar. Mas passajava-as com grande paixão artística e lamentando-se. "Sou uma vítima", ia dizendo. "Nunca tive uma hora de sossego. Todas saem, todas se distraem menos eu." Quando estavam prontas, guardava-as numa gaveta. Para quê tudo aquilo? Não sei.»

«Talvez obedecesse a uma ordem superior», lembrou o major. «Talvez tivesse mesmo de fazer aquilo.»

«O meu caso é diferente», disse ela. «Não sou eu que escolho. Acontece que tenho de fazer as malas e consequentemente de as desfazer. Um trabalho improfícuo mas necessário. De resto, ele já se tornou mecânico para mim, e vou-me aperfeiçoando dia a dia. Uma especialização como outra qualquer. O que deve ir no fundo, o que é melhor ir ao de cima, o que se pode meter aos lados. E a arte de preencher os espaços vazios, major... Já não é uma mala, a certa altura. É um retângulo de matéria bem compacta.» Fez um silêncio. «Estou sempre pouco tempo», prosseguiu. «Agora, por exemplo, são quinze dias. Cinco anos foi o máximo. Passei-os em Cape Town. Agora vivo em Amsterdão mas dou-me mal com o clima, o sol faz-me uma falta doida. Vim passar uns dias ao sol.»

«Em maio já é agradável.»

«Sim. Principalmente quando se vem do Norte. Um paraíso.»

«Donde a conheço?», perguntou então o major. «Nunca fui a Cape Town e nunca estive na Holanda. A falar verdade, só atravessei uma vez a fronteira para ir a Madrid ver um desafio de futebol. Encontrámo-nos portanto cá. Mas onde nos encontrámos?»

Ela sorriu pela primeira vez. Não era um sorriso alegre nem divertido nem mesmo um sorriso de quem precisa de sorrir. Era um sorriso de alívio. Meu Deus, finalmente!, dizia aquele sorriso. Ele ouviu-a suspirar ao de leve e viu as asas voejarem por duas vezes velando-lhe os olhos claros, melhor, descoloridos, que tinham aos cantos rugas de expressão.

«Está a pensar nisso desde que me viu, não está?»

«Estou, sim.»

«E não consegue lembrar-se...»

«E não consigo lembrar-me.»

O sorriso apagou-se como uma luz, sem transição, e a cara dela ficou outra vez séria. «Eu então», disse como quem pensa, «nunca mais o esqueci. Vi-o uma vez, major, uma única vez. Durante alguns minutos. Foi há muito tempo. Era talvez tenente. Ou alferes.»

«Tanto assim?»

«Uns vinte e cinco anos. Eu tinha nessa altura quinze. Ou catorze. Agora tenho trinta e nove. Devia portanto ter catorze anos nessa altura.»

O major acendeu um cigarro e guardou o maço no bolso, tudo isso devagar, sem a mínima precipitação, como um homem que tinha o tempo todo diante de si, agora que metera pela estrada certa. Olhou para o relógio, mas só para se certificar de que ainda era cedo e de que não era necessário apressar-se.

«Onde foi? O nosso encontro, quero dizer», perguntou apesar disso. Não se lembrava ainda, mas agora já não fazia esforços de encontro ao branco muro do esquecimento. Esperava, simplesmente. Ele continuava alto e liso, com uma leve fissura, em todo o caso, o que lhe dava grandes esperanças. Daí a instantes o muro ruiria e tudo ia ficar visível do outro lado. «Onde foi? Há vinte e cinco anos, diz a senhora? Há vinte e cinco anos estava eu em Elvas parece-me...»

«Chamo-me Adriana», disse ela muito depressa.

«Eu sei. Fixei o seu nome. Suponho que também fixou o meu.»

«Não precisava de o fazer. Era um trabalho desnecessário. O alferes – era alferes – Aníbal Morais. Só não sabia que era major e que tinha tantos cabelos brancos.»

«O tempo...»

«É isso. O tempo.»

Não valia a pena apressá-la. Falaria, sim, mas quando resolvesse falar. Nem um minuto antes. Era uma mulher que sabia o que queria. Mas o que quereria ela?

«Às vezes pensava se já tinha morrido. Era possível, não era?»

«Era possível», concordou ele, paciente. «Há dois anos tive uma pleurisia e há cinco um desastre de automóvel de muita gravidade. Ia sentado ao lado do condutor.»

Ela disse: «Espero que tenha ficado completamente bem.»

«Fiquei completamente bem, felizmente. Algumas cicatrizes, só isso. Até enfeitam um soldado.» Apontou para a face esquerda, onde havia um sulco profundo, esbranquiçado. «Vê?», perguntou.

«Vejo.»

«Também fui operado de urgência há uns dez anos. No último segundo do último minuto, foi assim que disse o médico que me operou. Era possível, como vê.»

«Quando foi?», perguntou Manuela que ia a passar e se deteve.

«Não soube de nada disso, Aníbal.»

Ele riu.

«Meu Deus, há uns dez anos. Ou onze. Estávamos a falar... Mas de que era?»

Voltou-se para Adriana, que riu, fez lugar a Manuela.

«Senta-te», disse. «Estávamos os dois, vê lá tu, a catalogar recordações. Há dez anos, há cinco, há dois... Queres entrar?»

O major olhou o relógio e ocorreu-lhe que se estava a fazer tarde, era quase uma hora e um quarto.

«Já está com pressa?»

«Não... não é isso...»

De repente deu com elas a falar com entusiasmo, Manuela com braços brancos ondulando, a outra com serenidade, de alguém que ele não conhecia e se chamava Ventura. O major olhou em redor. Captava, vindas de ali e de além, frases desconexas e sem dono. «Toda a gente que se dá com ele morre de repente, é um facto.» – «O próprio Ramiro só resiste graças à sua saúde de ferro.» – «O ano passado quando estive na Suécia...» – «Estiveste na Suécia?» – «Pois estive. Grande país, gente notável, os suecos. Quando vamos a um país assim é que compreendemos que estamos, enfim, que somos...» – «Interessa-se por astronáutica, sim senhor. Acho estranho numa pessoa como ele. Não lhe parece um pouco a negação de Deus?» – «A negação... Não compreendo...» – «Talvez não acredite em Deus...» – «Claro que acredito. Se não houvesse Inferno e tudo o mais, esta vida era demasiado imoral.»

Era Maud quem falava, já sem copo na mão e consideravelmente mais sóbria. Ele olhou-a e sorriu-lhe. A rapariga abandonou o homem gordinho e rosado (Afonso Nobre, o escritor?), e dirigiu-se para aquele lado. O major levantou-se a contragosto.

«Está melhor?», perguntou-lhe.

«Mas eu não estava doente. Ah, aquilo? Estava, de facto, um pouco alegre. Ainda o estou. Ora, mas que mal faz? Venha cá, quero dizer-lhe uma coisa...»

Arrastou-o para um lugar mais isolado. «Este género de reuniões aborrece-me mortalmente», confessou então em voz baixa. «Só quando bebo consigo divertir-me um bocado. Olhe, se estivesse no meu estado normal, talvez não tivesse reparado em si nem naquela dama antiga que está agora a falar com a Manuela e que simpatizou muito consigo. Estava para aí feita mona.» Ele disse: «Conhecemo-nos, é tudo, mas não sei de onde nos conhecemos.»

Maud, porém, não o ouvia. «Quando bebo acho todos tão simpáticos», confessou. «Boa gente, enfim, gente estimável. Se não bebo tudo me parece quase horrível.»

«Exagera», disse o major.

«Talvez.»

«Porque vem então?»

«Ora aí está. Porque venho? Nunca falto, major. Todos contam comigo. Nunca põem o problema de saber se venho. Eu venho sempre.»

«Mas porquê?», disse ele por dizer.

«É que achavam esquisito se eu não aparecesse. Está melancólica, diriam, e isso é mau sinal. Começavam a descobrir coisas e a inventar sei lá o quê. Como estive dois meses internada com um esgotamento nervoso, tenho que ter muito cuidado com a minha reputação. Não pintar o cabelo de outra cor porque *dantes* usava-o assim. Apreciar festas como *dantes.* Ser como *dantes.* Compreende, major?»

«Dantes bebia muito, Maud Navarro?», perguntou ele docemente.

«Major, major, o senhor é bruxo. Eu dantes não bebia. Comecei no dia em que... Num dia mau, enfim. Amargo. Depois disso... Bem, as coisas nunca se compuseram o bastante para eu deixar de beber...»

Deteve-se, olhou-o com um ar subitamente desinteressado:

«Até logo», disse. «Estão a chamá-lo. Corra.»

Ele voltou-se e viu Adriana outra vez só e expectante. Não se quis apressar. Serviu-se de um *whisky*, levou o copo aos lábios, disse a Maud: «Tenho que ir. Trata-se de um caso de vida ou de morte. Saber de onde a conheço.»

«É engraçada, a pequena», disse Adriana quando ele voltou a sentar-se na sua frente. «Pouco certa, infelizmente. Já esteve internada. E bebe como uma esponja.»

«Eu sei, ela falou-me nisso. Mas parece-me normal. Enfim, razoavelmente. Como todos nós.»

«Talvez», disse Adriana, ausente.

O major murmurou então: «Estou à espera.» Já não sentia a mínima timidez junto daquela mulher. Aquela dama antiga, dissera Maud. E o major admitiu que Adriana Moura parecia uma figura de cera sentada entre o público, para o confundir.

«Claro que tenho que lhe falar nisso tudo», disse ela. «Comecei, agora não posso recuar. Estou há que tempos a adiar o momento, a prorrogar o prazo durante o qual me é permitido calar-me. Para quê falar de coisas passadas? Que se ganha com isso? Mas aí está, comecei. Dirigi-me a si quando julguei que estava a pensar em quem eu era e perguntei-lhe em que estava a pensar. Nem mesmo tenho a desculpar-me a casualidade.»

Tinha os olhos baixos e a mão direita alisava devagar um vinco de seda preta que se lhe formara na coxa.

«Sou irmã da Teresa», disse sem o olhar.

«Da Teresa...»

De momento não soube a quem ela se queria referir. Aquele nome lançado assim tão solto, tão sem raízes, nada lhe dizia. A Teresa... E de súbito tudo ficou claro e a própria Adriana surgiu para além do muro em ruínas, ajuizadamente sentada numa cadeira de palhinha, depois de lhe ter aberto a porta, de tranças e já com as mãos nos joelhos redondos e aquele olhar tão inquieto perdido entre tanta serenidade.

Bem longe, a voz de Teresa. Uma voz diferente, ora dominada, ora demasiado liberta, agora estática, logo veloz. Havia invisíveis obstáculos que se opunham à propagação do som, danificando-o ou retendo-o, e de vez em quando um campo aberto que o aumentava perigosamente. Para onde fora a voz que era sua, tão fácil e clara, a sua voz moça que ela costumava lançar por ali fora como a uma serpentina vermelha? Teresa estava também muito pálida e o olhar parecia oscilar-lhe como se estivesse dentro de um pequeno barco batido pela tempestade e abandonado à fúria dos elementos. «À fúria dos elementos», tinha ele pensado depois, quase podia jurá-lo. Receara por um instante que ela caísse, arrastada por esse seu olhar vacilante e vago, e avançara mesmo, dera dois passos em frente para a receber nos braços se tal acontecesse. Ela, porém, dir-se-ia ter suspeitado ou receado ou até previsto os seus pensamentos e as suas tenções. Refizera-se bruscamente, quase com ímpeto, e estendera-lhe a mão que tremia um pouco e estava húmida. O braço, porém, era duro e afastava-o de si. «Olá!, cá por casa?», dissera a voz ora ali ora além. «Outra vez? Não insista, já lhe pedi que não insistisse. Ainda hoje está cá a minha irmã, senão o que haviam de pensar… quero dizer, os vizinhos? Não sabe o que é esta gente da província, senhor alferes? Estas mulheres desocupadas, sempre à coca por detrás das cortinas, a darem fé, a inventarem?» Voltara-se totalmente e falava agora com a pequena Adriana, que o olhava sem compreender, já com o seu claro olhar estrábico. «Calcula tu, Anica, que o senhor alferes Aníbal Morais apaixonou-se pela Alicinha e quer por força que eu lhe fale dele. Tu sabes como é a Alicinha… Nem eu ia meter-me em coisas dessas…»

«Quem era a Alicinha?», perguntou o major a Adriana, ali, naquela grande sala de paredes verdes como um aquário, banhada pela luz forte de quatro candeeiros.

«Uma prima nossa. Boa menina. Já morreu.»

«Ah!»

A outra Adriana, a do espanto nos olhos, a Anica que usava tranças e uma saia plissada, fitava, para além da irmã, o alferes Aníbal Morais, que era nesse ano o oficial mais bonito da guarnição de Elvas.

«Nem fales nisto lá em casa», dizia-lhe Teresa. «É tão estúpido.» Voltara-se de novo para ele, imóvel no meio da casa, sem saber que fazer nem que dizer. «E agora é melhor ir-se embora, é melhor, pode crer.» A sua voz já era a sua voz. Cessara aquele jogar às escondidas por detrás dos cerros, era de novo clara, quase risonha. «Ora vejamos. Gostava de fazer qualquer coisa por si. Gostava, pode crer. Não me agradeça, não vale a pena. É possível que nem consiga nada. A Alicinha tem um feitio tão esquisito, não tem, Anica? Mas para isso tem que prometer que não volta a minha casa. Olhe se chegasse aos ouvidos do José? Não é verdade, Anica? Olha se chegasse aos ouvidos dele… Estamos então entendidos. Não volta e eu farei o possível. Bem, vou pensar. Talvez tenha uma ideia genial, quem sabe?»

A vozinha calma e fria de Anica fizera-se ouvir pela primeira vez. Não era uma voz desconfiada, mas simplesmente auxiliadora, serviçal. Uma voz cooperante.

«Porque não escreve à Alicinha ou não lhe telefona? Era mais simples.»

Não se dirigia ao visitante, mas à irmã – o verbo escrever tinha um *ele* subentendido –, e a sua sugestão era demasiado lógica para poder ser abandonada sem comentário. Houvera em Teresa um breve segundo de hesitação. Avançar a direito era impossível, devia ter pensado. Mostrara-se, de repente, agastada. «Mas não te disse já que o senhor alferes não quer falar com ela antes de ter a certeza de ser bem recebido?»

Não lho tinha dito mas isso era sem importância. E Teresa fora-se aproximando da porta, a pouco e pouco, enquanto falava, abrira-a de par em par. Ele tinha apertado a mão de Anica. «Muito prazer em conhecê-la», dissera. Depois apertara a de Teresa, já menos hirta mas ainda cautelosa, de Teresa que em todo o caso ainda pudera dizer-lhe, de maneira a não ser ouvida pela irmã, tão baixo que ele próprio mal a ouvira, que o esperava no dia seguinte à mesma hora.

«Vi-o uma vez, major», disse Adriana. «Aquela em que esteve cinco minutos, e a minha irmã, coitada, arranjou toda aquela história em minha intenção. Isso, porém, não o compreendi na altura, se bem que a Alicinha... Era tão desengraçada, a pobre pequena. Tinha namorado o José, o meu cunhado. Depois apareceu a Teresa... Morreu, já lho disse?»

«A Teresa?»

«Não, a Alice. Aos trinta e cinco anos e solteira. Morreu de falta de amor, suponho. Os médicos deram um nome complicado à doença que a levou.»

«Coitada.»

«É. Coitada»

Ficou pensativa, depois perguntou:

«Sabe que foi para mim um príncipe?»

«Eu?»

«O senhor, sim.»

O alferes, porém, não tinha ligado importância à pequena Adriana, Anica nesse tempo, e ao descer a escada, furioso, pensara mesmo uma palavra feia a seu respeito. Ficara desiludido e era jovem. Depois, amava Teresa. Amava, Deus do Céu, amava! Amaria mesmo? Amava, sim, talvez. Nesse tempo. E a presença da irmã dela irritara-o. Que teria ido ali fazer?

«Tinha ido levar à Teresa um embrulho com géneros», disse Adriana com ar casual. «Conservas, açúcar, coisas assim, que a mãe mandava sempre no princípio dos meses. Ela vivia com dificuldades, o marido ganhava pouco e, o que era pior, nunca ganharia mais e ela sabia-o. Tinha sido um casamento desigual, como mais tarde o meu casamento. Simplesmente eu subi um degrau e ela desceu-o. O meu cunhado era um bom homem e nada mais. É pouco ser-se bom homem e nada mais, sobretudo para a mulher com quem se casou.»

«É pouco, sim. Ela disse-me...»

Interrompeu-o: «Claro, desculpe. A minha cabeça. Eu procurava dar uma ideia geral do caso, esquecida de que você devia conhecê-lo em pormenor. Um bom homem. Um homem sério. Acreditava nas pessoas, foi isso que o matou. Agora que penso no caso com imparcialidade, acho essa sua crença quase comovedora. Conheceu-o, major? Quero dizer, viu-o alguma vez?»

Ele disse que nunca o tinha visto e logo a seguir perguntou um pouco receosamente se tudo aquilo não tinha sido por causa de um desfalque qualquer. Tinham-lhe contado...

Adriana franziu as sobrancelhas. «Quem lhe contou uma coisa dessas? Um desfalque, o meu cunhado? Era lá capaz!» Lia-se um leve desdém na sua voz surpresa. «Era lá capaz!», repetiu. «Pois não sabe a razão? Nada lhe disseram? Não suspeitou, ao menos...»

«Bem, eu...»

Ela suspirou. Um suspiro leve, mas fundo ao mesmo tempo. Como se tivesse inspirado muito ar e expirado muito pouco e aos pedacinhos, com receio de se tornar notada.

«Há pessoas que não damos por elas, pois não há?», perguntou como se houvesse esquecido a frase inacabada. «São acanhadas e humildes. Estão sempre no lugar que lhes compete, sem ambição e sem revolta. Fazem tanto pelos outros que isso se torna natural, assim como também é natural ninguém fazer nada por elas. Quem iria pensar em tal coisa? Suponho que o José era assim...»

«Não tem a certeza?»

«Não, não tenho. Enquanto foi vivo nunca pensei nisso, de resto era muito nova. Depois um pouco, mas de passagem, tinha mais que fazer. Quero dizer, nunca me detive tempo suficiente para... Havia sempre coisas mais importantes, não é? Sempre. Mais tarde era tarde de mais. Mas sei que era um bom homem.»

«Um momento», disse o major. Levantou-se e foi servir-se de outra bebida porque isso lhe era necessário, e enquanto ia e abria a garrafa e deitava o líquido loiro no copo de cristal, e tapava a garrafa e pegava na de água do Castelo e lhe arrancava a cápsula e escolhia uma pedra de gelo, das maiores, e voltava ao seu lugar junto de Adriana e bebia o primeiro gole, durante todo esse tempo, o major voltou a ver, como a vira há tantos anos para a esquecer depois, a sombra desse homem que ia morrer. Tinham-lhe dito. «Fez um desfalque e suicidou-se com gás. De noite. No escritório onde trabalhava.» E ele que não o conhecia, que só lhe conhecera a mulher, tinha pensado longamente nele, e agora recordava-o como o pensara nesse tempo, a percorrer devagar a casa deserta. Já não era um homem, não, só uma sombra. Hesitante, sem dúvida, receosa, ou mesmo, à beira do gesto, arrependida. Com pena, com dó de si própria, ela que tivera «um futuro tão bonito», com lágrimas talvez, e um grande desejo de ser embalada, outra vez criança, mais ainda, criatura esboçada no ventre protetor de sua mãe. Talvez tivesse entreaberto as janelas de madeira puxando os fechos devagar, com toda a sua força dominada, contraída, para não fazer nenhum ruído. Com a luz que vinha lá de fora, de um candeeiro qualquer, seria mais fácil fazer o que tinha de ser feito. Mas era possível – também – agir na noite, diluindo-se nela.

Ele não vira essa sombra. Ninguém, de resto, a vira. Ninguém a imaginara. Só talvez Teresa, quem sabe? O major, porém, pensara nela e involuntariamente, nesse dia, muitos anos antes, era ainda alferes, e agora ei-la que voltava, estava ali, impassível, na sua frente. Era uma sombra calma, senhora da serenidade total que as coisas insolúveis trazem consigo. Nada a fazer. Nada a tentar. Nada a sonhar sequer, mesmo isso lhe era proibido. Não, não chorava. Não, não se lembrava da mãe, nem mesmo da mulher. Também não pensava que tivera – como todos em dado momento – um futuro bonito. Já estava longe, ia entrar na morte, empurrada, imolada e já esquecida. Passeava devagar, sem objetivo, por entre as secretárias, só para lhes tocar, para sentir a aspereza da madeira, para se habituar a ela. Ou talvez para se orientar, para não tropeçar nem fazer barulho. Ou ainda para não se magoar, poupar por mais uns minutos – ou umas horas – aquele corpo que lhe fora abandonado durante a sua breve estadia entre os homens. E sentava-se depois, talvez a pensar em pormenores puramente técnicos, para logo voltar a erguer-se e a dar mais uns passos. Cada vez estava mais perto da cozinha.

«Disse então que ele não tinha…», começou o major.

«Feito um desfalque? Claro que não. Nem sequer lidava com dinheiro, coitado. De resto, já lho disse, era um homem sério.»

«Quer dizer…»

«Nunca tinha pensado nisso, major?»

«Não totalmente. Um pouco, sim, sem dúvida, mas nunca o admiti por completo. Foi então isso?», perguntou sem espanto aparente, mas cheio de dor.

«Foi.»

Ele pensou em Teresa, que não tinha sido uma pessoa muito importante na sua vida. O que não queria dizer que a sua importância não tivesse sido grande, pelo contrário. Simplesmente ela concentrara-se por assim dizer em dois ou três meses. Então julgara, com a sinceridade dos seus verdes anos, que a amava. Logo depois, fora, porém, o declínio e passara a andar cansado dela, mas sem saber muito bem como libertar-se sem a ferir com muita gravidade. Era uma mulher absorvente e tinha-se apaixonado pela primeira vez. «Se me deixares, mato-me!», dizia-lhe sempre. E pedia-lhe que a levasse consigo para bem longe dali. Ali era aquela terra onde todos conheciam a vida medíocre que era obrigada a levar, aquele marido que bem depressa tinha deixado de amar, que talvez desprezasse – que desprezava, lembrava-se agora –, aquela casa tão modesta, quase pobre. Acabara por deixá-la, tinha de ser, aproveitara a altura da sua transferência e então procedera como um cobarde. Mas como podia ele fugir-lhe de outra maneira? Não lhe escrevia e não recebia cartas dela porque lhe dera à despedida – nem se queria lembrar da despedida – uma morada falsa, numa rua que decerto nem existia, número 200. 200, nunca mais se esquecera. Mais tarde tinha ouvido dizer que ela estivera muito doente e depois, daí a tempos, que o marido se suicidara. Um desfalque, tinham-lhe dito. Dera-se por satisfeito e nunca fizera perguntas, com receio de ouvir outra versão qualquer, indesejada. Não tivera por isso nenhuma certeza. Simples vislumbres. Seria possível que... Dar-se-ia o caso de... Nessas alturas encolhia os ombros e seguia adiante. Esquecia o homem na casa deserta. Com os anos esquecera-o mesmo de modo salutar.

«Fiz bem, fiz mal?, acontecia-me pensar nos primeiros tempos», disse a mulher. «Procedi com direitura ou estupidamente ou ambas as coisas? É o problema, foi-o, quero dizer. Depois veio a calma.»

O major ficou calado, à espera. Ela humedeceu os lábios finos com a ponta da língua, depois respirou fundo.

«Tinham passado cinco meses sobre o nosso encontro, aquele em que se falou da Alicinha...»

«Não houve outro.»

«Não houve. Eu tinha feito quinze anos e tomava as coisas muito a peito. E muito a sério. Suponho que as raparigas são em geral assim. Refiro-me, claro está, às do meu tempo, não conheço as da atualidade. Não tenho filhas, deve ser por isso. Eu vivia à base de ideias feitas. Algumas ainda hoje se mantêm e vivo à base delas», disse.

«Todos nós. Mais ou menos. Embora pensemos que não é assim. Ou então contra elas, também acontece.»

«Uma dessas ideias era – e ainda o é – que entre o casal, o casal tomado abstratamente, não deve haver mentira. Tudo é preferível a isso. O rompimento, a separação, o divórcio. Tudo, major.»

«Sim», disse ele docemente. «Sim...»

«Pois não é verdade? Ainda bem que o ouço dizer isso, ainda bem. É certo que a Teresa e o marido não eram o casal, mas um casal qualquer. O dia e a noite, como vê. Isso, porém, não o compreendia eu, porque era muito nova. Confundia, era natural. Quando partiu, major, a minha irmã ficou completamente transtornada. Depois, quando viu que as cartas que lhe escrevia não tinham resposta, caiu da exaltação inicial num grande abatimento. Estava ferida no seu amor e no seu amor-próprio, mas ninguém o sabia. Por acaso, as vizinhas que ela tanto parecera recear, naquela tarde, não tinham falado, porque decerto nada tinham visto. Não queria comer, não dormia, já nem parecia ela, tão bonita e alegre, mas o seu futuro cadáver. Futuro a curto prazo, se me faço compreender. Tinha os nervos muito doentes, isso via-se, mas recusava terminantemente o médico que todos nós insistíamos em levar lá a casa. O meu cunhado andava como doido. Gostava muito dela, o pobre rapaz.»

Isso não o soubera, mas também era natural, pensou o major, bebendo o último gole.

«Um dia contou-me tudo», prosseguiu ela. «Não deve ter havido um critério de escolha. Em vez de falar comigo, podia ter pedido um padre ou ter-se confessado a qualquer das suas amigas, que decerto a compreenderiam melhor. Mas era um dia cinzento, de chuva, e eu é que estava ali, naquele momento, quando o carteiro acabou de passar. Ela teve então necessidade absoluta de fazer a sua autocrítica. Sim, sim, não se limitou a narrar os acontecimentos. Fez o comentário. Acusou-se. Arrastou-se pela lama. Agora que sabia que o senhor não ia voltar, major, tomou-se de remorsos póstumos. Olhou para mim um grande bocado, como que a estudar as minhas possibilidades de apreensão, e depois disse: «Vou contar-te tudo. És minha irmã e já és uma mulher. Tens de me compreender.» Eu perguntei: «Tudo?» E ela voltou a dizer: «Tudo.» Foi nesse dia que o senhor e a Alicinha desapareceram ambos da história, ela porque estava a mais e não fazia ali absolutamente nada, o senhor porque era afinal de contas outro, bem diferente do que eu pensara. Um príncipe! Bonito príncipe! O soldado brutal e a mulher adúltera, era o que restava, que tristeza. Ambos a enganarem um pobre homem de quem eu nunca tinha gostado muito – era um pobre homem – mas que de repente me aparecia como vítima da mentira e da traição.»

«Que grandes palavras!»

«Não eram? Nessa idade pensa-se com grandes palavras. Ou pensava-se? Não havia superfícies esbatidas, também. As cores eram diretas e absolutamente nada diluídas. O azul e o vermelho estavam lado a lado mas nunca faziam roxo.»

«Nunca?»

«Nunca. A não ser, talvez, em casos doentios. Eu era uma rapariga sã.»

«E então?», perguntou o major.

«Levei dias a tremer, receosa daquelas mesmas vizinhas, sempre à espreita por detrás da sua cortina. Elas decerto sabiam, iam falar. Estavam só à espera... Mas de quê? Era preciso, em todo o caso, antecedê-las. Era urgente. Um dia fui vê-la e disse-lhe que devia contar tudo ao marido. E pedir-lhe perdão. Ele havia de compreender.»

«Era impossível», disse o major.

«Foi a resposta dela, que era impossível. Que ele nunca lhe perdoaria. Era um homem bom, mas limitado. E acreditava demasiado nela. Aquilo ficaria ali para sempre, entre ambos, cada vez maior, mais atual, tornando o ar irrespirável. Estou a vê-la muito pálida, com os cabelos caídos até aos ombros, sentada na cama à procura de palavras que exprimissem com exatidão aquilo que pretendia dizer. "Cada vez maior, compreendes? Aqui, entre nós, para todo o sempre. Não, não pode ser." Não falava friamente, mas com entusiasmo. Tinha febre, mal comia e levava as noites em claro. Pensava em si, suponho. E, ao que o marido dizia, chorava. "Mas o que ela tem, meu Deus? O que tem ela?" Pobre José! O médico lá foi um dia, finalmente, e receitou-lhe calmantes. Ela, porém, não os tomou. Fingiu, disse a todos que sim, que os tomava, mas não os tomou. Creio que desejava manter-se doente para não o esquecer a si, para você continuar junto dela. Os comprimidos significavam sono e esquecimento. Ou talvez fosse uma punição que queria infligir a si própria... Ou se vingasse desse modo, quem sabe?»

«Nunca mais tive notícias dela», disse o major de olhar perdido. «Só do seu cunhado. Que tinha morrido. Por causa de um desfalque.»

«Era mentira.»

«Já mo disse. Era mentira.»

«Ela um dia contou-lhe. Coloquei-a por assim dizer entre a espada e a parede. Disse-lhe que, se o não o fizesse, seria eu a fazê-lo. Era a única maneira de ficar limpa depois de tudo aquilo.»

«Sim», murmurou o major. «Sim.»

Houve um silêncio duro e o major olhou em volta à procura de um derivativo, ansioso por ele. Fontes aproximava-se, mais gordo do que havia pouco e mais luzidio. «Seborreia», pensou o major com uma objetividade que lhe causou espanto. Estava amarrotado e já não cheirava a água de colónia e a *Lucky Strike* mas sim a vapor de álcool e a suor. Maud surgiu também. «Que estão a conspirar, aqui, há tanto tempo?», perguntou. Trazia os lábios cheios brilhantes de *bâton* recente e os cabelos ruivos bem penteados. Dois vincos aos cantos da boca acusavam, porém, o cansaço e até a idade. Que idade teria?, pensou o major. Há pouco parecera-lhe muito nova, vinte anos talvez. Agora tinha bem vinte e oito. Ou mais?

Fontes estava a falar a Adriana de Afonso Nobre, que acabara de sair e era o convidado de honra.

«Nunca ninguém leu nada dele», dizia. «Que é muito árido. E eu digo que há árido e árido. E que a aridez não está a maior parte das vezes nos livros mas no estado de espírito com que vamos lê-los. Se estivermos dispostos a pensar, a aproveitar com a leitura, e não, claro, a gastar o tempo ou – o que é pior – antecipadamente resolvidos a dizer mal, os livros do Afonso serão tudo menos áridos.»

Voltou-se para Maud Navarro: «Dize lá, filha. Já leste algum livro do Afonso?»

«Estou inocente, juro. Sobre a Bíblia, se for necessário.»

«Ora veem? Veem? Todos têm preguiça de pensar.»

«Não generalizes», disse ela. «Eu leio, claro. Sempre que tenho tempo. Mas não leio Afonso Nobre e ninguém me pode levar isso a mal. Ninguém o leu, nem mesmo tu. E daí... és capaz de o ter folheado. Agora lê-lo mesmo, com atenção e tudo, só o revisor da tipografia, o pobre homem.»

Fontes ergueu mentalmente os braços ao céu. «Estão a ver? Estão a ouvir?» Maud afastou-se em busca de outros interesses, depois de ter sorrido ao major, e Fontes dirigiu-se à mulher, que o chamava porque a senhora gorda coberta de joias se queria despedir.

«O que é feito dela?», perguntou o major logo que ficaram sós.

«Casou outra vez.»

«Ah!», disse o major.

«Vive em África.»

«Ah!», repetiu o major.

«Em Lourenço Marques.»
«Grande cidade!»
«Dizem que sim.»
«Dizem.»
«Civilizada, evoluída.»
«Mais do que Lisboa, ao que parece.»
«Muito mais.»
«É estranha a vida.»
«Pois não é?»
«Como está ela?»
«A Teresa?»
«Sim, a Teresa.»
«Bem. Mais velha, claro. Deixou-se engordar. Da última vez que a vi – foi visitar-me a Cape Town –, tinha pintado o cabelo de loiro, um loiro-esverdeado.»
«Veja lá.»
«Há uma idade, não é, em que as mulheres têm que pintar o cabelo. E então nunca escolhem a sua cor mas outra, às vezes a mais inesperada de todas.»

O major tentou imaginar Teresa de cabelos esverdeados, mas isso era um trabalho árduo, que exigia boa vontade e persistência. Tentou imaginá-la também gorda e envelhecida. E muito feliz.

«É muito feliz?», perguntou.

Ela encolheu os ombros, quase impercetivelmente.

«Isso de felicidade... Não é um estado inerte, pois não, major? Vai mudando com o tempo. Agora talvez a Teresa seja muito feliz. Tem dinheiro e faz a vida que quer. Amor... Mas ela tem cinquenta e tal anos, meu caro major. Onde isso vai.»

«Mas antes?», perguntou ele.

«Ora antes. Fez um casamento de conveniência, e então? O marido não era um homem muito bem-educado. Acabou por se adaptar, suponho eu. Note que não sei nada de concreto. Só que foi uma união com aspetos positivos e que ela, no fundo, embora nunca mo tivesse dito claramente, me ficou grata.»

O major suspirou ao de leve, acendeu um cigarro.

«Quando me contaram do marido, do outro, do primeiro...», disse. «Já não sei quem foi, não consigo lembrar-me. Alguém que vinha de Elvas, com certeza... Nessa altura pensei muito nele. E, no entanto, não sabia ao certo, não queria saber ao certo... Recusava--me a ter uma certeza. Fora por causa de um desfalque, tinham-me dito.» Soprou o fumo longamente, ficou a vê-lo desfazer-se no ar, que duas velas acesas limpavam. Depois continuou: «O último empregado saía, apagava as luzes, ia-as apagando todas até à última, a do corredor. Depois fechava a porta dando duas voltas à chave. Ele, a sombra dele, saía então do seu esconderijo. Tirava os sapatos para não ser ouvido e parava junto de uma porta fechada. Podia voltar atrás, sim, mas sabia que não ia voltar porque não valia a pena. Sabia também que não havia soluções *in extremis* senão nos romances de capa e espada e nos filmes baratos. Era uma sombra desesperada e sabedora.»

Abria por fim a porta, prosseguiu o major, agora em silêncio, e entrava no gabinete da direção. Sentava-se na cadeira de espaldar, passeava as mãos pelo tampo de vidro da secretária, abria maquinalmente as gavetas. Por automatismo ou para fugir – ainda – aos seus pensamentos.

Não, não se sentava naquela cadeira digna e poderosa, nem mesmo entrava – que futilidade – no gabinete do diretor. Porque o faria ele? Sentava-se, sim, mas na sua velha cadeira giratória, ao de leve para a manter silenciosa. Mas primeiro ia entreabrir as janelas de madeira, a fim de dar entrada a uma réstia de luz. E punha-se a escrever. «Minha querida», traçava a sua mão ardente. Ou «meu amor»? Ou simplesmente «Teresa»? Por um instante olhava o telefone, tentado. Se ligasse... Só para ouvir a voz dela pela última vez, para lhe perguntar, para ter a certeza... Ainda estendia o braço, tocava no aparelho, mas logo recuava. Para quê ouvir de novo aquelas palavras simples e terríveis? Depois as sombras não falavam nem escreviam. Depois, em sua casa, não havia telefone.

«Ele escreveu-lhe?», perguntou o major.

«Quem? A quem?», disse ela surpreendida.

«Ele. Se escreveu à sua irmã antes de...»

«Não me lembro. Talvez o tenha sabido na altura, é possível, mas não me lembro. Não me lembro de tantas coisas... A Teresa evitava falar muito no caso, era compreensível. Nunca teve a vocação do sofrimento. O desgosto por sua causa foi, por assim dizer, esporádico. Na verdade, nunca teve a vocação do sofrimento. E a morte do marido atuou mais como uma chicotada do que...»

«Sim...», disse o major. «Estava a imaginá-lo fechado no velho escritório», continuou. «Um homem que vai morrer numa casa às escuras. Velha, não era?»

«O quê?»

«A casa. O escritório, quero dizer.»

Adriana elucidou-o. «Era velho. E a secretária onde trabalhava também o era. Daquelas com muitos sulcos em todos os sentidos, feitos a canivete, e roída pelo bicho-da-madeira. À direita havia um candeeiro. Na parede, por detrás da cadeira onde se sentava, uma cadeira giratória, estava pendurado um calendário com uma mulher em fato de banho. Mas creio que também o calendário era velho, talvez de cinco ou seis anos antes. Fui lá uma vez com um recado qualquer, já não me lembro de qual. Um recado que a Teresa me pediu que fizesse. Ele também era velho, apesar de ter vinte e nove anos. Não tinha nada por ele, coitado. Nem ninguém. Nunca compreendi como a Teresa... Suponho que quis roubar, por brincadeira, o namorado à Alicinha, ou que tinha vontade de casar e ele apareceu.»

«Muitas vezes não são mais do que isso. Quero dizer, os grandes amores das mulheres resumem-se com frequência a coisas desse género.»

Adriana disse, depois de um instante de reflexão:

«Tenho a consciência tranquila.»

«Tem?», perguntou ele sem grande interesse.

«Sim. De princípio era uma tranquilidade hesitante. Receosa. Inquieta, compreende? Não tinha a certeza, embora, ao mesmo tempo... Depois deixei de sentir receio e inquietação. A minha tranquilidade ficou tranquila. Tudo correu pelo melhor.»

«Para ela?»

«Sim, para a minha irmã. Se não fosse assim, teria tido outros casos como aquele. E talvez tivesse sofrido, umas vezes mais, outras menos. E levado, ainda por cima, uma vida difícil naquela estúpida cidade. Assim... Talvez não seja *muito* feliz, mas é preferível. Para ele também, no fundo. Era um pobre homem. Que pode levar desta vida um homem como ele, senão humilhações e fracassos?»

«Um pouco de ilusão», disse o major, mas ela respondeu que isso acabava sempre por dar lugar à desolação e à amargura.

O major disse «talvez» e sentiu um grande desejo de fugir. Não podia, porém, fazê-lo tão de repente, sem um período, mesmo curto, de transição. Procurou dentro de si e à sua volta um derivativo qualquer, mas não encontrou nada. Os outros, os que restavam, pareceram-lhe embrenhados nas conversas que na altura os ocupavam. Ao fundo da sala, Maud Navarro ria muito, com a cabeça deitada para trás e o decote muito descido, quase perigosamente descido, talvez porque dantes fosse hábito seu rir e usar grandes decotes.

O olhar melancólico do major deteve-se no seu pescoço e no seu peito, tão brancos à luz. Depois observou as paredes verde-água e pensou que estava em pleno oceano, que ideia a sua! Jovens e velhas sereias cantando o seu cantar, uma sereia louca de olhar ansioso, outra de cera e implacável e fria, sem problemas, velhos tubarões de ventre farto, ele... Ele talvez fosse o peixe dos abismos capaz de suportar sobre si mares de solidão e de silêncio. Luísa que ali não estava, que nunca mais ia voltar porque o mundo era grande e os homens vários, essa, era uma daquelas algas-flores vogando sem raízes, ao sabor das marés. E ele, José? Mas esse fora morto e devorado. A lei das selvas e dos oceanos.

Levantou-se e estendeu a mão a Adriana. «É tarde e trabalho amanhã. Tenho que ir indo. Mas gostei muito de a conhecer, enfim de a...»

«E eu, major. Sinceramente. Espero que voltemos a ver-nos.»
Ele disse:
«É possível. A vida marca encontros tão estranhos às pessoas, tão inesperados...»
«Pois não é verdade? Se algum dia for a Amsterdão...»
«Não é natural. Como já lhe disse...»
«Nunca se sabe.»
«Nunca se sabe, de facto.»

O major baixou a cabeça, sorriu, atravessou de novo a sala agora mais vazia, foi-a atravessando. Dizia em todo o caso: «Dá licença? Desculpe.» E dizia também: «Muito gosto. Até um dia destes, meu caro Fontes. E obrigado, Manuela. Não se incomode.»

«Adeus, major!», disse Maud Navarro. «Major manga de alpaca, não foi o que disse? Soldado inocente, sem morte de homem.»

Ele começou em voz baixa: «Haverá alguém...» mas deteve-se, limitou-se a encolher os ombros. Gostaria de lhe falar de Luísa e de si e daquilo de se sentir frustrado por não ter tido oportunidade de se bater por coisa nenhuma. De se bater, ele que odiava a violência. De ser necessário. Gostaria principalmente de lhe contar aquilo, de lhe falar desse que numa noite morrera por culpa daquela mulher de consciência tranquila, lá adiante, e dele, que ali estava por estar, e de Teresa, um pouco feliz, em África. Em Lourenço Marques, grande cidade.

«Gostava de falar consigo», disse o major. «Com mais tempo.»
«Quando quiser, major.»

O major vestiu o sobretudo e saiu. Andava ainda muito agasalhado apesar de ser maio, porque a pleurisia que tivera dois anos antes deixara algumas consequências. Na rua pensou na rapariga ruiva e com uma leve saudade porque de antemão sabia que não iria procurá-la.

Estava uma linda noite e o major resolveu não ir para casa, apesar da pleurisia e dos cuidados que o médico lhe recomendava que tivesse e do trabalho do dia seguinte. Gastou-a – ao que dela, da noite, restava – a passear pela cidade. Sentou-se nos bancos dos jardins a ver as árvores-fantasmas, com luz própria, a ouvir o grande silêncio que o cercava, rasgado às vezes pelo ladrar ressentido de um ou outro cão vagabundo. Não olhava para as casas adormecidas nem para o rio lá ao fundo, tão liso ao luar de maio. Não pensava também em Luísa. Pensava naquele homem porque pensar nele era necessário. Não podia deixá-lo assim, morto e esquecido de todos, nessa noite em que soubera como ele tinha estado só na vida e na morte. Viu-o de novo andando pela casa deserta, acompanhou-o até ao fim, ajudou-o, por assim dizer, a pegar no tubo e a cortá-lo, talvez com aquele canivete que decerto guardava numa gaveta de secretária para afiar os lápis. O marido de Teresa! Encolheu os ombros. O que vinha Teresa ali fazer? Que se deixasse estar onde estava. E parecia-lhe ouvir o gás silvando ao libertar-se da cobra de borracha vermelha que era a sua prisão.

UMA PRESSA LOUCA

Já então tinha a cabeça pendida como uma flor e aquela pupila castanha, com inquietantes laivos amarelos, cortada ao meio pela pálpebra superior, hemisfério sul a boiar no branco levemente azulado da córnea. Mas nessa altura ninguém ia reparar na cabeça dela nem nos seus olhos, nem mesmo na sua pequena boca carnuda, de cantos bem apertados, bem fundos, a estrangular os soluços e a empurrá-los, depois de vencidos, para dentro de si. Nos lábios ficava-lhe como que um breve sorriso sem significado nem a propósito e que não passava, afinal de contas, de um esgar. Mas também esse sorriso ninguém o viu. A rapariga – a criança – ainda não existia em pormenor, era demasiado cedo. Os olhos, o sorriso-que-não-era--sorriso, o próprio rosto, faziam parte de um todo desconhecido e misterioso. Misterioso? Nem isso, talvez muito simplesmente abstrato.

O que eles estavam naquela altura era perplexos, sem saberem muito bem que atitude tomar (a naturalidade, a ternura, a proteção um pouco piegas?), mas acima de tudo sentiam-se, como não podia deixar de ser, preocupados consigo próprios embora convictos de que o estavam com aquele fardo pálido e negro, luto pesado da cabeça aos pés – luto pesado até na pele morena, queimada do sol de África, nos sinaizinhos da face, no cabelo liso e quase preto –, que descera devagar, como que indeciso (ou receoso) do avião de Luanda, e que vinha para sempre, para ficar. Mas eram eles, eles, que ali estavam no aeroporto fervilhante de gente que chegava do mundo e que para o mundo partia. A mulher principalmente. A recém-chegada não era senão uma simples coisa, trágica é certo, mas que – e ainda bem para ela – não atingia o alto cume da sua tragédia. Amanhã, daí a uma semana, a um mês na pior das hipóteses, estaria consolada ou quase. Esquece-se tão depressa aos quinze anos... Feliz idade! Mas ela, ela, ELA, que responsabilidade e ao mesmo tempo que glória!

Não lhe falaria do pai nem da mãe, pelo menos de princípio, era como se aquela coisa horrível não tivesse acontecido. A propósito, que teria ela pensado, sentido, ao entrar no avião? Teria medo, pobrezinha? Ia fazer com que aquela criança nascesse outra vez, dar-lhe-ia uma vida nova, que coisa extraordinária. Quem pudesse... Ela. A mulher que abraçava a trouxa inerte e a enchia de beijos sonoros (optara pela ternura total, sem disfarces, a mais fácil): «Minha Leninha, conheci-te logo, logo. Mas estás enorme, uma mulher, pareces mais velha, sabes? E bonita, minha queridinha, bonita mesmo.» Depois voltava-se para dizer o que quer que fosse em voz baixa e rápida ao homem que a acompanhava. E tornava a beijá-la: «Minha filhinha» (uma designação sem dúvida infeliz). Lena estava cada vez mais dura e contraída.

«Se fôssemos indo, Laura? A pequena deve estar cansada...»

Eram as primeiras palavras que ouvia, que as que a tia dissera tinham-se misturado todas dentro de si e esquecera-as quase antes de as perceber. Aquelas pareciam naturais e sensatas, mesmo um tanto enervadas como ela precisava que fossem, o género de palavras utilitárias a que estava habituada. Se fossem indo... Olhara então para o homem alto e bem vestido, de perfil romano, um belo homem, sem dúvida, ainda que já não fosse muito novo. Parecia-se, sim, parecia-se com aquele ator francês, Georges qualquer coisa... Marchal ou Pascal?

Quem seria Georges qualquer coisa? Marido dela (e já nesse instante era assim que se lhe referia em pensamento – ela), marido dela não era com certeza, a mãe sempre lhe dissera que a irmã mais velha era solteira... Só se tinha casado há pouco tempo, sem prevenir... Mas com aquela idade? Isso, de resto, parecia-lhe secundário. Havia coisas mais urgentes a afligi-la. Obrigá-la-iam a ir ao liceu? Não a deixariam continuar com a pintura? *Eles* antes de... Também pensava assim no pai e na mãe, *eles,* mas por outra razão, naturalmente, para não se enternecer. *Eles* antes daquilo tinham resolvido, enfim, tinham concordado... Recusava-se a vê-los de novo como os imaginava, ou melhor, como nem sabia imaginá-los. Também não queria recordar como eram antes de terem subido para aquele avião que os levaria a uma cidade próxima. Não queria. *Eles* tinham partido de facto e ela ficara triste e só, até ao dia em que viera despachada como um baú, noutro avião, que, esse, chegara ao seu destino. E ali estava ainda por abrir com todo o seu conteúdo de vulgaridade e de desconhecido. *Eles...* Mas não queria pensar no pai e na mãe, não queria. E sorriu então com um sorrisinho aplicado, cheio de boa vontade, à tia e ao homem que a acompanhava.

Georges qualquer coisa não se chamava Georges, mas Pedro, e era um velho amigo da casa. As pálpebras de Lena tinham batido, não conhecia aquela designação, nunca a ouvira antes. Amigo da casa? Da casa porquê? Da casa ou da tia? Mas podia lá ser... Ele era tão... E ela estava tão... Era impossível. E no entanto tudo fazia crer... Meu Deus, que coisa ridícula.

Laura resolvera sacrificar uma tarde por semana à sobrinha, falar com ela, fazer dela, como pensava e dizia, uma mulher diferente da que seria noutras circunstâncias. É tão complicado uma rapariga de quinze anos. Ela lembrava-se. Tão complicado... Tão natural e ao mesmo tempo tão estranho.

«Não é, Pedro?»

«Sim, talvez. Mas olha que mesmo sem a tua ajuda ela faz-se uma mulher e uma bonita mulher, já o era talvez quando chegou, mas nós não demos por isso.» Laura dizia que isso era mesmo uma opinião de homem.

«Achas então que não há mais nada? E o espírito das pessoas? Meu Deus, que materialista!»

E nada derretia o entusiasmo maternal de Laura. Vestira Lena dos pés à cabeça, levara-a ao seu cabeleireiro, ensinara-a a pintar-se discretamente, escolhera-lhe uma série de bons livros, levava-a ao teatro e aos concertos.

Lena perguntou um dia:

«Tia Laura, continuo a estudar pintura?»

«Pintura? Que ideia é essa? Tens é que ir para o liceu em outubro, está tudo combinado. Tens quinze anos e estás atrasadíssima, é uma vergonha.»

«Eu queria estudar pintura, tia Laura. Não gosto de mais nada, não consigo fixar a atenção. *Eles...* O pai já tinha dito que sim.»

A vozinha fraca fazia por se endireitar, com o esforço arranhava. Laura levantara-se e fora beijá-la.

«Minha querida, não me peças coisas que, para o teu bem, não te posso fazer. Tens de estudar, mais tarde falaremos de pintura. Também tens que tomar um certo desembaraço. Bem sei que sofreste um grande desgosto, mas isso não é razão para levares os teus dias deitada e a olhar para o teto. Precisas de reagir.»

«Eu sou assim, tia Laura. Sempre fui.»

«Modificas-te, é muito simples.»

Tinha sido o primeiro choque. A moleza de Lena era dura e difícil. As mãos tocavam-lhe, a massa parecia ter adquirido a forma desejada e haver-se fixado nela. Mas quando a soltavam logo tudo regressava ao mesmo e ela tombava de novo. Laura enervava-se, não queria queixar-se, mas tinha às vezes gestos irritados. Lembrava-se das palavras de Pedro quando lhe tinha dito que Lena ia chegar:

«Há colégios», dissera ele. «Porque não a metes num colégio qualquer? Eu não aceitava esse encargo. Aos quinze anos já não é uma criança, é uma mulher formada que te entra em casa, cheia de qualidades, é possível, mas também, é muito natural, cheia de defeitos. Não tenhas ilusões. Nem mesmo a conheces, uma estranha.»

Agora, em todo o caso, parecia simpatizar com Lena. Trazia-lhe bombons, oferecia-lhe bilhetes para o cinema, já tinha ido mesmo buscá-la uma vez à saída do liceu, no seu *Jaguar*. As outras tinham-se precipitado para ela logo no dia seguinte:

«Quem era? O teu pai?»

Ela respondera irritada, logo à beira das lágrimas ou do ódio, mais deste do que daquelas, que não, que não era seu pai, que o pai tinha morrido e a mãe também. Que era um amigo da casa. E dera consigo a sorrir da designação e de qualquer outra coisa, que ainda não sabia muito bem qual fosse, mas que a tornara, de súbito, amargamente feliz.

«Vim buscar-te para fazer vista», dissera ele depois, olhando-a um tanto fixamente. «Vão dar-me os parabéns, pela certa. Estás uma beleza. Hão de julgar...»

Num dia qualquer, Pedro tinha descoberto finalmente o seu olhar baixo, as grandes pupilas flutuantes que as pálpebras velavam e o *rouge* tornava luminosas, o sorriso sem razão aparente, já não doloroso mas divertido, um pouco divertido, que parecia ter-lhe ficado esquecido na boca depois de qualquer pensamento ignorado de todos.

«Porque estás a rir?»

Lena estava enroscada no *maple* com um livro aberto sobre os joelhos e esquecido. O seu olhar parecia haver-se entornado.

«Não me estava a rir, Pedro.»

Retificara a posição dos lábios, que tinham ficado um pouco projetados para a frente, num jeito amuado. Não sabia que se estava a rir. Acontecera sem ela dar por isso. Mas também para que estavam eles com aquela irritante conversa?

«Homens!», dissera a tia Laura, *ela*, e a palavra chegara-lhe sozinha, interrompera as suas divagações que nada tinham a ver com o livro que lia, ou que não lia. «Homens!», repetira.

Lena tinha levantado os olhos e intercetado o olhar longo, caricioso, com que a tia fixava Pedro. Acompanhava-o um sorriso que a tornava mais velha. Era simplesmente horrível.

«Nem todos», dizia ele, «nem todos. Ora vejamos... há quantos anos, Laura?»

«Quinze.»

«Quinze, ora vê lá. Como o tempo passa... A idade da Lena, calcula!»

Ficara silencioso, pensativo, com um vinco vertical, mais fundo, entre as sobrancelhas. Depois olhara para Lena e perguntara: «Porque te estás a rir?»

«Não me estava a rir, Pedro.»

E pusera-se a imaginar no que estaria ele a pensar enquanto olhava, de vez em quando, para Laura. Talvez que nesses quinze anos ela perdera todo o encanto dos primeiros tempos e aquele ar um pouco esparvoado de que *eles* falavam, os cabelos loiros e encaracolados, o corpo arrogante. E o ar esparvoado começava a ser ridículo, os caracóis a serem muito visivelmente loiros e o corpo a ficar gordo.

«Celulite, minha querida», dissera ele noutro dia qualquer. «Tem cautela, olha que na tua idade...» Mas que idade tinha ela? Trinta e oito anos... Francamente, hoje, aos trinta e oito anos uma mulher não se pode considerar...

«Quarenta.» E sorria. «Lembra-te de que temos exatamente a mesma idade, de que até nascemos no mesmo mês... Ou já te esqueceste?»

Laura olhava-o sem compreender, desconhecia-o. O seu olhar vagueava em redor, ia de Pedro para a sobrinha, que nessa altura estava sempre, mas sempre, a ler. Demasiado interessada, mas sem olhar as folhas.

«São horas de te ires deitar, Lena. Amanhã tens aulas cedo.»

Ela fechava o livro, levantava-se devagar:

«Boa-noite, tia. Boa-noite, Pedro.»

Eles continuavam uma daquelas conversas estúpidas mas necessárias à tempestade. Lena ouvia-os durante algum tempo, antes de esconder a cabeça na roupa. A tia chorava um pouco, ele consolava-a com a sua voz pausada. «Então, então, que criancice», dizia. Despediam-se por fim, friamente. Quando a porta batia, Lena apagava a luz. Era bom, era doce, sonhar no escuro, de olhos abertos. Sonhar com Pedro. Criar vida possível, alisar as arestas, quebrar as vidraças. Sonhar que a tia Laura morrera, por exemplo. Era doce a noite. A luz fazia tudo diferente e difícil, contaminava o sonho. A noite não. Era uma matéria branda que recebia em si, maternal, tudo o que se lhe entregasse.

Ele um dia tinha-lhe dito como quem descobre finalmente uma coisa:

«Estás então uma mulher. E bonita. Já to têm dito, com certeza...»

«Já, já mo têm dito.»

«Muitas pessoas?»

«Algumas.»

«Importantes?»

Esticara o beicinho, encolhera os ombros, olhara-o bem de frente:

«Sem grande importância.»

«E... ficaste contente?»

«Não devia ter ficado?»

Era uma rapariguinha estranha. Enroscava-se, olhava-o por baixo com as suas largas pupilas flutuantes e um meio sorriso que ele gostaria de compreender.

Laura irrompia, agitada, cheirosa, e toda a atmosfera ficava saturada de Chanel número 5. Lena franzia o narizinho arrebitado, apertava a boca.

«Então, tens feito companhia ao Pedro? Desculpa a demora, mas a Baixa hoje estava uma coisa...»

E tomava a ofensiva da conversação. De vez em quando discutiam, tornara-se um hábito. A propósito de qualquer coisa sem importância mas que, trocadas algumas frases azedas, se tornava enorme.

Um dia, depois de ele sair, Laura tinha-se atirado a chorar para cima do sofá. Sem conseguir dominar-se. Completamente abandonada, lustrosa das lágrimas, inchada, velha.

«Compreendes, não é verdade, Lena? Sinto-o fugir, é horrível.»

Uma vozinha áspera, muito calma:

«Porque não casou com ele?»

«Não sei», respondeu um pouco perdida. «Deixei-me ir. Achas que devia?»

«É possível. Agora, em todo o caso, é tarde, tia Laura.»

Ela ergueu o rosto desfeito.

«Nunca falámos em tal coisa. Ele nunca falou... Dizia sempre que punha a sua liberdade acima de tudo. Não insisti, era feliz assim.»

Era feliz. Bastava-lhe a presença dele, de vez em quando, a sua voz pelo telefone, de vez em quando, também. São diferentes as pessoas. Ela, por exemplo, tinha pressa, e pressa de tudo, não de um arremedo de felicidade que lhe atirassem de vez em quando como se atira um osso a um cão. Dera por isso quando *aquilo* acontecera, quando *eles*... Sentira subitamente uma pressa nem ela sabia de quê, ainda não, era cedo. Simplesmente uma pressa louca de viver, mesmo que para isso tivesse que atropelar alguém, a tia Laura. Mas nessa altura ainda não conhecia a tia Laura. Nunca a tinha visto.

«A sua liberdade!» E a voz dela troçava nitidamente da ingenuidade da tia. «A sua liberdade! Mas todos os homens pensam assim, creio. E no entanto casam... Porquê? Não será porque é essa a única maneira de obter o que desejam?»

Donde lhe vinha aquela sabedoria que enchia de sangue o rosto de Laura, que fazia com que ela se sentisse de súbito ridiculamente infantil e até inocente? Lena estava muito direita, excecionalmente direita na sua cadeira. Sorria ao de leve. Porque acabava de verificar que, de qualquer modo, a tia Laura morrera, não iria criar problemas.

OS ARMÁRIOS VAZIOS

J'ai conservé de faux trésors dans
des armoires vides

ÉLUARD

Foi um dia de primavera que começou e acabou como todos os outros, pelo menos aparentemente, diria ela, ou, melhor, era natural que o pensasse; nunca foi pessoa de muitas falas. Dizia o necessário, mas reduzido ao mínimo indispensável, ou então um necessário que depressa se cansava, se detinha a meio caminho, como se ela se desse subitamente conta de que não valia a pena prosseguir, porque isso era um esforço inútil. Ficava então quieta, sem gestos, hesitante à beira das reticências como alguém à beira de água de inverno, e nesses momentos o seu olhar perdia todo o brilho, era como se um mata-borrão o houvesse absorvido, talvez ainda seja assim, não sei, nunca mais a vi. Durante muito tempo não consegui compreender que esses desmaios, porque o eram, a conduziam invariavelmente ao mesmo lugar, ou, melhor, à mesma pessoa, à mesma imagem danificada de pessoa, porque, como já disse, não era mulher que se confessasse. As palavras não lhe serviam para explicar o seu pensamento, aperfeiçoando-o ou disfarçando-o, como é mais ou menos hábito de toda a gente. Só as utilizava, e em última instância, para dizer o que era urgente (refiro-me, claro está, a esse tempo, antes da festa que Lisa, sua filha, deu aos amigos. Depois seria outra história). E quando falar era urgente, calava-se logo depois (ou a meio, como já expliquei), e não era só o olhar que se lhe apagava, o corpo também cedia ao de leve, era como se o tivessem desligado de uma corrente, que, embora de fraca voltagem, o mantinha ativo, e ele amolecesse logo em seguida, de súbito esquecido da sua primitiva posição vertical. Era nesses momentos que ela não estava ali, embora ninguém soubesse onde ou junto de quem se encontrava. De resto, ninguém pensava nisso, porque o seu rosto não acusava tal partida, só os olhos e as mãos, mas quem ia deter-se nos olhos dela, nas suas mãos semiabertas sobre os joelhos, como conchas mortas que o mar abandonara? Às vezes, na sua frente, eu pensava que talvez sacudi-la, ou melhor, radiografá-la, fosse uma ideia. Para ver se teria dentro de si alguma coisa mais do que pulmões e aparelho digestivo.

Na loja também falava pouco. De resto, não era muito simpática aos empregados que sucessivamente tivera. Sabia-o e sabia igualmente que a culpa, se culpa havia, era sua e de mais ninguém. Sempre lhe custara dar um passo na direção dos outros, fossem eles superiores ou inferiores. Sentir-se-ia envergonhada se o desse. É certo que no passado dera inúmeros passos na direção de muita gente, mas esses tinham sido necessários, por assim dizer, vitais. Sem eles, o que lhes teria acontecido a ambas? Dera-os, pois, sem hesitar, sem se permitir o tempo de uma hesitação mesmo breve, embora com o coração apertado.

Um dia falou-me nisso tudo, por alto, e creio que só o fez para se reabilitar, e um pouco à filha, também. Era uma mulher preocupada com o que os outros podiam pensar, sobretudo com o que eu podia pensar. Aqueles dez anos de solidão voluntária e involuntária (porque ela quisera uma solidão já existente, afinal de contas) tinham concorrido grandemente para isso. Havia ela e Lisa de um lado, havia os outros do lado contrário. *Os outros* eram o inimigo de onde nenhum bem era possível vir e todo o mal era provável que viesse. *Os outros* continuavam a ser para ela o patrão do marido, que nunca mais estivera quando ela o procurava («O senhor Black saiu há bocado. Não, já não vem hoje»; «o senhor Black está fora. Não, não sei quando chega»; «o senhor Black está em conferência»), os amigos, quase todos subitamente desaparecidos (que era feito deles?), os colegas de trabalho (os poucos que de boa ou má vontade lhe tinham valido), a sogra («Venha cá para casa com a pequena, onde comem três comem cinco. Agora com dinheiro não conte, não pode ser»).

Dinheiro. Uma palavra que ela ouvia por todo o lado, a toda a hora, até quando dormia. As pessoas, *os outros,* começavam a queixar-se antes mesmo de ela falar, bastava aparecer com o seu casaco coçado, as meias que às vezes tinham malhas caídas, os cabelos descuidados. *Os outros* queixavam-se logo, antes mesmo de ela expor o seu problema, a razão por que vinha. «Não calcula como tudo tem corrido mal, um verdadeiro horror. Olhe que, vendo bem, pesando bem, o seu marido ainda teve sorte em não ver isto, um descalabro, um autêntico descalabro. Foi ontem que eu disse a uns amigos: "O Duarte Rosário ainda teve sorte, olhem que teve. Com toda a gente que ultimamente tem sido despedida na empresa, a ele era bem capaz de lhe ter tocado pela porta."» Havia os que abriam a carteira logo que a viam, um tanto agressivamente, com um alçar de sobrancelhas exausto, sem darem pelo sangue que lhe inundava o rosto, pelos seus lábios trémulos. A nota de cinquenta escudos queimava-lhe a mão antes mesmo de lhe pegar, mas agarrava-a sempre, com ansiedade, não podia ser de outro modo. Lisa tinha sete anos e precisava de se alimentar bem, de tomar injeções porque era linfática. Depois da nota vinha sempre a prevenção. «Olhe que não conte muito mais comigo. Se eu pudesse, encantado. Eu e o Duarte éramos muito amigos. O seu marido foi um dos poucos homens puros, talvez o único, que encontrei. Mas a verdade é que tudo me tem corrido torto nos últimos tempos. Até a minha mulher, que vai ser operada, veja lá.» E quando não era a mulher era o filho, e quando não era uma operação física era uma operação financeira, não só dolorosa como catastrófica.

Ela, entretanto, guardava a nota, lamentava as desgraças alheias, atenciosamente, cortesanescamente, Deus sabe o que lhe custava.

Quando havia uma aberta dizia: «Preciso em absoluto de me empregar. Não sabe de nada? Se souber...»

O rosto, na sua frente, abria-se logo num sorriso, porque ela, sem o querer, dera a deixa ao desejado ponto final. O homem levantava-se sem deixar de sorrir. «Se eu souber digo-lhe imediatamente, está combinado. O seu telefone ainda é o...»

«Cortaram-no há quinze dias.»

«Ah», exclamava. Aquele era mais um obstáculo, mas não intransponível. Transpunha-o e alegremente. «Mas escrevo-lhe um postal, não tem importância, esteja descansada. A casa é a mesma, não é verdade?», perguntava levemente receoso.

«A mesma, sim.»

«Ótimo, ótimo.»

Estavam de pé, um em frente do outro, com uma secretária a separá-los. E acompanhavam-na sempre à porta, de largo sorriso, como se uma grande esperança lhes houvesse inundado os corações sensíveis, e nada pudesse derrotá-la. Alguns tocavam a nota realista, não ficavam na simples abstração. «Quais são, no fundo, as suas habilitações?» Enumerava-as (não eram muitas), eles abanavam um pouco a cabeça, começavam a sentir-se desolados. «Vai ser difícil, Dora Rosário. O francês é que dá possibilidades. E o alemão, claro.» Ela encolhia-se toda, mirrava por assim dizer. Não lhe tinham ensinado nenhuma daquelas línguas bárbaras, que fazer? Ainda havia os lutadores, os que sugeriam coisas. Porque não procurava nos anúncios do jornal? Porque não dava lições? Era uma ocupação bonita para uma mulher, lições. Mas lições de quê, se esquecera tudo, se tinha uma memória péssima para as coisas que não a interessavam, e aquilo, o que estudara, não a tinha interessado na altura competente?

Outras pessoas ainda, de quem não havia nada a esperar senão compreensão e amizade, também tinham passado, gradualmente ou de uma só vez, para o campo inimigo. Amigas herdadas, do tempo da mãe, amigas de sangue, outras (poucas) ganhas ao acaso da vida.

Tinham-na acompanhado, tinham feito tentativas para vencer a barreira dos seus silêncios e dos seus desmaios. «O teu marido, também, francamente... Nem umas economias, nem um seguro de vida, como é possível? Homens. Egoístas até à medula, mesmo os melhores. Com uma filha pequenina, meu Deus...»

Ela, que soluçava um pouco, que limpava um pouco os olhos, que, por assim dizer, se entregava um pouco nos maternais braços da dor, momentaneamente descontraída, com pena de si própria, um pouco piegas, ficava de súbito hirta, supervertebrada, os olhos apagados ganhavam aquele brilho excessivo e incómodo que os fazia parecerem bichos com vida própria, prontos a saltar, a morder, a dilacerar o inimigo. «O Duarte não podia fazer mais do que fez, e não admito...», dizia com quase ferocidade.

Aquela amiga herdada ou adquirida não ia voltar, e Dora Rosário sabia-o perfeitamente. Mais um cadáver, pensava encolhendo os ombros, mais um a juntar a tantos outros amontoados na sua vala comum. A maioria deles fazia *hara-kiri* pelos seus próprios meios, a outros era ela quem lhes dava o golpe de misericórdia. Um alívio?, hesitava. Um alívio, porque não? E fechava-se mais em si própria, na filha e na recordação do marido. Só saía de casa para pedir dinheiro emprestado, para pedir trabalho, para convencer o padeiro ou o merceeiro a fiar durante mais algum tempo.

Depois, um dia, arranjou inesperadamente um bom emprego. A única amiga que lhe restava dos bons tempos (porque tudo era relativo, e aqueles tempos, o passado, tinham sido para ela os bons tempos), essa amiga, que se mantivera entre ela e os outros, numa espécie de linha fronteiriça, ora cá ora lá mas sem nunca se atrever a qualquer incursão demasiado profunda para qualquer dos lados, tinha aparecido um dia, cheia de entusiasmo e com o emprego numa bandeja. Fora quase assim, numa bandeja. Um parente ou amigo dela, dessa amiga, Gabriela, era dono de uma casa de antiguidades e ia viver para o estrangeiro, enfim, era forçado a isso. Esse homem perguntara pois a Gabriela se conhecia alguém competente, podia até ser uma mulher, mas ativa e de seriedade a toda a prova, claro está, que tomasse conta da loja. Pagava bem. Estava, por assim dizer, entre a espada e a parede. Gabriela dissera-lhe que conhecia a pessoa ideal, uma amiga viúva, destas para quem a vida perdeu todo o interesse, e ele estava à sua espera, dela, Dora Rosário, na rua tal, número tantos. «Anda, despacha-te, veste o casaco», dissera. «Não, espera aí, levas o meu, também é preto.» Fizera-a sentar, dera-lhe um jeito nos cabelos, obrigara-a a mudar de meias, a levar a mala dela, de *box-calf,* comprada em Paris, Chez Henry à la Pensée. «É preciso que lhe causes boa impressão.»

«Mas eu não percebo nada de comércio, Gabriela. Nem de móveis antigos. Detesto os móveis antigos. Metem-me medo. Faço cerimónia com eles.»

«Aprendes. Quando receberes o primeiro ordenado compras uns livros sobre uma e outra coisa. Não és parva, aprendes. Escusas de lhe dizer nada disso, ouviste?»

Foi assim. Ficou, comprou os livros, aprendeu. Ganhou ao longo dos anos dinheiro bastante para meter a filha num colégio de meninas ricas e também numa escola de *ballet.* Mais tarde arranjou-lhe uma professora inglesa e uma alemã, que iam a casa em dias alternados, tudo aquilo sob o olhar entre suspeitoso e reticente da sogra, o olhar de quem *no seu lugar* teria feito outra coisa. Mas essa vida subitamente fácil não arredondou os ângulos, não misturou o azeite e o vinagre. Ela e a filha continuaram a estar de um lado, as outras pessoas do outro. Duas únicas exceções: uma para Gabriela, a quem tudo devia, a outra para a tia Júlia de Duarte. Não falo de mim. O meu caso é diferente. Tínhamos deixado de nos ver havia muito, e só um acaso nos poria de novo frente a frente, numa rua do Chiado. Eu, portanto, ignorava tudo da sua vida de casada. Conhecera-a solteira, voltei a encontrá-la viúva.

Antigamente havia mulheres que, quando os maridos morriam, se metiam nas suas casas para todo o sempre. Algumas nem deixavam entrar o sol, talvez porque a sua alegria as chocava. Dora Rosário saía para o emprego, mostrava aos visitantes que passavam o limiar da loja móveis de estilo e *bibelots* de época, almoçava ao balcão de uma pastelaria ou de um *snack* qualquer, fumava às vezes um cigarro depois do café, mas quando regressava, ao fim da tarde, era como se não tivesse saído. Continuava a vestir-se de preto ao fim de dez anos, e com aquelas saias amplas e compridas que usava e os sapatos de salto raso parecia mais uma religiosa sem hábito do que aquilo que era na realidade, uma viúva de carreira. Aquele cigarro fumado às vezes depois do almoço era nela quase tão chocante como a brancura lisa dos braços de certas velhas, a quem a idade curtiu e vincou a cara e as mãos. As pessoas olhavam-na, sorriam talvez. Isso, porém, era indiferente a Dora Rosário, porque a imagem de Duarte tinha-a acompanhado desde manhã, estivera com ela no metropolitano, entrara em casa a seu lado. Era uma imagem que perdera muito da sua intensidade. O tempo fora-a, naturalmente, corroendo, mas com tanta lentidão que ela a maioria das vezes não se preocupava muito com esse desgaste natural. A imagem duraria até ela durar, não era preciso mais.

O que Gabriela dissera dele – porque também o tinha dito – fora antes do emprego, no tempo pior, poucos meses após a sua morte. Era a altura em que Dora Rosário só saía de casa para correr a sua via-sacra dos anúncios de jornal ou pedindo trabalho e dinheiro. Estavam sentadas uma em frente da outra, e Gabriela lamentava-a um pouco, com medida. «Coitada de ti que ficaste. Ele nunca quis sequer pedir um aumento porque se sentia humilhado. Pedir, que horrível palavra! Preferia viver mal, com dificuldades. E agora tu é que vais pedir, não a um mas a muitos, tu é que vais humilhar-te.» Qualquer coisa assim, segundo a própria Gabriela me contou. Dora reagira imediatamente, os olhos tinham-lhe brilhado, já independentes. A outra, porém, encolhera os ombros, desistira: «Pronto, pronto, já cá não está quem falou. Desculpa se te ofendi, podes crer que não era minha intenção...»

Dora Rosário, entretanto, pensava, e nos seus lábios delgados, quase inexistentes por vezes, havia um leve sorriso de desdém. Nunca poderiam compreender, gente estúpida, que ela sabia tudo isso, que o pensara mil vezes e o sofrera mil vezes em silêncio, quando ele ainda era vivo, quando ele era vivo sem *ainda* nada a ameaçá-lo. Que estivera constantemente à beira de lho dizer. Nunca, porém, lho dissera, faltava-lhe a coragem. Qualquer palavra sua nesse sentido iria sujar irremediavelmente o cristal, e ele havia de a olhar espantado, dando-se de repente conta de que ela, sua mulher, era afinal um ser vulgar, como todos os outros que nunca o tinham entendido. Pior, que estivera sempre contra ele. E isso não era verdade. Não, não era verdade. Ela era ele, fora-o sempre, embora nesse corpo uno formado por dois corpos algumas moléculas se rebelassem.

Um dia, já estavam casados, Duarte havia-lhe dito: «Não sou um homem para subir na vida nem à custa dos outros nem mesmo de mim próprio. Qualquer das coisas é para mim um comércio e não sou, nunca serei, comerciante. Não me vou pôr em praça a enumerar as minhas vantagens contra x em dinheiro. Deixo-me levar, é só o que posso fazer, o que quero fazer.»

«Os outros fazem isso.»

«Os outros vivem na selva. Têm de se alimentar de carne fresca.»

«Tu também. És a carne fresca, que vai sendo menos fresca dia a dia. Nem sequer foges. Recusas-te a ver que é a selva. Para ti é o paraíso que não queres perder.»

Isto pensava-o ela, embora não o dissesse. Limitava-se a ouvir com atenção os seus pequenos discursos didáticos e a pensar as respostas que eles lhe inspiravam. Às vezes, porém, era como se Duarte a ouvisse.

«Eu vejo as feras», dizia. «E conheço-as, cheiro-as. Não penses que tomo um abutre por uma pomba. Ignoro-os, é o que é. Passo à distância. Recuso-me a olhá-las.»

«Mas elas existem. E, se não nos devoram, devoram o alimento que nos pertencia.»

«Recuso-me», continuava. «Que apodreçam à vontade, *eu* ficarei intacto. *Nós*», retificava, «ficaremos intactos.»

«Intactos», repetia Dora em silêncio. «Intactos, meu Deus.»

Eu, dissera ele. Quantas vezes pronunciara aquele pronome, *eu.* E mesmo quando o retificava e dizia *nós,* era *eu* que continuava a pensar. Um Cristo egoísta, dizia ela de si para consigo, um Cristo laico e descrente que não tivesse vindo ao mundo senão para se salvar a si próprio. Mas salvar-se de quê, de que inferno? Pensava, porém, tudo isto sem amargura, ou com uma amargura leve, quase doce, até com um secreto contentamento porque o amava. Ele era um homem bom, um homem puro, invulnerável à maldade, à avidez que o rodeavam. Não se deixara contaminar. E Dora queria-se um pouco mal a si própria, pelo espírito crítico que possuía até para com ele, por não acreditar totalmente nos seus ídolos abstratos, por não admirar mais a sua santidade, por olhar com um sorriso que não se via o invisível pedestal onde ele se colocara.

Quando a filha nasceu e cresceu e fez dois anos, Dora disse um dia ao marido: «Todas as mulheres trabalham, eu podia arranjar um lugar qualquer, sei lá, sempre ajudava um pouco. Vi no jornal...»

Interrompeu-a logo. Que tontice. E a criança? Ia entregá-la a qualquer criada boçal? De resto, o que ganhasse ia-se na criada, no que ela gastava, no que estragava. Ficou pensativo e depois olhou-a fixamente. Dava-lhe o suficiente, não dava?

Dora acenou que sim, sem coragem para lhe dizer que sabia muito bem que ele almoçava mal, de qualquer maneira, e fazia longas caminhadas a pé para poupar o dinheiro dos carros. Calou-se, porém, para não o ferir, até ao fim. Porque a partir de certa altura, se falasse, ele pensaria que ela nunca tinha estado ao seu lado, mas sim do outro, a criticá-lo.

A sogra disse-lhe um dia: «Não sei como não se emprega. O Duarte ganha pouco e não é homem para vir a ganhar mais. Sempre ajudava.» E Dora deu então consigo a explicar-lhe que não podia entregar a menina a qualquer criada boçal e a provar-lhe com exemplos, com números, que tudo o que ganhasse ou quase tudo ir-se-ia no que essa mulher pudesse comer e estragar. A sogra sorriu ao de leve, disse «Argumentos do Duarte», e o assunto foi encerrado.

A sogra andava pelos cinquenta anos, mas parecia ter muito mais. Tinha uma cara grande, larga e bicuda, muito branca e excessivamente empoada, de enormes olhos amarelos e pestanudos, quase indecentes na sua idade, pele engelhada e cabelos que tinham sido loiros, e loiros continuavam, lutando heroicamente com o tempo. Pintava-se também demasiado e como já não via como dantes (máquinas gastas, dizia ela, um pouco enferrujadas – um pouco –, a precisar com urgência de peças sobresselentes, mas onde as havia?) esborratava bastante a pintura. Usava sempre brincos compridos, pesados, que lhe puxavam para baixo as orelhas moles, e no anelar direito um brilhante que refletia mil luzes.

De outra vez, nessa altura em que andava pelos cinquenta anos, disse a Dora com aquele ar impessoal que às vezes arvorava (o ar «se falo é para o vosso bem e se não estão de acordo lavo daí as minhas mãos»):

«Acho que devia fazer qualquer coisa pelo Duarte.»

«Qualquer coisa? Eu?», espantou-se. «Mas o que posso eu fazer mais?»

«Aconselhá-lo, já era bastante. Enfim, convencê-lo de um sem-número de coisas que ele quer ignorar.»

«Que ele sempre quis ignorar.»

«Sempre? Talvez», concedeu a sogra com ar mundano. Mas insistiu: «De que a luta é necessária, por exemplo. Deixando-se arrastar, concordando, está a ser contra ele.»

«Não», disse Dora. «Estou a ser contra mim e contra a Lisa. Conscientemente, o que é pior.»

«Porquê?»

«Porque gosto muito do Duarte», respondeu exausta, quase à beira das lágrimas mas em voz pausada.

A sogra semicerrou os olhos grandes, e então ficou completamente velha. Velha e quieta como uma máscara mortuária. «Talvez tenha razão», disse. «É possível. Mas não creio que fosse disso que ele precisava. Na verdade não creio que fosse disso.»

A sogra fora a culpada, e o sogro no seu tempo de homem, e até a tia Júlia, talvez, em certa medida. Todos eles, decerto. Mas a sogra, essa, estava em primeiro lugar. Era por assim dizer a torre da fortaleza, desde o dia em que o marido ficara paralítico e imobilizado numa cadeira de rodas. Inconsciente também. Quase inconsciente, só com pequenos, breves arremedos de vida, em toda aquela morte que se atrasara, dera sem forças o golpe, falhara cruelmente como um velho carrasco a pedir reforma. Dora, porém, pensava que já antes da doença ela estava em primeiro lugar, até porque o dinheiro era seu e ela era física e moralmente mais forte. Porque há pessoas que nascem de ombros largos e outras de ombros estreitos, umas com voz grossa e outras com voz fraca, por isso. Os ombros dela tinham sempre sido largos e a sua voz lisa e aguda, muito fresca, quase chocantemente juvenil, escalava as mais altas montanhas sem dificuldade de maior. Habituara-se por isso, e por causa do dinheiro, claro está, era bom não esquecer o dinheiro, a mandar e a ser obedecida. Quase sempre a ser obedecida. A sogra teria desejado que Duarte fosse tudo e ele não fora nada. Tinha sido mesmo essa, talvez, a única ocupação por assim dizer ativa a que ele se dedicara por gosto durante a vida inteira – não ser nada. Abandonara o curso de Engenharia, logo de início, porque, na verdade, não tinha vocação. As pessoas que o conheceram bem, Gabriela, por exemplo, disse-me que era incrível pensar que Duarte pudesse algum dia ser engenheiro. Duarte e números, Duarte e coisas concretas, mesmo de um concretismo abstrato, que ironia. Não tinha vocação, passou a dizer-se em família. O Duarte-que-não-tem-vocação-para-engenheiro... Mas para que teria Duarte vocação? Olhar as estrelas por um telescópio e os micróbios por um microscópio talvez fossem, na verdade, ocupações para Duarte. Ninguém, porém, se lembrou de tal, nem mesmo ele próprio, que acabou (porque lhe arranjaram esse emprego) manga de alpaca numa empresa qualquer de sabões, cortando cerce as esperanças da mãe, que sempre dissera que o seu filho havia de dar que falar. Nunca apresentava como motivo de tal predição o facto de ele ser inteligente, ou qualquer outro motivo mais ou menos válido. Aquela mulher que, segundo ela própria dizia, nascera em berço de ouro, e a quem, talvez por isso, nada amedrontava, nada causava espanto, tinha de ter um filho que fosse alguém só por isso, por ser seu filho. Claro que isso do berço de ouro era uma flor de retórica como muitas das coisas que dizia. Dora procurava às vezes penetrar nesse passado onde não estivera, imaginava conversas, construía cenas, onde o pai, naturalmente, ainda entrava, embora como segunda figura. Segunda? Nem isso. Entre a torre da fortaleza e os outros andares ia uma enorme distância. Ele era talvez o eco, que lhe repetia baixinho as falas. «Hás de ser alguém!», exclamava essa voz clara e ampla, que parecia de facto descer de onde estava, encher salas grandes, permanecer mais tempo do que era natural numa voz. «... alguém!», repetia o eco. «Nem que eu tenha...» – «... tenha», acrescentava o eco modesto e familiar, sempre prestável.

Nem que ela tivesse... Não contava, porém, ou recusava-se a contar, com a resistência passiva de Duarte, que era imensa. Ele não discutia o assunto, limitava-se a olhar para essa mãe até muito tarde indefetível e a pensar, dissera-o um dia a Dora, que era absolutamente necessário fazer o contrário, para nunca ter aqueles gestos de posse e aquele olhar que constantemente passava da avidez à saciedade. Mas não havia em si o mínimo sentimento de frustração, como na tia Júlia, por exemplo. Para ele, a vida era um estado passageiro a não ter de ser aproveitado (passageiro, embora sem nada no seu fim). E as ambições e as lutas faziam-no sorrir. «Quando morrer, Duarte, deixo-te um nome honrado, um nome limpo», dizia às vezes o pai, antes de adoecer. Para quê aquele modesto orgulho do pai nesse nome limpo, da mãe no *seu* filho pelo facto de ser seu filho? Pobres orgulhos sem pés nem cabeça, pobre gente. Nele não havia o mínimo orgulho, julgava Dora. Um Cristo, por mais egoísta que seja, não pode ser orgulhoso.

Quando o marido morreu e ela soube que ele estava perdido, foi como se a terra ruísse à sua volta e só o pedacinho de chão onde tinha os pés tivesse ficado quieto. O mundo em redor, já de si pouco habitado, e mal, estava subitamente deserto. Com a chegada de Duarte operara-se não uma adição, mas uma total substituição de interesses. A vinda dele expulsara automaticamente tudo aquilo que até então a ocupara e também todos os que preenchiam a sua existência. Dantes ia ver exposições de pintura, ouvia conferências, dançava, ia a casa de uma ou de outra amiga (as tais herdadas ou ocasionalmente ganhas à roleta da vida), recebia-as no seu pequeno quarto de estudante, ao Príncipe Real (a família vivia na província), com bolos e limonada, às vezes uma gota de licor de leite, delicioso, que a mãe fazia. Duarte, porém, tornara tudo isso desinteressante. As exposições começaram a parecer-lhe no fundo um snobismo (a verdade é que não percebia nada de pintura), as conferências uma autoflagelação a que era fácil fugir, as amigas, que ainda via de longe em longe, indiscriminadamente inautênticas e sem interesse. Gente.

No dia em que soube pelo médico que ele ia morrer (e que até devia desejar que isso fosse rápido para não sofrer mais), antes mesmo de a solidão se espalhar à sua volta, sentia-se atónita e miserável. Ouvia a voz dele dizer «dá-me a tua mão», e pensava que essa voz também lhe morreria com o corpo e então opunha-se a tal ideia e concentrava-se toda nela, nessa voz, queria torná-la imputrescível, fechá-la dentro de si. Como ao olhar dele, tão incerto e apagado, e ao seu rosto emagrecido e àquela mão suada na sua mão. «Querido», dizia sorrindo, «o médico achou-te melhor.» Duarte, porém, olhava-a vagamente, como se aquelas palavras que ela dizia com toda a convicção possível só o aflorassem muito ao de leve, ou como se já estivesse, em parte, onde não pode haver enganos, ou como se o próprio sentido delas lhe escapasse.

Dora Rosário amava-o mais do que a tudo no mundo. Mais do que aos pais (então já mortos), do que à filha de sete anos, do que a si própria. Depois ele morreu e Dora ergueu-se no súbito deserto da sua vida. Sofria por estar só, era humano, mas ao mesmo tempo desejava estar mais só ainda para sofrer melhor, mais completamente, para pensar melhor em Duarte, com mais ponderação, sem palavras alheias que lhe detivessem os pensamentos, sem olhares alheios e insignificativos a sujarem-lhe a imagem. Era uma dor que se queria asséptica. Acordou dela, um pouco, para verificar que não tinha senão o mês de ordenado que o patrão de Duarte ainda lhe mandara a casa com os «seus sentimentos». Mais nada. E começou então a via-sacra: os anúncios de jornal, o Black, os amigos de Duarte, os conhecidos, os companheiros de trabalho, os sogros, naturalmente.

«Se não quer vir, é consigo, mas ao menos traga a pequena. Sempre come o que lhe apetece. Os sete anos são uma idade perigosa e ela não é forte», disse-lhe a sogra.

Acabara por deixar Lisa com a avó. Ia vê-la todos os dias e não lhe sentia muito a falta porque todo o tempo era pouco para procurar uma solução qualquer e para pensar em Duarte. Pensava nele por acaso, era natural. Mas pensava também nele voluntariamente. Dizia de si para consigo: «Agora tenho tempo, vou pensar nele.» E pensava. Sentada numa cadeira, ou deitada, a meio da noite, e inerte como uma figura de cera. Faria isso com maior ou menor assiduidade durante dez anos certos.

Gastava sempre a manhã (nesse tempo) a correr de um lado para o outro. Depois, quando os dias estavam bonitos (porque era inverno), ia buscar Lisa depois do almoço para a levar ao Campo Grande. Certo dia (isto contou-o ela quando me visitou e para se justificar, e à filha – «As pessoas são como são, não é verdade? Nascem assim, ou de outra maneira»), levava-a pela mão. Uma mulher de luto, mal arranjada, e uma criança magrinha, de longos cabelos lisos, toda arrebicada pela avó, entrando numa clareira onde havia vários bancos e outras crianças brincando. O céu estava azul e era a hora em que o sol aquecia mais. Num desses bancos, a aproveitar o calor, estava sentada uma velha. Não era uma velhinha mirrada, como o são às vezes as velhas, mas uma velha gorda, muito flácida. Estava esquecida, e tinha, nos lábios sem cor nem contorno definido, um vago sorriso vegetativo. Estivera a fazer renda, ou *crochet,* um trabalho qualquer que metia novelo e agulhas, mas esquecera tudo isso e o novelo rebolara mesmo para o chão arenoso. Lisa tinha parado, ficara especada, de narizinho franzido. Depois espetara o indicador: «Olha para ali!», dissera calorosamente.

Dora Rosário tinha-a puxado com firmeza. «É feio apontar, não sabes?»

«Porque é que é feio?»

«Porque sim. Depois aquela senhora pode ver e não gostar. Anda, vamos lá. Já é tarde.»

Lisa oferecia, porém, uma resistência total. Parecia fascinada. Os seus olhos amarelos (doirados, como dizem agora, que ela é mulher) continuavam fitos no banco, e a sua vozinha firme, já corretória, declarara: «Não é uma senhora, é uma velha.»

Tinha-lhe explicado, tinha procurado explicar-lhe, que não se deviam julgar as pessoas pelas aparências. E que não se dizia uma velha mas uma senhora idosa. Uma pessoa idosa, quando muito. Lisa, porém, sempre tivera as suas ideias, e os seus raciocínios eram certos e frios, mesmo nesse dia em que ia fazer oito anos.

«É uma mulher», dissera. «Uma mulher velha!», declarara depois triunfante. «Não é uma senhora, não. As senhoras andam vestidas de senhoras. Uma senhora velha é a Ana.»

A sogra não gostaria nada daquela designação, se a ouvisse. Para ela velhos eram os trapos, e daí não passava. Uma única concessão à ferrugem que o tempo deixava nas máquinas. Antes do luto vestia-se de cores garridas, inadequadas. Cultivara sempre o género excêntrico e conservava-o mesmo depois da morte do filho. O preto ajudava, dava-lhe mesmo uma certa dignidade. Apesar dos sessenta anos já feitos e do cabelo loiro e frisado e do marido paralítico e meio tonto, sem dizer coisa com coisa, e do filho morto, conservava a antiga atividade e não perdera o gosto de viver. Jogava a canasta com três amigas igualmente viciadas, bebia um pouco mais de gim do que seria aconselhável para o seu coração, contava histórias que faziam rir as senhoras porque era muito espirituosa. A presença da neta dera-lhe um novo estímulo. Procurara conhecê-la melhor e tinha verificado, encantada, que não herdara *o desgraçado feitio do pai, Deus tenha a sua alma em descanso*. A sogra não era crente mas bem-educada (o berço de ouro, etc.) e portanto era igualmente bem-educada para com Deus. Usava com frequência frases como *se Deus quiser, Deus me livre, meu Deus,* e agora que o filho morrera usava e abusava do já referido *Deus tenha a sua alma em descanso*. Lisa não herdara pois o desgraçado feitio do pai. «Nem o da mãe», apressava-se a acrescentar se Dora não estava presente. «Creio que vai ser parecida comigo», declarava depois com ar triunfante. Voltava-se para a criança: «Que te parece? Achas bem?»

Lisa olhava um tanto horrorizada para a caraça colorida da avó, acenava afirmativamente e dizia contemporizadora: «Pois sim, Ana», porque já nesse tempo era uma pequena criatura de Deus com a noção das conveniências.

A neta chamava Ana à avó. Já o filho chamava Ana à mãe, e a nora, já que mãe não havia, senhora dona Ana. Tudo isso, claro está, porque velhos eram os trapos.

Depois arranjaram-lhe aquele emprego, Lisa voltou a viver com ela e tudo correu assim, sem dificuldades de maior, durante dez anos. Dez anos em que Dora Rosário envelheceu um pouco, e em que a filha se fez mulher, cada vez mais graciosa e bonita. Falava o inglês como uma inglesa e bastante bem o alemão. Ao francês não ligava grande importância. Estava no sétimo ano e ia talvez tirar um curso superior. Ou seria hospedeira do ar? Quanto à imagem de Duarte, tornou-se menos concreta durante esses dez anos, gradualmente menos concreta, mas nada de muito assustador. Bastava-lhe, para se ir mantendo, o alimento que Dora Rosário lhe dava diariamente, obrigando essa imagem a viver lado a lado com ela, em casa, na rua, na loja.

A loja chamava-se Matusalém, de um Matos alentejano, seu proprietário e fundador, mas Lisa pusera-lhe o nome de Museu e a designação tinha pegado. Em casa, Dora dizia sempre: «Hoje no Museu...», «Durante este ano só vendi no Museu...», «O Museu hoje teve uma visita...» Era o *Museu.*

Foi pois num dia de primavera igual aos outros. Dora Rosário fechava sempre o *Museu* às sete. Como àquela hora nunca havia ninguém que fosse necessário acabar de atender, limitava-se a mandar embora o empregado e a fechar a porta sobre mais um dia. Era ali que passara grande parte dos últimos dez anos, por entre mesas e mesinhas, umas semicirculares, encostadas à parede, outras como aves pernaltas, adormecidas e um tudo-nada oscilantes no seu sono, outras ainda muito firmes nas pernas grossas, imperiais, de fortes garras metálicas cravadas no chão. Havia também papeleiras várias e uma escrivaninha de Avril alta e delicada, arcas de vários séculos, um solitário cadeirão Régence, de estofo a desfazer-se e muitos outros móveis, todos eles com o seu *curriculum vitae* extremamente completo e devorados por gerações ativas de bichos-da-madeira, ainda maciços, apesar disso, reunidos como fidalgos decadentes num asilo para velhos de categoria. Redomas sobre preciosos relógios parados, parados longe, naquele tempo, imagens do século XVIII, homenzinhos de marfim, hieráticos e delicados, caixas, pratos desirmanados e com gatos, uma carpeta persa ainda em bom estado, e pelas paredes, espetados aqui e além, estáticos no seu voo de tantos anos, uma profusão de anjinhos barrocos, gorduchos e bonacheirões, pudicamente velados e até vestidos e de botas, mas todos eles com asas de pássaro bem abertas. Era pois ali no museu, na verdade mais museu do que loja, porque tinha mais visitantes do que compradores, que Dora Rosário passava os seus dias.

Saía sempre em último lugar, porque era então uma empregada conscienciosa e consciente dos seus deveres. Assim foi também nesse dia. Disse como sempre «Pode ir, Tomás», e o empregado – como todos os empregados que tinha tido – não esperou por segundo convite. De resto já estava preparado para se pôr a caminho. Quando o ponteiro do único relógio da loja que trabalhava (ou que estava a trabalhar) se detinha nas sete horas, ele colocava-se logo perto da saída, à espera das eternas palavras de Dora Rosário. A única diferença foi que nesse dia, em vez de tomar o metropolitano como era seu costume, ela se meteu no primeiro táxi que passou e disse mesmo ao motorista que estava com pressa.

Não sei se a imagem de Duarte a acompanhou ou não, não se referiu ao facto no tal dia em que veio de propósito a minha casa para falar. As águas calmas de um rio aparentemente parado podem a certa altura cair em torrente para depois prosseguirem serenamente o seu curso. Creio que nunca mais houve serenidade para Dora Rosário, mas isso é outra história. Quanto à imagem de Duarte, é possível que a tivesse pela primeira vez esquecido nalguma das cadeiras do *Museu*. A filha convidara um grupo de amigos, ainda lá deviam estar. À noite, sobre a tarde, iam jantar a avó e a tia Júlia. Era um dia excepcional para Dora Rosário: Lisa fazia dezassete anos e dava a sua primeira festa. Ao mesmo tempo estreava, por assim dizer, o sofá e os *maples* de veludo que há muito tempo andava a insistir para que ela comprasse, «porque assim, com aqueles tão feios e velhos, nem podia receber ninguém, era uma vergonha».

Apesar de passar os seus dias entre coisas belas, ou talvez por isso mesmo, Dora Rosário não se interessava muito pelo aspeto da casa onde morava. O marido nunca ligara grande importância às aparências e ela seguira-lhe naturalmente – aí também – as pisadas. Sem se dar conta. Ela era um pouco a fêmea que recolhe à sua caverna ou à toca para descansar junto dos filhos. Mas descansar de quê, se não se cansava afinal de contas? Isso, de resto, é sem interesse. Desde que a cama onde dormia fosse confortável e tivesse no inverno um fogão de aquecimento, porque era friorenta, tudo estava bem para ela. Lisa, porém, conhecia as casas das amigas, interessava-se pelos velhos nobres em decadência armazenados no *Museu,* e tinha vergonha da casa onde vivia. Fora pois necessário fazer-lhe a vontade.

Quando deu a volta à chave e entrou, ouviu logo o barulho que eles faziam. Alguém levara um gira-discos e dançavam com entusiasmo uma melodia, se assim se lhe podia chamar, gritada e sincopada ao mesmo tempo, horrível, pensou. Dirigiu-se logo para a sala e Lisa, que era muito afetuosa (disse-mo ela), deixou o par logo que a viu e correu a beijá-la. «A minha mãe!», exclamou. Todos foram apertar-lhe a mão, enquanto Lisa lhes dizia os nomes e o jovem do disco continuava a berrar à *plein coeur* a intervalos regulares. Eram cinco rapazes e quatro raparigas e Dora verificou logo ao primeiro golpe de vista que Lisa era, de longe, a mais bonita de todas, embora uma delas, Madalena, fosse extremamente graciosa. Lisa era porém alta e delgada, tinha rosto miúdo de maçãs salientes, longos cabelos loiros, muito lisos, e aqueles grandes olhos amarelos, ou, melhor, doirados, como palhetas iridescentes à luz, os olhos de Ana, sua avó, num rosto jovem de menina.

Dora Rosário disse: «Continuem, não quero importuná-los», e fez menção de sair. Um dos rapazes, porém, de nariz arrebitado, dirigiu-se-lhe, pediu com amabilidade que ficasse um pouco, porque não se sentava? Ela hesitou. Tinha de ir ajudar a criada a fazer o jantar (um jantar especial, nesse dia, com peru, Lisa e Ana adoravam peru), mas a verdade é que começava a sentir-se tentada. Eles pareciam tão saudavelmente alegres! O rapaz moreno, que se chamava Jaime, trouxe-lhe um copo de laranjada, disse com ar engraçado, como quem se desculpa, que era o que havia, a dona da casa (e apontava para Lisa) esquecera-se do uísque. Depois sentou-se ao seu lado a falar de Lisa.

Outro disco, e um par começou a movimentar-se. Uma rapariga alta, ruiva, de corpo de estátua e muitas sardas, que era colega de Lisa na escola de *ballet*, e um rapaz franzino e risonho, de óculos e ar achinesado. Era um ritmo moderno (*twist, surf?*, Dora não sabia), um ritmo em todo o caso em que o corpo inteiro colaborava. Aquilo não vinha de fora para dentro (sem chegar mesmo dentro, mantendo-se no âmbito dos gestos maquinais), como dantes, no seu tempo de rapariga, quando as pessoas perguntavam «Quer dançar?» e respondiam «Pois sim», e se afastavam em pequenos passos compassados e distraídos, convencionais, conversando. Aquilo era diferente, outra coisa. Porque eles estavam entretidos a falar e a rir, e o disco punha-se em movimento, e então, enquanto riam e conversavam, algo dentro deles, por assim dizer no seu sangue, começava a formar-se, uma espécie de anticorpos que a música fazia nascer e crescer (mas que então cresciam mais do que era normal e se tornavam por sua vez doença), e então eles moviam-se, estorciam-se enquanto iam falando, ainda sem darem por nada, como se não dessem por nada. Mas, quando finalmente reparavam no que estavam a fazer, quando os gestos adquiriam um ritmo demasiado forte para não darem por eles, então esqueciam todo o resto e entregavam-se por completo, era como que uma dança africana, longa, repetida e quase ritual, que os mantinha em transe até que o último acorde quebrava o sortilégio.

Quando isso aconteceu e a jovem gordinha e risonha que se encarregara do gira-discos, porque torcera um pé dias antes, pôs um disco mais discreto, o rapaz moreno, Jaime, perguntou a Dora Rosário se não dançava, e todos riram um pouco, amavelmente. Lisa exclamou: «A mãe, estás doido! Não conheces a mãe!» E ela disse, rindo também um pouco, que não dançava há tanto tempo que já nem sabia qual era a mão que tinha de dar ao par.

O rapaz-que-parecia-chinês gritou em voz de falsete: «Mas nenhuma! Nenhuma. Onde isso vai! Só por acaso, de longe em longe.» E todos riram mais, com alegria.

Dora então levantou-se, explicou que tinha muito que fazer, um jantar de família, não é verdade?, e apertou-lhes a mão, disse que tivera muito gosto em conhecer os amigos de Lisa. Depois saiu e fechou lentamente a porta. Alguém disse então em voz baixa: «É simpática, a tua mãe... mas é engraçado, não parece tua mãe.» – «Não é que seja muito velha», acrescentou outra voz, agora a de Madalena. «Mas há qualquer coisa... Que idade tem ela?» Lisa disse então sem se deter, de passagem: «Não sei. Trinta e cinco, trinta e oito anos. Acho que é trinta e oito. A mãe é uma pessoa sem idade e sem solução.» Madalena declarou numa voz lenta: «Parece em todo o caso... Não sei, acho-lhe um ar antigo. A minha mãe tem quarenta e, vocês conhecem-na, passa por minha irmã.» O rapaz-que-parecia-chinês guinchou que as mães eram mães e pronto. Todos o aplaudiram, mas por entre as palmas Dora Rosário ainda ouviu a voz de Lisa falar em deformação profissional. Logo a seguir, porém, ou simultaneamente, a rapariga gordinha anunciou «Os Beatles!», que começaram a cantar.

Dora Rosário seguiu lentamente pelo corredor fora, na direção da casa de jantar, cuja mesa começou a pôr maquinalmente. Enquanto a punha lembrava-se do diário de Lisa, que, por acaso, encontrara e abrira meses antes. Nesse diário, entre impressões juvenis e quase incipientes sobre os amigos e o amor (de que se mostrava altamente duvidosa), Lisa escrevera algo que Dora julgava ter esquecido. Mais ou menos isto: «Quando eu era pequena, a mãe inventava para mim histórias que nunca me deixavam serena nem saciada, porque eram sempre ao contrário do que deviam e acabavam mal na sua maioria.

Nessas histórias as bruxas eram sempre bonitas e hábeis, e as meninas pobres, pobres e feias, desastradas, sem solução. Chegavam mesmo, embora raramente, a ser más, e tudo isso complicava atrozmente as coisas. O que era acabar bem? E mal? A mãe, no entanto, era feliz nesse tempo. Ou já teria morrido o pai? Não consigo lembrar-me ao certo. De resto, não é desastrada e não deve ter sido feia, no seu tempo, embora tenha olhos sem solução. Olhos sem solução e corpo de mulher. Ou não terá?»

Aquelas linhas haviam-na deixado estupefacta. Naquele momento, se Lisa ali estivesse, tê-la-ia esbofeteado. Depois, mais calma, pensou que não havia razão para tanto. Ela, simplesmente, passava os seus dias num museu à espera de gente que não vinha e não conhecia por isso a filha, não tinha tempo. Lisa, porém, era dotada de um espírito crítico e observador, que mal havia nisso? Observava-a a ela, sua mãe, criticava-a? E então? Os sábios pobres servem-se do material que têm à mão. Lisa utilizava-a sem ela saber, paciência. Porque não havia de ser cobaia? De resto, como não gostaria de dizer à filha que lera o diário, preferiu não falar em nada. Com o tempo foi mesmo esquecendo aquela leitura. Tinha-a esquecido por completo quando Lisa disse: «A mãe é uma pessoa sem idade e sem solução.» Houvera na voz dela uma gota, bem sua conhecida, de humor. Aquilo não era uma lamentação sequer, era simplesmente uma apreciação muito levemente irónica. Se tivesse dito «a mãe, coitada, compreendem, com aquela idade e aquela maneira de se arranjar, que pode esperar da vida? Nós, pelo contrário...», não o teria dito com outra entonação.

Logo que acabou de arranjar a mesa, foi à cozinha preparar a salada de frutas. Depois lavou as mãos e deu uma rápida penteadela nos cabelos. Era uma mulher de feições corretas, mas que nunca fizera nada por ajudar a natureza. Nunca. Antes parecia ocupada em desajudá-la, embora não voluntariamente. Do seu rosto podia dizer-se que era apagado: pele baça, lábios descoloridos, cabelos castanhos, lisos e sem brilho, presos na nuca. Só os olhos faziam aquele eterno percurso entre a vida e a morte. O corpo talvez tivesse sido sempre, Lisa tinha razão, o melhor de si, mas vestia-se tão de qualquer maneira que até ele passava despercebido.

Às oito e meia chegaram a sogra e a tia Júlia, cada uma com o seu presente: uma camisola de lã, a primeira, bombons e dois pares de meias, a segunda. Ana estava esplendorosa, com o seu último vestido, em renda preta, colar de pérolas de cultura e aquele cabelo cada vez mais ralo e mais loiro. A sua cara parecia um velho pergaminho e ela não poupara as tintas. Nessa altura já os amigos de Lisa tinham saído, deixando-lhe vários livros e alguns discos (Dora prometera-lhe um *pick-up* quando fizesse exame), e a rapariga passeava de cá para lá, muito alegre e cantarolando uma canção inglesa, sem ligar grande importância à presença da avó e da tia.

«Vai para o pé delas, anda!», disse-lhe Dora ao cruzarem-se no corredor. «Eu tenho de ir ver se está tudo em ordem.»

Lisa fungou: «Já viste a Ana? Parece uma mulher de Toulouse-Lautrec, uma cópia que tiveste lá no *Museu,* lembras-te? Nunca lhe teriam dito que na idade dela…? Enfim, que com aquelas tintas todas parece uma dona de casa de passe?»

Dora Rosário não imaginava muito bem como seria a aparência de uma dona de casa de passe, porque vivera sempre, antes e depois de Duarte e mesmo durante ele, numa atmosfera bacteriologicamente pura, longe desse género de coisas um pouco repugnantes, mesmo quando não passavam de simples ideias gerais. Lisa, porém, apesar de ter feito dezassete anos havia precisamente meia hora, sabia muito bem o que dizia, disso não tinha a mãe a menor dúvida. Soubera-o sempre, desde muito criança, havia nela por assim dizer um sexto sentido e as suas afirmações eram feitas aprioristicamente. Dora disse com construída rispidez: «Estás a falar da tua avó.» Ela riu um pouco, com o seu riso ainda franco de criança, emendou: «Da Ana.» – «Da Ana, se assim o queres.» Encolheu os ombros: «Eu não, ela. Quem o quer é ela. E depois, porque não hei de eu dizer que a Ana parece uma velha cacatua?» E dirigiu-se para a sala onde as duas mulheres a esperavam com os seus presentes, os beijos molhados da praxe e os abraços de parabéns acompanhados dos eternos «e que vivas muitos anos».

A sogra fez honra ao jantar e elogiou o peru, pedindo logo a Dora um pouco do peito para levar ao «pobre José». No fim beberam champanhe. A tia Júlia entrou em euforia e bebeu mesmo três taças. Foi quando ia iniciar a quarta que teve a crise, mais uma crise. A tia era bastante mais nova do que a irmã, mas não pintava o cabelo, que tinha completamente branco. Era uma mulherzinha de ar sereno, seca e simpática, um pouco torta. Um hieróglifo que se imaginasse simples rabisco sem significado. Tivera marido, tivera filhos, mas todos tinham morrido havia muito, e ela gastava os seus dias a bordar o enxoval de Lisa ou a ler romances cor-de-rosa. Deixava-se amavelmente dirigir por Ana e era muito cuidadosa com o «pobre José», não se esquecendo nunca de lhe dar os remédios a horas e de lhe empurrar a cadeira para o pé da janela, quando havia sol. A tia Júlia tinha, porém, ataques de uma violência assustadora e neles residia o seu mistério. Depois, por influência da droga que lhe ministravam, e que trazia sempre na mala prudentemente, punha-se a falar, divagava, dialogava longamente com um homem, dava por ele as respostas. Tratava-se de alguém que todos tinham feito por esquecer (e cujo nome era mesmo interdito), todos menos ela, um namorado de quem tivera um filho (que felizmente morrera cedo). As crises daquela criatura serena faziam contrair-se o coração de Dora Rosário. Eram, na verdade, terríveis. O ventre começava a mover-se-lhe gradualmente, em sentido ascendente, como água em ebulição, todos a agarravam (agarraram-na nesse dia) pelos pulsos e pelos pés, amparavam-lhe a cabeça, mas ela dava um súbito golpe de rins, ficava muito hirta, horizontal, como se flutuasse a um metro do solo, subitamente liberta da força da gravidade, e debatia-se com uma intensidade assustadora, quase impossível naquela criatura de aparência débil. Depois, a pouco e pouco, ia amolecendo, voltava a ficar esquecida e quieta, de lábios cerrados, até aquilo se repetir, minutos depois. Quando conseguiam que engolisse o medicamento, então dormia horas a fio, e no sono falavam, ela e ele, o homem-que-não-tinha-nome, discutiam ou diziam doces palavras de amor. A certa altura, porém, estendia as mãos, arranhava quem estivesse por perto, rasgava roupas, mordia. E gritava-lhe que se fosse, que não queria vê-lo mais. «Vai-te, maldito!» A opinião das sucessivas criadas da sogra fora sempre inalterável. A senhora dona Júlia estava com o Diabo no corpo e deviam chamar um padre. Foi essa também a opinião da criada de Dora, esfalfada e com o avental roto, quando a tia Júlia serenou.

A sogra tratava a irmã com gestos maquinais de enfermeira especializada, já sem espanto nem dó. Como se ela sofresse dos rins ou do fígado. Só pedia a todos que fizessem força, que a agarrassem bem, senão a infeliz magoava-se. Dora, porém, nunca se habituara, apesar de já ter assistido a várias crises. Lisa, que assistia pela primeira vez ao espetáculo, abria bem os olhos para não perder pitada.

«O que a senhora dona Júlia tem é o Diabo no corpo», disse pois a criada de Dora Rosário, quase sem poder respirar.

«Cale-se, não seja parva!», respondeu a sogra. «Vá-se lavar e tome uma chávena de café bem forte, é disso que precisa. Eu encarrego-me do Diabo.»

A sogra não acreditava em Deus nem no Diabo, era também um espírito racionalista, embora completamente inculto. E sabia, de um saber lá de dentro, que a irmã amontoara recordações em infinitas reservas e que depois *daquilo* tudo o que viera, marido, filhos, a vida e a morte deles, a havia encontrado como que levemente distraída, absorta nos seus pensamentos.

Dora simpatizava com a tia Júlia. E quando nessa noite, antes de ir para o quarto, Lisa lhe perguntou «foi um ataque histérico, não foi?» e logo a seguir «... mas porque não arranjou ela... enfim, porque não se casou outra vez?», Dora respondeu-lhe quase irritada que se fosse deitar e que se deixasse de perguntas idiotas. Esse namorado cujo nome era proibido, esse filho morto aos dois anos (*aquele homem* e *a criança,* na terminologia familiar) haviam-na atraído sempre, de certo modo. Quando Duarte, ainda seu noivo na altura, lhe contara a história, tinha-a terminado mais ou menos assim: «... depois *aquele homem* deixou-a antes ainda de a criança nascer. Morreu aos dois anos, com a escarlatina. Foi uma sorte para ela.»

Uma sorte. A tia Júlia ficar-se-ia uma tarde, já depois da visita que Dora me fez, a seguir a uma dessas crises. Morreria a falar com o homem-que-não-tinha-nome. Referir-se-ia angustiadamente à criança que ia nascer e àquela vergonha. Tinha feito na véspera cinquenta anos.

A noite que se seguiu ao aniversário de Lisa, passou-a Dora à luz fraca de um candeeiro, num dos *maples* de veludo, com a sogra ao lado, encostada no sofá e com um edredão por cima, enquanto a tia Júlia, deitada na sua cama, dormia a sono solto e dialogava a espaços com o homem-que-não-tinha-nome. A criada fora para o quarto, exausta, e Lisa também, ofendida.

A cabeça da sogra emergia do cobertor cor-de-rosa, com as suas tintas, os seus loiros cabelos despenteados e os seus brincos pendentes, e Dora olhava-a como que fascinada. Era como se tivessem colocado uma caraça sobre um monte de roupa. A sogra, entretanto, dormitava, e a sua respiração regular agitava levemente o edredão. «Dora...», disse ela porém a certa altura, sem abrir os olhos. «O que foi?», perguntou sobressaltada, porque a julgava adormecida. Ana sorriu, sempre de olhos fechados: «As pessoas da minha idade não precisam de dormir muito, dormitam, é tudo», e Dora Rosário admirou-se porque era a primeira vez que ela se referia à idade, e, para mais, no início de uma conversa, sem que nada a tal a obrigasse. «Dora...», repetiu. «Há dez anos que penso em falar consigo acerca de um assunto importante, mas vou sempre adiando. De resto, poucas vezes nos temos encontrado a sós durante estes dez anos. Há sempre alguém: a Júlia, a Lisa, o pobre José, que, embora não perceba grande coisa do que ouve, está sempre a precisar disto e daquilo. Esta noite estamos completamente sós. Ou agora ou nunca.»

Calou-se e, como passou algum tempo, Dora pensou que a sogra se arrependera, ou esquecera o que queria dizer, ou até que tinha passado pelo sono. Mas não. Escolhia simplesmente as palavras que devia usar. Conscienciosamente. Talvez, porém, não as tivesse encontrado com facilidade, porque, ao fim de um longo momento de expectativa, se limitou a perguntar:

«Sabe o que é um tumor de fixação?»

«Não percebo grande coisa de medicina», respondeu Dora. «Mas creio que é um tumor onde propositadamente se faz concentrar a infeção.»

«Mais ou menos isso, creio eu. Você precisa de um tumor desses e sou eu, médico detestado, porque vou fazê-la sofrer, quem lho arranja.»

«Não compreendo.»

A sogra abriu por fim os olhos e soergueu-se um pouco, sobre o cotovelo. Não a fitou, porém. Parecia ocupada dentro de si, e o olhar voltara-se-lhe do avesso. Então falou. Pausadamente, como quem recita uma definição aprendida de cor: «Pouco antes de adoecer», disse, «o Duarte pensava em separar-se de si para ir viver com outra mulher.»

«Não pode ser!», gritou Dora, tão alto que a tia Júlia se mexeu na cama, recomeçou a falar. Os olhos dela eram de súbito pretos e vivos, estavam prestes a lançar-se ao inimigo, mordendo-o, arrancando-lhe pedaços de carne.

«Pode», afirmou a sogra com serenidade. «Pode. Ele falou-me no caso, disse-me mesmo quem era a mulher. Uma colega dele, parece-me, já não me recordo do nome. Estava absolutamente resolvido. Por uma vez tomava uma iniciativa, era coisa nova. Lamento, mas devo dizer-lhe que não o dissuadi. Pensei que talvez essa mulher pudesse fazer alguma coisa dele. Mas logo depois adoeceu, e nunca mais se levantou da cama. Ela procurou-me um dia para saber notícias, depois nunca mais voltou. Era uma mulher pequenina e agitada, parecia um ratinho esperto.»

«Não gostava de mim...», murmurou Dora.

A sogra encolheu os ombros. «Talvez gostasse *também,* embora menos, com os homens nunca se sabe. Os pobres foram feitos para ter um harém em que todas as mulheres se entendessem como Deus com os anjos, e isso foi-lhes proibido pela Santa Igreja. O que hão de eles fazer? Acumular ou então, mais raramente, deixar uma para pegar noutra, é normal. Até o pobre José, coitado...»

A sogra falava, mas Dora não a ouvia. Sentia-se só, pela primeira vez na vida. Não sozinha, num barco à deriva, mas num barco sem vela nem remos nem vento, parado num mar imóvel. Era um pesadelo e ela ia acordar, queria acordar e dar com tudo bem arrumado nos mesmos lugares: a imagem de Duarte, a sua situação de viúva inconsolável, aqueles momentos em que voluntariamente chamava o marido, tudo isso. Mas de repente não havia nada senão uma mulher mais enganada do que qualquer outra, enganada para além da morte, durante dez anos.

No entanto, ainda reagiu com agressividade: «A senhora está a inventar coisas para me fazer sofrer! Porquê? Que mal lhe fiz?» E os seus olhos brilhavam agressivamente.

A sogra, porém, deitara-se de novo e cerrara as pálpebras azuladas depois de ter suspirado fundo, como quem se vê livre de um grande peso.

«Não me ofendo, porque já estava à espera de qualquer coisa assim, nem podia deixar de ser. A sogra que detesta a primeira mulher que lhe roubou o filho e que prefere a amante à esposa legítima. É clássico. Ora vamos, nunca detestei ninguém. Acha que eu ia inventar uma coisa destas?»

Não ia, e Dora sabia-o perfeitamente. Caiu em si, disse em voz baixa: «Desculpe.» Depois pensou durante um longo momento e acrescentou: «Creio que vai ser impossível organizar agora, tão tarde, um novo cenário. Estava habituada a este, era cómodo. Nesta altura não sei onde estou nem quem sou. Devo estar esfacelada, deve haver pedaços de mim por todos os cantos.»

«Varra a casa, quando sentir coragem, e junte-os de novo.»

«É o que há a fazer, não é verdade?», perguntou como quem não pensa. E depois, logo em seguida, a voz dela subiu, subiu por ali fora, perigosamente, quando iria ela também cair, estilhaçar-se? Era como se tivesse perdido o controle de si própria e da altura da sua voz. Ou talvez como se gritasse por socorro dentro de um caixão já fechado, acabado de fechar nesse instante: «Porque não se calou, ou então porque não mo disse há mais tempo? Era sempre possível procurar-me, ir à loja, sei lá!» Logo em seguida caiu em si. «Na loja não, claro, mas aqui, ao domingo, quando a Lisa vai ao cinema, ou pedir-me que fosse a sua casa, ao seu quarto. Não tem uma chave, o seu quarto?»

«Uma chave, sim, mas paredes frágeis.»

Claro, ela devia ter pensado. Aquilo devia ficar entre elas. Era mais um segredo. Como o *daquele homem,* como o da *criança.* Ana sabia possivelmente o nome da mulher em questão, mas nunca lho arrancaria (e depois, para quê?). Era *aquela mulher,* sê-lo-ia para todo o sempre. Apesar de a sogra não ter procurado dissuadi-lo e de ela lhe ter parecido um ratinho esperto, apesar disso.

Dora ainda a ouviu dizer: «Tranquilizei a minha consciência, foi tudo. Agora saio definitivamente do caso.» Suspirou fundo como quem vai dar entrada num longo silêncio. Ainda disse, no entanto: «Creio que vou dormir um pouco. Porque não faz o mesmo? Vá-se deitar com a Lisa, sempre está melhor.» E voltou-se para o outro lado, com dificuldade, porque era gorda e o sofá estreito.

A mãe é uma pessoa sem idade e sem solução. Já viste a Ana? Mas nunca ninguém lhe teria dito que ela assim parece uma dona de casa de passe? O Duarte pensava em separar-se de si para ir viver com outra mulher. Porque não teria casado outra vez a tia Júlia? Uma pessoa sem idade e sem solução. Nunca teriam dito à Ana...? O Duarte queria viver com outra mulher. Morreu consigo, mas queria viver com outra mulher. Com *aquela mulher,* uma colega dele, já não me recordo do nome, parecia um ratinho esperto. A mãe é uma pessoa sem idade e sem solução. Museu... Deformação profissional... Sabe o que é um tumor de fixação? O Duarte pensava... O Duarte desejava... O Duarte ambicionava... Lamento, mas não o dissuadi. Tomava pela primeira vez uma iniciativa, era coisa nova.

Mais tarde, quando me falou de tudo aquilo, referiu-se longamente àquela noite imensa e irreal, com a efígie velha e pintada da sogra a emergir do cobertor cor-de-rosa, a tia Júlia lá dentro falando de amor com *aquele homem* e respondendo por ele no seu sono profundo, ela, no *maple* de veludo, e repentinamente só, tanto que nem a existência de Lisa a consolava de tanta solidão. Depois Ana adormecera, dormitara, a tia calara-se. Só ela continuava acordada e miserável, mais triste do que no dia da morte de Duarte Rosário. Muito mais. Queria adormecer, fugir de si própria, da nova existência que seria obrigada daí em diante a viver, mas os caminhos para o sono eram mais complicados e difíceis do que nunca. Becos sem saída, longos rios sem afluentes nem mar, sem nascentes também, montanhas pedregosas que era preciso escalar para ver a outra vertente e a outra paisagem. Dormiu, acordou, voltou a dormir e a acordar. Na sua frente, a cara da sogra, agora quase lívida, porque a pele acabara por lhe absorver as tintas, parecia a cara de um cadáver. E Dora Rosário desejou que ela tivesse morrido ontem, anteontem, há três ou quatro horas, mas antes de falar, antes de ter pronunciado aquelas palavras afinal de contas desnecessárias.

Dois dias depois fui por acaso vê-la ao *Museu*.

Isso acontecia de longe em longe, quando ia para aqueles lados e não tinha muito que fazer. Encontrava-a sempre sentada ao fundo da loja, numa parte mais ampla, quase uma saleta relativamente isolada da parte exterior, devassada, que o empregado guardava com a sua simples presença. Na verdade estava quase sempre encostado à ombreira a ver quem passava. Isto quando fazia bom tempo, naturalmente. Naquele dia em que era primavera, lá estava, no seu posto.

Encontrei Dora entregue a um trabalho qualquer, uma camisola para a filha, talvez. À sua volta os *bibelots* mais preciosos; não que a presença deles lhe desse qualquer espécie de prazer, mas porque estavam ali mais protegidos. Em frente, sobre uma mesa de pé-de-galo, o-relógio-que-trabalhava, um belo relógio-lira francês em porcelana azul-cobalto, com um círculo de pedras imitando brilhantes e decorações de bronze doirado, ia marcando serenamente o tempo, o de Dora Rosário, o seu (dele, relógio), o de todos nós. Mas nesse dia o tempo de Dora Rosário dir-se-ia haver parado, e os olhos com que me olhou eram os seus olhos secos a mata-borrão dos dias turvos. Nunca os tinha mesmo visto tão secos e baços e sem brilho como nesse dia. Era como se aquela luz que todos nós acendemos, maquinalmente, para ver se houvesse de repente fundido, e fosse em vão que ela encarava o mundo exterior.

Falámos de coisas indiferentes. Entre outras disse-me que a filha tinha feito dezassete anos dois dias antes e mostrou-me uma fotografia que trazia na mala. Mostrei o espanto indicado em casos semelhantes e não fiz esforço porque a achei na verdade bonita. Disse-lho e ela respondeu-me com um «não é verdade?» destituído de sentido, com o ar de quem já está a milhas daquele lugar. Creio que foi mesmo por falta absoluta de outro assunto de conversa que lhe falei do meu problema. Por sentir que ela não lhe daria grande atenção. É certo que já de outras vezes lhe falara dele. Nunca, porém, me expandi tanto como nessa tarde em que ela não me ouvia.

O meu problema chamou-se sempre Ernesto, um problema antigo, sem nenhum aspeto atual. Dora Rosário conhecia-o pois relativamente bem, ao problema, quero dizer, não propriamente ao Ernesto, a quem, até então, só tinha visto de passagem uma ou duas vezes, e a quem não achara, depreendi-o das suas frases reticentes, muito simpático. «Não é um pouco autossuficiente?», perguntou-me mesmo depois de um desses breves encontros. Era. É, suponho. E isso via-se em tudo, até nos sobretudos que usava, daqueles sobretudos que não parecem talhados mas esculpidos, várias vezes lho disse. Um homem com sobretudos daqueles deve sentir-se estátua, petrificado na sua glória. Quanto a ela, o Ernesto referiu-se-lhe uma vez (a única até àquele dia após a visita de que estou a falar), como «à tua amiga do Exército de Salvação».

Não vou reproduzir o que disse nesse dia à Dora Rosário acerca do meu problema, e sempre que me refira ao Ernesto será unicamente em função dela e da filha. Eu não estou na história – se história se lhe pode chamar –, sou uma simples comparsa dos que não têm nome no genérico, dos que nunca o terão, mesmo noutras histórias posteriores, e isto por absoluta falta de vocação dramática. A certa altura (isso, sim, entra no caso) falei no facto, para mim ridículo, de ele andar a mobilar a casa de Sintra, que fica na serra. «Ele sabe muito bem que eu não quero ir para lá viver, então… Agora anda à procura de um tapete... Tens para aí tapetes, por acaso?» Dora tinha tapetes, infelizmente. E mostrou-mos com um ar maquinal. Um deles era uma beleza, e persa como o Ernesto queria. Um pouco gasto, é certo, mas isso até ajudava. As coisas excessivamente novas fazem um pouco novo-rico quando as pessoas que as consigam já não são muito jovens. Resolvi, de súbito, mostrar-me magnânima, ajudá-lo a mobiliar a casa onde eu não ia viver. Só se fosse lá passar algum fim de semana. «Mas logo já lhe digo que venha cá um destes dias. Quanto pedes por isto?»

Dora respondeu, e era bastante. Isso, porém, não era problema para o Ernesto, por isso fiquei de lhe dar a morada. O empregado meteu-se então de permeio para lembrar que havia aquela senhora interessada, a alemã, que ficara de vir com o marido. Dora Rosário disse: «É verdade, não me lembrava da alemã.» E levou a mão à testa como se tivesse sentido de repente uma dor muito forte. «Se achas que a carpeta pode, na verdade, interessar o doutor Laje, diz-lhe que apareça amanhã mesmo. Se a alemã vier, arranja-se qualquer desculpa.»

O Ernesto não apareceu no dia seguinte, até porque no dia seguinte foi obrigado a ir ao Porto defender um cliente. Depois chegou, mas teve, ao que parece, dias muito ocupados, tanto que mal o vi, o que interessa unicamente para o caso na medida em que só uns oito ou dez dias depois é que passou pelo *Museu* a ver o tapete, que, afinal de contas, ainda lá estava, pendurado na sua parede. A alemã, pelos vistos, não voltara a dar notícias.

Nessa noite fomos jantar à Choupana e eu perguntei-lhe: «Sempre falaste com a Dora?» – «Que Dora?», disse com o ar de um homem que não está ali, mas noutro lugar, a fazer outra coisa, um ar que ultimamente era muito meu conhecido. «A Dora Rosário», disse eu. E ele repetiu, como quem regressa de chofre: «Ah, a Dora Rosário. Falei, falei com a Dora Rosário. Ouve cá, o que é que lhe aconteceu?» Como não estava dentro do caso, respondi-lhe que não sabia, mas que também a tinha achado esquisita. Não muito, em todo o caso. «Exército de Salvação e por aí fora?», perguntou ele. «E por aí fora», respondi. Depois surgiu qualquer assunto mais importante e não voltámos a falar nela. Na verdade, nem mesmo lhe perguntei se tinha comprado o tapete. Considerei bastante o que já fizera. Era bom não exagerar a magnanimidade ou ela arriscava-se a parecer suspeita. Isso, de resto, uma certa liberdade de ação sem interferências de parte a parte, estava dentro da norma de vida que havíamos escolhido, melhor, que ele escolhera e com a qual eu concordara. Mas não insisto no assunto porque, como já disse, não estou na história.

Dias depois tive de voltar para os lados do *Museu,* e entrei. A surpresa quase me deixou sem fala. Estou, porém, outra vez a falar de mim e das minhas pequenas sensações e não é isso que pretendo. Prefiro imaginar os acontecimentos de acordo com o conhecimento que tenho de Dora Rosário e de Ernesto, de acordo também com o que Dora me disse naquele dia de si própria e de Lisa. Tanto pior se a minha imaginação e a minha má memória falsearem a realidade. Tudo podia, no entanto, ter sido assim. É mesmo natural que o tenha sido.

Foi precisamente dois dias depois do aniversário de Lisa e da conversa noturna com a sogra, no próprio dia portanto em que eu fora vê-la ao *Museu,* que Dora Rosário saiu mais cedo, pela primeira vez em dez anos. Esse facto, porém, não fora em nada influenciado pela minha visita, nisto insistiu ela no tal dia em que me procurou. Tudo estava pensado e resolvido desde a véspera pela manhã. Saiu pois mais cedo, dizia eu, depois de ter recomendado ao empregado, Tomás, que fechasse bem a porta e passasse depois por casa dela a entregar a chave.

Nessa tarde fez várias coisas. Comprou um *chemisier* branco, um *tailleur* preto, meias claras e sapatos de salto. Depois entrou no cabeleireiro, que procurara ao acaso na lista dos telefones e onde já tinha hora marcada, e aí mesmo se abasteceu de alguns objetos que não usava desde a morte do marido: *bâton,* perfume, lápis para os olhos. Nos dias seguintes seria a vez dos tecidos para fazer um casaco e alguns vestidos. Nada de muito luxuoso, mas agradável à vista. Nunca teria pensado que Dora tivesse tão bom gosto. Até então parecera mesmo empenhada em provar o contrário.

Não se podia dizer que o resultado obtido fosse espantoso. O que surpreendia mais ainda do que esse resultado era o facto em si. Dora Rosário, *Salvation Army e por aí fora,* transformada numa pessoa como nós era na realidade inesperado. E, no entanto... Bem, pensando melhor, fazendo por ser absolutamente imparcial, tenho de confessar que ela estava, senão bonita, pelo menos bastante atraente e, sem dúvida, parecia muito mais nova. Era como se de repente houvesse ganho os dez anos perdidos e não tivesse, portanto, grandes razões de queixa.

O dia da modificação foi também, disse-mo depois, *o dia da conversa sobre a juventude*. Dora Rosário sempre tivera o costume de catalogar os dias pelos seus mais importantes sucessos. Houvera *o dia da conversa noturna com a sogra, o dia da conversa sobre a juventude,* haveria *o dia do passeio a Sintra, o do lanche em Cascais,* muitos outros gradualmente mais importantes até *ao do casamento.*

Mas nesse dia, no da modificação (porque ainda não houvera a conversa que o tornaria de momento mais importante para Dora), quando entrou em casa, mais tarde do que habitualmente e um pouco envergonhada, Lisa recebeu-a, enfim, é possível que a tenha recebido, com um assobio e uma exclamação de entusiasmo sincero.

«Viva! Mas que aconteceu? Que aconteceu?» Andava à sua volta, queria vê-la melhor, deste ângulo ou daquele. «Ótimo! Esplêndido!», dizia. «Enfim, quero dizer, as pessoas da tua idade devem achar-te *muito bem.* Por mim, bem vês...»

«Vejo, claro. Continuo a ser uma velha.» Dissera aquilo sem um sorriso, antes com um certo rancor.

«Não, não, estás mais nova, muito mais. E fico contente com isso. Tinha um certo complexo, sabes? A mãe da Madalena ainda é bonita, e a da Beca também, e a do Jaime...»

«Quem é o Jaime?», perguntou Dora por perguntar.

«O rapaz que esteve sentado ao teu lado, aquele moreno, já não te lembras?»

Tinha havido tanta coisa depois da festa de Lisa, dois dias antes, tantas mortes. Mas lembrou-se. «Bem sei. Gosta de ti?»

A pergunta saiu-lhe assim, talvez lhe tenha saído assim, quase sem a ter pensado. Na véspera talvez não fosse capaz de a fazer com tanta naturalidade, e talvez Lisa também não lhe respondesse sem hesitar: «Creio que gosta. Nunca me disse nada, mas creio que gosta.»

«E tu?» Falara com uma certa ansiedade, porque, de repente, a ideia de a filha gostar de um homem lhe pareceu quase monstruosa. «E tu?», repetiu.

Lisa, porém, sossegou-a. Riu um pouco, encolheu os ombros. «Não, está descansada. Gosto que ele goste de mim, é tudo. Ainda me sinto muito nova para criar problemas. Quero divertir-me.» Ficou um momento pensativa e depois declarou: «Sabes, mãe, creio que nós, a gente nova de agora, temos uma coisa que vos faltou. Sabemos que é preciso aproveitar o tempo. Vocês...»

Dora perguntou-lhe: «Mas o que sabes tu de *nós*?»

«Calculo. Nós sabemos que a juventude é curta e tem de ser aproveitada porque aos trinta anos tudo acabou. E aproveitada da melhor maneira. Pensando no futuro, talvez. É importante, o futuro.»

«Pensarás de maneira diferente quando os tiveres», disse Dora, que não ouvira as últimas palavras de Lisa. «Hás de adiar o *fim* para os quarenta, depois para os cinquenta. E assim nunca te sentirás velha.»

«Pensas assim, tu?»

«Oh, eu...»

«Mas a juventude, onde está?», prosseguiu Lisa. «Perdeu-se, de qualquer maneira. Então... Tu, por exemplo... Rejuvenesceste, muito bem. Mas o que aproveitaste da vida? Até agora, quero dizer...»

Era uma pergunta difícil para aquele dia. Dora Rosário, porém, dominou-se, conseguiu responder aquilo que teria respondido antes da *conversa noturna com a sogra:* «Fui feliz com o teu pai.»

Lisa duvidou gentilmente: «Sim, talvez. Mas achas que basta para a vida de uma pessoa oito ou dez anos de felicidade, se assim lhe queres chamar? E o que veio depois? As dificuldades, tudo isso?

A vida tem de ser *toda* aproveitada, é o que *nós* sabemos. Só me quero apaixonar por quem eu quiser. Por alguém que me garanta segurança, compreendes?»

Dora Rosário disse: «Os rapazes da tua idade nunca podem fazê-lo, a não ser muito excecionalmente.» Lisa assegurou com ar sonhador e um tanto sibilino: «Por isso mesmo.»

As raras conversas a sério que tivera com Lisa haviam-lhe deixado sempre, como aquela, um travo na boca. A filha parecia conhecer a vida antes de a ter vivido, parecia liberta de todos os espantos antes de se ter espantado. Tudo era para ela natural, porque dir-se-ia que meditara sobre todos os assuntos e tinha acerca deles uma opinião formada. De resto, era assim em tudo. No colégio ia sempre para o quadro de honra e as professoras elogiavam-na muito. Lisa, porém, estudava sem entusiasmo, embora fosse conscienciosa. Nos últimos anos, quando lhe perguntavam que curso queria seguir, ficava sempre pensativa, não sabia muito bem. Ainda tinha tempo, muito tempo. Talvez se sentisse tentada por uma vida ativa: hospedeira do ar, talvez... Tinha de ver. Uma carreira, em todo o caso, que não implicasse gestos diariamente repetidos, repetidos pelo menos com o mesmo pano de fundo.

Quando no domingo seguinte Dora e a filha foram jantar, como todos os domingos, a casa de Ana, esta olhou a nora com curiosidade e um meio sorriso cheio de significado. Não disse, no entanto, nada; a tia Júlia é que se lançou em exclamações e gritinhos de entusiasmo. Dora Rosário esperou durante todo o jantar por qualquer palavra da sogra, mas sempre que a olhava dava simplesmente com o olhar dela poisado em si. Era costume de Ana lançar pequenos anzóis, tão discretos, tão misturados com algas e limos que às vezes o peixe nem via que era um anzol e acontecia-lhe morder a isca saborosa ou necessária. De outras vezes, porém, ele via-o perfeitamente aproximar-se, milímetro a milímetro, escondendo-se por detrás das rochas, surgindo de súbito na sua frente, onde ficava abandonado, desprezado pelo peixe. Mas naquele dia não houve iscas, só olhares pesados, investigadores. Estaria satisfeita com o resultado obtido ou chocada pela rapidez com que a nora lhe seguira as secretas instruções? Era difícil saber.

Voltaram para casa a pé, porque ambas gostavam de andar de noite, sobretudo na primavera, e Lisa cortou o silêncio para perguntar:

«A Ana faz parte dos teus oito ou dez anos de felicidade? Quero dizer, é uma recordação do pai que guardas *religiosamente* de oito em oito dias, como fizeste aos livros de ficção científica, ao cachimbo e aos selos?»

«Porque dizes isso?»

Ela riu, apertou-lhe o braço, parecia que estava a falar com uma criança: «Por nada, mãe, para perceber. Enfim, para perceber *bem*. Eu gosto da Ana porque ela é minha avó, conheci-a desde pequena, dá-me coisas, é normal... Mas tu, o que tens de comum com ela?»

«É difícil de explicar», disse Dora Rosário. «Mas há coisas, sem dúvida. Tu, por exemplo. Tu, principalmente.»

«E o hábito, não?»

«O hábito também, concordo.»

«No fundo não têm nada de comum. Quero dizer, mais nada.»

«Mas que tontice, Lisa. Ninguém tem nada de comum com ninguém, a não ser o sangue, eu e tu, por exemplo, e mesmo assim...» Riu um pouco, deu-lhe uma palmadinha nas costas.

«Então o pai?», perguntou sorrindo.

«O pai, sim», concordou molemente Dora Rosário. «O pai, claro.»

«Por isso tu não largaste a Ana. Melhor, não deixaste que ela te largasse.»

«A Ana nunca se meteu na minha vida, Lisa.»

A rapariga riu: «Oh, não, claro, bastam os seus olhos. Curiosos, reprovadores, a censurar-te claramente, ou desconfiados. Hoje foram desconfiados, reparaste? Tu podias ter sido livre, mas ficaste agarrada a um resto do pai, à mãe dele.»

Dora Rosário já não ouvira as últimas palavras da filha. Continuava presa às últimas que ela própria tinha dito: «A Ana nunca se meteu na minha vida.» Se se tinha metido!, refletiu. *No dia da conversa noturna* invertera mesmo os fatores, dera um jeito a seu modo, e ela, Dora Rosário, perdera definitivamente a imagem de Duarte e ficara só. Perdera também (voluntariamente, julgava, que criancice) a sua própria imagem, a que se habituara, que lhe era favorável porque não criava problemas. Se se tinha metido! Lisa olhou-a com uma leve ansiedade, julgou-a zangada, abraçou-a ali mesmo, em plena rua deserta: «Desculpa, mãe. Guarda as recordações todas, guarda a Ana ao pé do cachimbo. Sabes? Esta maneira de falar que eu tenho... Creio que no fundo saio um pouco à Ana. Ela olha e eu digo. Saio um pouco a ela, nisso. Nisso e nos olhos», acrescentou, sorrindo. «Mas os meus são mais bonitos, não são?»

«Muito mais», assegurou-lhe Dora Rosário com entusiasmo. «Há lá comparação!»

O Ernesto passou pelo *Museu* no dia em que Dora Rosário pediu ao empregado que lhe fosse vender a coleção de selos a uma casa da especialidade que ali ficava perto. Por isso, quando o Ernesto entrou, ela estava sozinha. Mais concretamente, estava a pôr *bâton,* em frente de um pequeno espelho de Veneza, gesto esse que nunca teria passado pelo espírito dele atribuir a Dora Rosário, do Salvation Army e por aí fora. Eu já disse que a Dora de antes do dilúvio antipatizara com ele. O Ernesto era bastante rico e o seu nome aparecia com frequência nos jornais a propósito de tal ou tal conselho de administração de que era presidente. Ela não era pessoa para dizer desnecessariamente o que pensava a respeito de A ou B, a respeito do Ernesto, por exemplo. Depois da alusão à sua autossuficiência, limitara-se a algumas reticências, com um ou outro sorriso a acompanhar qualquer frase minha, mas que me deram também a entender (mais ou menos) o que pensava acerca dele. Um homem convencido da própria importância. Do tipo que não vai, se desloca; que não fala, usa da palavra; que não lê, se debruça. Desse tipo. O pior é que tinha uma certa razão. Isto, se pensava na verdade assim, não tenho a certeza. Uma mera suposição, como tantas outras.

    Muitas vezes tenho pensado – o tempo agora é todo meu – nas razões que podem ter levado Dora a tomar a atitude que tomou. Vingança póstuma? Desejo de ganhar o tempo perdido? As duas coisas, quem sabe? Na minha opinião (que de resto seria também a dela), o amor não teve nada a ver aqui, e o Ernesto foi simplesmente o primeiro homem conhecido que a Dora a bem dizer encontrou depois da *conversa noturna com a sogra*. Porque Dora, mesmo com o modesto desejo de viver que tomara, de súbito (embora gradualmente), posse dela, não era pessoa para se relacionar, nem mesmo para conversar com qualquer indivíduo que entrasse na loja a perguntar o preço da papeleira X ou da imagem Y. Como já disse e redisse, era mulher de poucas falas, e, embora durante o período que se ia seguir tivesse falado um pouco de mais, como uma pessoa embriagada, a verdade é que nunca iria gastar cera com ruins defuntos. Podem ainda objetar que eu e Dora Rosário éramos amigas, mas creio que já me referi suficientemente ao facto de ela e a filha estarem de um lado e o resto do mundo do outro. Para mais, a designação *amigas* tinha, para ela, o seu significado mais vulgar. O de duas mulheres relativamente desocupadas que de vez em quando conversam de umas coisas e de outras para gastar o tempo. Talvez, no fundo, tivesse razão e fosse isso a nossa amizade, a dela e a minha. Não que eu tivesse dito, uma só vez que fosse, algo em desabono de Duarte, que de resto não conheci. E mesmo que assim fosse, na altura em que Ernesto visitou o *Museu,* a imagem de Duarte já se apagara quase por completo e o caso em si tinha prescrito.

Ele entrou, pois, viu aquela mulher a arranjar a cara ao espelho e perguntou-lhe se a senhora dona Dora não estava.

Começo por duvidar de que o Ernesto, previsto como é, não a tivesse reconhecido logo que a olhou melhor, mas a verdade é que ela acreditou no engano e ficou mesmo desvanecida. Desvanecida e grata, está bem de ver. Ele deve ter passado automaticamente a ser pessoa simpática e estimável. Simpático e estimável *ex aequo.* Metade simpático, metade estimável, sem exagero de nenhuma das partes. O bastante. Inteligente mesmo, talvez, é humano. É grande a fraqueza das mulheres quando as elogiam mesmo por omissão, até a das mais ajuizadas, como a Dora Rosário desse tempo.

«É o doutor Ernesto Laje, não é verdade?», perguntou, sorrindo abertamente. E estendeu-lhe a mão: «Como está?»

Estou a vê-la a emergir de candeeiros e *bibelots* cheios de pó, como que das próprias cinzas, arvorando o seu novo sorriso rosa-vivo e branco luminoso porque sempre teve bonitos dentes. Um jeito na saia justa, outro, muito pouco natural, no cabelo bem arranjado, com uma leve franja a velar-lhe a testa demasiado alta, gesto de má atriz numa peça má, e um súbito ar muito *je suis à vous, cher ami*. Fez mesmo um pouco de conversa, já não digo de *charme*. Ao tempo que não o encontrava. Ora deixasse ver... a última vez fora, fora...

«Há uns três anos.»

«Sim, não deve ter sido com certeza há menos.»

«Com certeza que não. Há mais, talvez.»

«Talvez...» Ficou pensativa. «O tempo passa, não é...»

Era. Mas ele então meteu uma gentileza. Era a altura de o fazer e aproveitou-a. Não é próprio do Ernesto deixar fugir assim as ocasiões. Claro que não foi muito original, nem decerto procurou sê-lo. Não se esforçou, quero dizer. Com Dora Rosário era natural que qualquer coisa fosse nova, mesmo a mais cediça de todas. «Para si parece realmente não ter passado.» Uma coisa no género.

Ela corou com certeza de prazer. «Não ter passado, o quê?», perguntou, decerto para ter a certeza.

«O tempo. Da última vez que a vi...» Ia talvez dizer que ela lhe parecera então muito mais velha, mas deteve-se. «Está muito melhor», limitou-se a verificar, olhando-a fixamente, com aquele seu olhar grande, que não só toca as pessoas como as tapa, as envolve, as isola do ambiente em que estavam havia pouco, antes de ele as ter olhado, lhes corta, por assim dizer, a respiração. «Rejuvenesceu, não é verdade?», atreveu-se a dizer por fim, já certo da influência do seu olhar. «E de que maneira...»

Dora Rosário parecia um pouco melancólica. «Compreendi que a vida...», disse, e pareceu subitamente esquecida da frase que iniciara. Logo em seguida, porém, sorriu de novo como quem põe pedra num assunto um tanto doloroso. «Está então interessado na carpeta, não é verdade? Teve sorte, havia outra pessoa, uma alemã, mas nunca mais apareceu.» Deu alguns passos e Ernesto viu pela primeira vez que ela era elegante. Dora tocava com a mão no tapete. «Aqui está. Parece que tem precisamente os tons que lhe convêm...»

Ele disse: «De facto. É muito bonita.»

«Executada pelos Baktiar, no Sudoeste de Ispãa», recitou ela como um guarda de museu público.

«Soraya e por aí fora, hã?», disse Ernesto.

«Isso mesmo. Isso mesmo. Como vê, é dividido em quadros, cada um deles com um tema: pássaros, árvores, ciprestes sobretudo, a árvore da vida.»

«Da vida, veja lá. Para nós é a árvore da morte, se bem que nos países mediterrânicos...»

«Tem também inscrições em persa.»

«Que dirão?»

«Lá isso... Talvez se refiram a prosperidade, longa vida, amor, o costume. Felicidade, numa palavra.»

Não falou no meu nome, não se me referiu. Não disse que a última vez que o vira tinha sido em minha casa, certo dia em que me fora pedir a morada de uma professora inglesa, de que em tempos lhe havia falado porque a outra, ao que parece bastante inculta, já não estava à altura da sua preciosa Lisa. Não disse que tinha sido eu quem lhe dissera que aquela carpeta possuía precisamente os tons que convinham ao Dr. Ernesto Laje (que andava a mobilar a sua casa de Sintra). Claro que não posso jurar que tenha sido assim. Convinha-me, no entanto, que fosse.

Ele perguntou-lhe o preço e ela disse-o. Era barata porque, como podia ver, estava usada. Senão... Dez contos. Uma pechincha, em linguagem comercial. Ernesto disse que ia pensar melhor e perguntou se daí a dois dias seria tarde para dar uma resposta. Queria voltar a Sintra (era para a sua casa de Sintra), verificar se o tamanho estaria bem. «Três por quatro, não?», perguntou.

«Dois e oitenta por três e noventa.»

«Posso então voltar daqui a dois dias com a certeza de que ela não foi vendida...»

«Pode voltar.»

Ernesto saiu, após um forte aperto de mão e um novo olhar em casulo. À noite fomos jantar à Choupana, e eu perguntei-lhe: «Sempre falaste com a Dora?» – «Que Dora?» – «A Dora Rosário» – «Ah, a Dora Rosário. Falei, falei com a Dora Rosário. Ouve cá, que diabo é que lhe aconteceu?»

Eu, porém, não percebi o que queria dizer, porque ainda não a tinha visto na sua nova pele.

A tia Júlia de Duarte sonhava com discos voadores, e era essa uma das incríveis razões por que Dora sempre se sentira mais perto dela do que da sogra. Lisa passava às vezes em casa da avó a noite de sábado para domingo e dormia num divã, no quarto da tia. Esta, pela manhã, contava-lhe os seus sonhos dessa noite ou de qualquer outra noite da semana. «Vais-te rir», dizia. «Ouve, que te vais rir.» Se as suas histórias nunca eram muito variadas, eram, em compensação, bastante concretas, de uma precisão quase assustadora. «Uma fatia de esfera, não iluminada, compreendes? Mas luminosa. Luminosa como o mar é de água ou a terra de terra. Assim mesmo. Estava muito quieta, eu não, a esfera, enfim, a fatia de esfera, o disco, no meio de uma praia deserta ou de uma estrada, também deserta.» Ela caminhava, corria, estava cada vez mais perto e não havia em si nenhum receio, era como se tudo aquilo fosse tão natural como pôr-se a andar mais depressa para não perder o autocarro. Era, porém, como se caminhasse sempre no mesmo sítio, sem avançar ou avançando pouco. «Vi há tempos uma fita, chamava-se a *Ribeira do Mocho*. Era assim. Eu estendia os braços, queria tocá-lo, mas nunca chegava lá.» Sentia-se exausta. Depois, quando ia tocar, quando *sabia* que ia tocar naquele objeto, ele punha-se em movimento e partia. «Não dá vontade de rir?», perguntava sempre no fim, olhando a sobrinha fixamente. Certa manhã arvorara mesmo um sorrisozinho astuto, inesperado, e dissera-lhe: «Uma noite destas vou mesmo e nunca mais me veem. Meu Deus, como eu gostava de chegar a tempo!», exclamara depois.

«A tia Júlia é um bocado maluca, não é?», perguntou Lisa uma dessas noites, antes de se ir deitar, embora as suas perguntas nunca se pudessem considerar totalmente perguntas. Eram antes pensamentos em voz alta, com um ponto de interrogação para convidar ao diálogo quem estava por perto.

«Maluca? Era muito simples», disse Dora Rosário. «É um mau costume, esse de classificar as pessoas, espetá-las no sítio que nos parece adequado, como às borboletas. Boas e más, loucas e ajuizadas… Como se isso fosse possível! Entre um princípio e um fim, quantos lugares, quantos milhares deles. Nós, por exemplo, onde estaremos situadas? Sabes? Eu não sei. Mas olha que não é em nenhuma das extremidades.»

«Tu sim.»

«Eu?», encolheu os ombros, sentiu-se um pouco perturbada. «Nem eu, podes crer. Nem eu, Lisa.»

«Talvez tenhas razão», concedeu Lisa. «Quando se sai um pouco da vulgaridade… A tia Júlia é um ponto.»

«Coitada da tia Júlia.»

Ficaram por ali, mas nessa noite Dora Rosário pensou muito em si, no nome de Duarte (a imagem quase se fora, agora que não era chamada) e na tia Júlia. Em Ernesto Laje não pensou. Voluntariamente ou porque ele ainda não tinha força suficiente para se impor nos seus pensamentos. A verdade é que – foi ela quem mo disse – não pensou nele.

Já não sei porque me falou da tia Júlia e dos seus sonhos, mas suponho que deve ter havido uma razão qualquer. Aquilo veio a propósito de qualquer coisa. Talvez tenha falado com Ernesto de discos voadores ou da tia Júlia, quando dois dias depois ele voltou ao *Museu*. Na verdade, já não sei bem.

Ernesto entrou, falou a Dora Rosário, sentou-se um pouco a observar o tapete. Era na verdade uma beleza. Sugeria pinturas murais com excessos de oiro velho e azuis-noite, levemente esverdeados. «O tamanho está perfeito», disse ele. E acrescentou que gostava muito de coisas antigas, embora o nosso tempo, não é verdade, se quadrasse melhor com móveis simples, tapetes lisos, grandes janelas abertas sobre o mundo.

«Decoração funcional, enfim», disse ela, sentando-se também e puxando um pouco a saia, que era agora mais curta e justa.

«Sim, decoração funcional. Na minha opinião, é estupenda em escritórios ou em empresas. Como ambiente de trabalho, é formidável. Em casa não me agrada. Não me dá conforto.» Depois, logo em seguida, propôs: «Ouça cá, e se fôssemos tomar qualquer coisa e conversar um pouco sobre móveis. Preciso de mais umas coisas e talvez você me possa ajudar.»

Aquilo, no fundo, era trabalho, ela quis, pelo menos, convencer-se disso, e então disse «Pois sim, é uma ideia», com o seu novo à-vontade, e voltou-se para o empregado, a quem fez algumas recomendações. Depois vestiu o casaco e disse sorrindo: «Vamos?»

Foram. No carro dele, num dos carros dele, o mais luxuoso – porquê o mais luxuoso? –, o *DS*. «Se fôssemos até Cascais?»

«Mas isso é muito longe», objetou ela vagamente. «Tenho de estar de volta antes das sete horas.»

«Longe? Qual! Estamos lá em meia hora. Tomamos qualquer coisa e pronto. Às seis tenho eu de estar no meu escritório. Vai lá um maçador qualquer, que sou obrigado a aturar porque preciso dele.»

«Se fôssemos até ao Estoril?», disse-me ele um dia, há muitos anos. Nessa altura não tinha o *DS,* contentava-se com o *Volkswagen,* que nesse tempo me parecia ter uma grande cara estúpida com boca, nariz e até dois olhos. Era dos primeiros. Depois trocou-o por um pequeno ciclope inquieto, com um só olho, bem rasgado, a meio da testa. E eu fui, claro está, passear com ele no velho e antigo

Volkswagen. Para onde irei agora aos 45 anos? Há refúgios, sim, já tenho pensado. *Les bonnes oeuvres*... O álcool a sós, a embriaguez a sós, uma degradação, mas em todo o caso... Há também quem faça furiosamente, raivosamente, *tricot,* como se quisesse prender bem presos os fios da vida. Há quem se volte para a poesia ou para a religião. Nada disso, porém, me tenta. Mas não estou aqui para falar de mim.

«Nem tudo são rosas na vida das pessoas», declarava Ernesto ainda a propósito do tal homem que tinha de receber.

A quem ele o dizia! Dora Rosário sentiu que se retesava um pouco, que lhe apetecia um pouco dizer qualquer coisa de desagradável àquele homem que ainda era antipático e *poseur.* Ainda. Não lho disse, porém. De repente, compreendeu que não podia dizer-lho, que isso seria impossível. E sentiu-se perturbada. Era uma mulher serena, Dora Rosário, fora-o sempre. Ainda continuava a sê-lo naquele momento. Foi então que – agora me lembro – ela disse qualquer coisa acerca de possibilidades de fugir à vida, a essa vida que não era, de facto, rosas. E falou da tia Júlia e dos seus discos voadores e das conversas em sonho. Só não falou dos ataques de histeria.

Ernesto perguntou-lhe então, a rir, se acreditava em discos voadores e ela disse que não, mas que sentia pena de não acreditar. Tinha acreditado em fadas e no Menino Jesus até muito tarde, e depois, com a morte deles, ficara um tanto perdida. Os discos poderiam vir ocupar um lugar vago, recebê-los-ia de braços abertos. Simplesmente, não acreditava neles. Era como que uma falta de fé. Que podia fazer?

«A sua tia acredita plenamente, não?»

«É uma tia do meu marido», retificou. «Acredita, e ainda bem para ela.»

«Ainda bem porquê?»

«Porque acredita em qualquer coisa.»

«Você não, Dora Rosário?»

«Eu?»

«Você.»

Riu um pouco. «Acreditei no meu marido», disse por fim, já séria. «Mas ele morreu uma e outra vez. Duas vezes, está a ver, não ficou nada. Ou muito pouco. Não há nada pois em que acreditar. Também não fui educada religiosamente. Concentrei-me em mim e na Lisa...»

«Na Lisa?»

«A minha filha. Todo o resto me é absolutamente estranho. Gente.»

Ernesto voltou-se para ela: «É preciso sair dessa apatia», disse com calor. A frase era gasta, daquelas que Dora tinha ouvido às dezenas, porque é uma frase que faz sempre jeito a quem a diz e a quem a ouve. Dita por ele, no entanto, pela sua voz baixa e cariciosa, adquiria um sentido diferente, quase físico.

«Estou a tentar sair, deve ter notado», respondeu, corando um pouco.

Ernesto tinha notado. «Ouça cá, que diabo é que lhe aconteceu?» Dora, porém, dominou-se logo: «Desculpe, não costumo falar de mim, contar a minha história», e acrescentou: «Guardo-a bem guardada.»

«Conta-a a si própria, o que vem a dar no mesmo. Pertence à categoria dos faladores solitários, que às vezes, no entusiasmo da conversa, nem ouvem o que lhes dizemos. Nem sequer dão por que a vida passa.»

«Passou», disse ela.

«Você acordou a tempo.»

Teria acordado na verdade a tempo? Mas a tempo de quê? De dormir com aquele homem? Encolheu vagamente os ombros. O *DS* seguia velozmente, sem trepidação, como quem voa, pela Marginal. Cem, cento e dez; a agulha deteve-se nos cento e vinte. Ernesto estava agora silencioso, de olhos fixos na estrada. O seu perfil, que a luz como que rebordava, desenhava-se no fundo azul do rio-mar. Nariz grande, queixo forte, lábios delgados. Moreno ou queimado do sol? A sua presença, mesmo silenciosa, pensou Dora, sugeria designações e *slogans* do tipo de *time is money, self made man, struggle for life,* coisas assim.

Chegaram, sentaram-se na esplanada do Baía. Ernesto chamou o criado, melhor, exigiu a sua presença com um simples alçar de queixo, como homem habituado a todas as exigências porque as paga largamente. «Que vai você tomar?», perguntou entretanto. «Eu um *whisky,* claro está.» Claro está. Ela não. Claro está.

«Pode ser chá e uma torrada.»

«Bolos?», sugeriu.

«Não gosto. Uma torrada.»

Quando o criado se afastou, ele olhou-a com o seu olhar grande e sugeriu: «Conte-me isso do Pai Natal.»

«Era o Menino Jesus da chaminé», riu ela.

«Ou isso. Conte lá. As pessoas que conversam muito consigo próprias têm isso de bom, não se dispersam. Você lembra-se, que maravilha, de que as fadas e o Menino Jesus lhe fizeram falta, quando tinha... que idade tinha você?»

«Doze anos», disse ela sem hesitar, como quem pensou longamente no caso não há muito tempo.

«Doze anos», repetiu Ernesto. «Em que pensaria eu aos doze anos? E quando eles lhe faltaram, que fez?», perguntou não com o ar de quem conversa mas como quem precisa de se instruir.

Dora sorriu ao de leve, pensou um pouco. «Já sei», disse. «Quando estava doente – estive muitas vezes doente quando era criança –, havia um raio de sol que se deitava na minha cama, que tinha a cobri-la uma colcha verde. O sol era inundado por grãos de pó, luminosos. Para mim era a via láctea e as suas estrelas. Por mais que me dissessem que as estrelas são imóveis eu não queria acreditar. As minhas andavam, cruzavam-se umas com as outras, saíam da via láctea quando lhes apetecia. Também gostava de imaginar homenzinhos minúsculos e uma princesa perseguida, passeando pelo meu cobertor-floresta. A princesa fugia, e os seus perseguidores não descansavam. Estava sempre na minha mão (melhor, nas minhas pernas) provocar o tremor de terra. Divertia-me imenso quando estava doente.»

«Vejo que sim», disse ele.

«Depois, a pouco e pouco, fui-me encontrando comigo própria. Mais tarde apareceu o Duarte. E depois desapareceu. Fiz o possível por segurar a sua imagem, a sua recordação. Mas com que esforço! Era preciso estar sempre alerta, nunca me distrair. Distraí-me por fim. Obrigaram-me a isso.»

«Era para não se distrair que você se vestia daquela maneira? Não era natural, quero dizer?»

«Não era natural.» Riu um pouco, à falta de melhor, acrescentou: «Todos acham um pouco estranho este género de atitudes, embora esperem pela desistência para começarem a censurar-nos.»

Ele bebeu o *whisky,* ela o chá, falaram um pouco, de passagem, do tempo que fazia, quente de mais para a época. Ernesto detestava o calor. «A minha casa de Sintra é uma maravilha», disse. «Claro que não é uma casa sensacional, é uma casa na serra, que me custou há doze anos uma bagatela. Bonita vista, tenciono fazer uma piscina...»

«Vai para lá viver?», espantou-se Dora Rosário. E deve ter pensado logo em seguida: «Mas ela nunca aceitará uma coisa dessas... Ela metida o ano inteiro numa casa da serra? Não estou a ver...» Eu também não, de resto, quantas vezes lho disse. Não sou mulher para me ir meter no campo.

«Não sei», disse ele. «É possível, um dia. A verdade é que a comprei a pensar nisso, um oásis de serenidade na minha vida tão dispersa.»

Struggle for life, time is money, etc. «Claro», concordou. «Deve ser agradável.»

Depois levantaram-se e regressaram. Pelo caminho Ernesto falou-lhe mais da casa. E quando se despediram, depois de ele lhe ter dado o cheque e um cartão com a sua morada de Lisboa, para a entrega do tapete, ficara assente, embora nenhum deles se houvesse referido concretamente ao facto, que um dia próximo ele iria buscá--la ao *Museu* para lha mostrar. Tudo me leva a crer que ainda nessa altura o meu nome não foi citado por nenhum deles.

Nessa noite ou noutra qualquer, mas em todo o caso antes de terem ido à casa da serra, ainda desta vez no *DS,* talvez ela tenha acordado a meio da noite, tenha acendido a luz, e os três espelhos da *coiffeuse* lhe tenham lançado de chofre, quase agressivamente, três imagens vagas, flutuantes, ainda um pouco inquietas com a brusca mudança. Era ela, seria ela? Os cabelos curtos, despenteados do sono, as sobrancelhas dantes grossas, agora adelgaçadas pela pinça, davam-lhe um ar um tanto esgazeado, levemente estupefacto. Era ela, seria ela? À luz difusa do planeta cor de areia, não se reconheceu totalmente, recuou ao de leve. Três figuras insólitas, a do meio de frente, as outras a três quartos e invertidas, que nada tinham que fazer ali, no quarto de Dora, mãe de Lisa, viúva de Duarte Rosário, recuaram também ao de leve, sobressaltadas. E ela então, depois de se haver metido a pouco e pouco na sua nova pele, e ser, de facto, Dora Rosário, a mesma apesar dos cabelos curtos e das sobrancelhas finas e dos olhos que um resto de lápis, ainda não absorvido, acentuava, a mesma apesar de ter aberto as mãos sobre a imagem baça de Duarte, sentou-se na cama com decisão e pensou. Aquilo era, de resto, um hábito seu. Não pensar entre duas ocupações, quando os pensamentos se lhe impunham, não pensar no emprego. Nessas alturas, se lhe ocorria alguma coisa importante ou até grave, dizia sempre de si para consigo. Logo (à noite de preferência) hei de pensar no caso. E então pensava, quando a casa estava adormecida, e o seu pensar solitário lhe parecia mais livre, sem receio de ser intercetado e violado. Àquela hora ele podia expandir-se sem perigo, era como um posto emissor a trabalhar sozinho e a exprimir-se por isso, com maior clareza, em determinado comprimento de onda.

Nessa noite pegou no retrato do marido, que conservava sobre a mesa de cabeceira por causa de Lisa, e olhou-o longamente. Era seu hábito pegar-lhe e olhá-lo, mas por motivos diferentes. Antes da conversa noturna com Ana, procurava, olhando-o, encher-se da imagem dele, chamá-lo para perto, alimentar-lhe a vida cada vez mais frágil. Porque a morte só é completa quando a recordação morre. Nunca, porém, o olhara tão longamente, tão agudamente, como nessa noite. E com tanta frieza. E nunca também ele lhe havia parecido tão vazio, tão apagado, tão de papel. Um retrato de jazigo, pensou. Daqueles cercados de flores de cera e já sem cor. Papel velho, mais nada.

De início, nos primeiros anos, ainda lhe respondia quando ela o chamava, sorria-lhe, dizia-lhe coisas. E Dora sentia-se confortada. Mas até esses sorrisos, essas coisas, esse conforto que sentia, haviam sido criados por ela. Inventados. Havia na cidade outra mulher a quem ele sorria melhor, a quem ele dissera mais coisas. A pouco e pouco, porém, os sorrisos tinham-se tornado moles e informes, as palavras quase sem som, a imagem simples mancha clara cujas deficiências se esforçava laboriosamente por completar. E mesmo assim Dora insistira, não quisera compreender, admitir, que Duarte já era um simples ponto de referência nas suas conversas. No ano tal, no mês tantos, antes da morte do Duarte, ou depois da morte do Duarte... Ele era também um exemplo. Falava-se de bondade, de pureza, de ausência de ambição, de emulação, e logo ela dizia ou pensava: Duarte. Às vezes nem precisava de dizer o nome ou de o pensar, ele vinha, apresentava-se maquinalmente, estava ali. Mas tudo isso também fora rareando com o tempo. Não que houvesse outros exemplos mais frisantes, não. A verdade, porém, é que a pureza, a bondade, a ausência de ambição e até de emulação haviam perdido a sua antiga qualidade de virtudes fundamentais. Outras coisas tinham surgido dignas de admiração idêntica (embora também de receio, de admirativo receio). A faculdade de saber, que Lisa parecia possuir; mais ainda, de saber o que era melhor, o que mais lhe convinha. A sua inteligência. A sua beleza. O seu amor pela vida. A extraordinária facilidade com que fazia amigos.

«Esta pequena é a minha consolação», dizia às vezes a sogra, como quem reconhece qualidades atávicas, e olhando-a com amor. «Vai conseguir tudo aquilo que eu não consegui, em que eu falhei. Olho para ela e sinto que não vou morrer, que ainda cá fico umas boas dezenas de anos para fazer coisas, para obter coisas.» Lisa ria muito, ia a correr beijá-la. «Ora, Ana!», exclamava. Fazia uma pirueta muito graciosa e ia para o quarto estudar inglês. Agora já tinha resolvido. Seria hospedeira do ar. Mas só podia concorrer aos dezoito anos, não era um aborrecimento?

Dora Rosário embrulhara-se numa *écharpe* porque estava frio, e pensava. Pensava, por exemplo, na razão por que aquilo que a sogra lhe dissera, durante a memorável conversa, não lhe havia causado, no fundo, grande desgosto, fora antes um peso de que se libertara. Como uma pessoa que está com calor na cama e atira para trás um dos cobertores. Primeiro tem uma sensação quase aguda de frio, mas logo a seguir tudo se compõe. Para ela também tudo se havia composto, na medida do possível. Não queria mal a Duarte por ter gostado de outra mulher. No fundo, era possível que ele se aborrecesse na sua companhia. Uma frase de Ana veio-lhe de um dia qualquer, muito longe: «Não creio que fosse disso que ele precisava.» Era possível que tivesse razão e que ela, até por estar sempre de acordo com ele, até quando não concordava com as suas opiniões, o tivesse aborrecido. Fora a si própria que quisera mal, que ainda queria, a si e não a Duarte, a si, mulher estúpida, a si e a mais ninguém. Duarte, a mãe dele tinham agido como as pessoas agem. Haviam sido humanos cada um a seu modo. Bons ou maus não interessava. Humanos. Mas ela...

Há pessoas que professam ou que se suicidam, porque alguém, morrendo ou vivendo, lhes faltou. Dora Rosário, porém, não atribuía a ninguém a sua desgraça. Só a si própria. Detestava-se mas sem a força bastante para procurar o alívio na morte. Queria-se muito simplesmente mal, era um sentimento modesto. E quando, por exemplo, arranjava a cara ao espelho, no momento em que Ernesto Laje entrara no *Museu,* era sem prazer que o fazia, quase com uma raiva discreta.

Foi assim que nessa noite a imagem de Ernesto lhe chegou. A entrar pela primeira vez no *Museu* e a perguntar se a senhora dona Dora não estava. Poisou o retrato do marido na mesa de cabeceira e encarou Ernesto Laje demoradamente e sem um sorriso. O que vinha ele ali fazer? Era um rosto sem nada de muito excecional, o rosto de Ernesto. Vincado, de feições bem marcadas, olhos escuros e um sorriso aberto. Era, no entanto, um rosto com vida, com olhar nos olhos e na boca aquele sorriso. Havia um aroma indefinido, também, que o acompanhava. Água-de-colónia? Creme de barbear? Loção *after-shave?* Qualquer dessas coisas que os homens vivos usam. Mas havia acima de tudo o tal olhar grande nos seus olhos, e o facto de ela já ter esquecido que os homens olhavam assim as mulheres.

Ernesto olhou-a pois daquele modo, nessa noite, quando só ela estava acordada em sua casa, e Dora deixou-se pensar e verificou que isso era agradável. Pensou também em mim, embora de passagem, porque, como já disse, eu fazia parte da imensa legião dos outros. Na realidade, só se deteve na minha pessoa porque lhe surgi ao lado do Ernesto. Talvez, no entanto, eu tenha sido, também de certo modo, culpada desta atitude de Dora Rosário. Um dia, falando-lhe de mim e dele (uma mulher calada e solitária como ela era um achado para confidente), contei-lhe coisas de que ainda hoje, e já lá vão alguns anos, me arrependo. Por exemplo, que eu deixara, com o tempo, de ser a camarada para me transformar na paisagem a que ele estava habituado e que decerto, se ardesse, lhe causaria espanto. Se ardesse, expliquei, não se ele lhe houvesse deitado fogo. Mas as paisagens não costumam arder nem ser devoradas por fendas sísmicas, isso é tão raro que quando acontece vem no jornal. O que acontece é a pessoa em questão fartar-se da paisagem, não por ter encontrado outra mais acolhedora (ninguém troca uma paisagem por outra), mas porque deparou com alguém que o faz desprezar toda e qualquer paisagem. Isto disse eu um dia a Dora. E ainda, para provar o meu desconforto, que ele chegava a dizer-me que gostava de mulheres altas, *esquecido* de que eu era baixa, e de mulheres loiras, *esquecido* de que eu era morena. *Esquecido,* repito. Era um homem incapaz de ser voluntariamente cruel ou mesmo incorreto.

Nesse dia, Dora perguntou-me com visível falta de interesse: «Mas pensas que há mais alguém?»

Ri-me da sua ingenuidade. «Se há mais alguém!» Mas houve sempre mais alguém, quero dizer, quase sempre. Simplesmente, nunca apareceu nenhuma pessoa com força bastante para ele abandonar a paisagem a que se habituou. Uma paisagem serena, sem tempestades. Ele gosta do bom tempo e dos caminhos fáceis. Depois, não sou ciumenta. Acho o ciúme um sentimento inútil e demolidor. Mais ainda, um sentimento com o qual ninguém tem nada a ganhar. Ele também o não é, mas com ele o caso é diferente. Escusa de ter ciúmes, nunca me interessei por mais ninguém.

«Se te tivesses interessado…», arriscara Dora.

«Não sei, era um caso a pensar. Mas o problema nunca se pôs, não vale a pena aventar hipóteses. Gosto muito do Ernesto.»

«Falas de uma maneira…»

«Como penso. Dramas não é comigo. De resto, creio que é o organismo a defender-se. Nunca seria capaz de representar o meu papel à altura.»

Dora Rosário pensou pois: «A Manuela não se importa: de resto, nunca saberá de nada, ninguém o vai tirar da sua paisagem.» Era uma criatura consciente das suas limitações, que sabia perfeitamente que os cabelos arranjados, um pouco de *bâton* e um fato mais à moda não haviam feito dela uma mulher perigosa. Sabia também que já tinha trinta e seis anos, que nunca fora bonita nem feia, e que aquele tempo, por assim dizer de clausura entre a recordação de Duarte e os móveis antigos, a havia afastado da vida, e que dificilmente lhe seria possível readaptar-se. Durante esse retiro a que nem espiritual se podia chamar, pouco lera, deixara totalmente de ir a espetáculos, perdera, *et pour cause,* o contacto com quase todas as amigas (com quem se zangara) e com os amigos do marido (a quem pedira demasiadas vezes dinheiro). Via-se portanto limitada aos seus pensamentos, à filha, e também, pela força das circunstâncias, à sogra e à tia Júlia. Tirando isso e os móveis antigos, não tinha assuntos de conversa.

Porque a convidara então Ernesto para aquela ida a Cascais e porque a olhara daquele modo? Aí estava um problema que preferia não aprofundar. Era dar tempo ao tempo. Entretanto, a companhia dele agradava-lhe, era um pouco como se fosse outra vez rapariga e um moço simpático a seguisse na rua. O melhor era na verdade deixar correr, depois se veria. Ele dissera que havia de telefonar para combinarem a ida a Sintra «para o aconselhar um pouco acerca de alguns móveis que tencionava comprar». Se desse uma desculpa?, pensou, pegando de novo na fotografia de Duarte. Mas pareceu-lhe ainda mais apagada do que há pouco, uma fotografia morta. O que restava dele, porque o resto... A sua alma, se alma havia, estava longe; o seu corpo, nem queria pensar nisso.

A princípio, a sogra tinha reagido. Haviam mesmo sido esses os únicos atritos entre elas. Porque Ana, que não acreditava em Deus nem no Diabo, ia todos os domingos de manhã levar flores à campa do filho e preocupava-se muitíssimo com a limpeza da lousa e a vida de umas pequenas flores em redor, como se o seu viço provasse a santidade do que estava – estaria? – na cave. Afadigava-se no pequeno jardim artificial, colocara mesmo uns vasos no topo da lousa mortuária, pagava um tanto por mês ao coveiro para tratar convenientemente do local e, em conversa, soltava de vez em quando o seu anzol. «A Dora, como nunca vai ao cemitério, não sabe como aquilo está enorme.» Dora Rosário sorria ao de leve, de nariz no prato, porque aquelas conversas aconteciam geralmente aos domingos, à hora do jantar. «Sim?», limitava-se a dizer. «Enorme. Vá lá só para ver.» *Só* para ver.

Um dia dissera-lhe: «O retrato que tenho no quarto é mais o Duarte do que uns ossos esburgados a que a senhora vai pôr flores.»

O grande peito mole de Ana tremia todo de indignação. «Como pode falar assim? Como é possível que diga essas coisas diante da mãe e da filha dele?»

Lisa encolhera logo os ombros, prestável: «Oh, por mim...» Tinha então dez anos.

Mas a avó nem a ouviu. Estava exaltada, o que raramente lhe acontecia. «Quando eu morrer», dissera, «quem vai cuidar da sua sepultura? Ando a pensar em comprar um jazigo, ao menos assim não há problemas. O Duarte, o José, eu e a Júlia já não precisaremos que ninguém cuide de nós. E a Lisa, se quiser, daqui por muitos anos...»

Dora Rosário era pois excluída, expulsa antes de nela entrar, da futura vivenda da família Rosário, construída no bairro residencial da gente rica. O receio da promiscuidade, pensou ela. Mesmo depois de mortos querem a sua casa de pedra, com gente boa por vizinhos. Todos juntos para se entreterem a jogar a canasta da eternidade numa vivenda cheia de coisa nenhuma e de flores secas. Cheia também de vermes, claro está, mas a sogra preferia não pensar em tal, talvez porque o seu dia de servir de festim se aproximava a passos largos e ela o sentia vir. Por isso olhava a neta e se consolava pensando que Lisa ficaria ainda para fazer coisas.

Dora tirou a *écharpe,* que dobrou cuidadosamente, e apagou a luz. Antes de adormecer, porém, pensou que talvez Ernesto lhe telefonasse no dia seguinte.

Telefonou, de facto, e combinaram que ele passaria a buscá-la no domingo, logo depois do almoço. À noite, Dora Rosário disse à filha que saía no domingo à tarde e talvez não fosse jantar a casa de Ana. Não se importava de ir sozinha, pois não? Lisa riu um pouco. Porque havia de se importar? Depois ficou séria e perguntou-lhe: «Fazes tenção de te casar?»

Aquilo deixou-a perplexa. «Eu?», perguntou. «Eu?», repetiu. «Mas quem te meteu uma ideia dessas na cabeça?»

Lisa encolheu os ombros: «Oh mãe, tens-me em muito má conta. Achas necessário meterem-me ideias na cabeça?»

«Não, mas...» Beijou-a com inabilidade, um pouco para esconder o rosto. «Podes crer que não penso em tal coisa e que nem mesmo gosto de ninguém», acabou por lhe dizer, muito séria.

A rapariga soltou uma das suas risadas altas: «Estás a falar como se isso fosse para mim um problema grave. Sabes que mal conheci o pai e ele não é por isso para mim o cúmulo de todas as perfeições. No fundo, creio que até gostava que te casasses. As mulheres sozinhas, quando chegam a certa idade, são tão... assustadoras. Secam, não é? Olha, gosto da tia Júlia porque não secou, sonha com discos voadores.»

«É uma fuga como qualquer outra.»

«E atual», assegurou Lisa. «É uma mulher moderna, no fim de contas. *Science-fiction*. O pai gostava muito dela, não é? Mais do que da Ana?»

«A Ana era mãe dele, Lisa. O teu pai gostava muitíssimo da Ana.»

«Fala-me do pai.»

A altura não podia ser mais mal escolhida e Dora pensou se Lisa não estaria a fazer aquilo propositadamente. Mas não. O seu olhar era atento e transparente, a sua boquinha estava séria.

«O pai era um homem muito bom», disse. «Absolutamente nada ambicioso...» Hesitou porque, de repente, não descobriu, para as dizer a Lisa, quais seriam as outras qualidades de Duarte.

«Eu sou ambiciosa», disse Lisa. «Saio à avó. Preferia ter saído a ti, mas saio a ela, paciência. De resto, a ambição pode ser uma qualidade.»

«Pode, de facto. Creio que pode. O teu pai achava que não. Opiniões que as pessoas têm. O teu pai...»

Mas Lisa tinha mais que fazer e já não estava interessada em saber coisas do pai. Eram cinco e meia e a professora de alemão estava a chegar. «Tenho de ir indo», declarou, espreguiçando-se ao de leve.

O sol, mesmo através da vidraça, não era reconfortante. Um leve véu que mal tocava na pele não conseguia evitar aquele arrepio que o ventinho húmido da serra, fazendo redemoinho dentro do carro, provocava. Dora Rosário levava as mãos sobre os joelhos. Eram umas mãos grandes, magras, com a pele já a engelhar nos dedos (desde quando? Só agora reparava, que estranho), mãos transidas, apesar da primavera, e que o frio parecia de repente ter emagrecido mais. O anel, o único que naquele tempo os penhoristas não lhe tinham levado, e que só nos últimos dias voltara a pôr, um fio de ouro com uma água-marinha, estava-lhe de repente grande, como se não fosse seu. Teve um arrepio e ele cortou o silêncio para lhe perguntar se não se sentia bem. «Muito bem», respondeu Dora, rindo sem razão. «Só com frio.» E acrescentou: «Que maravilha, é sinal de que estou viva.» E logo depois, fitando a trémula agulha louca: «Por quanto tempo?»

Ele, porém, olhava em frente como se a sua atenção se concentrasse unicamente na risca branca da estrada. O frio ia aumentando e o vento despenteava os cabelos de ambos. O homem continuava sério, era como se ali não estivesse. Onde estaria? Com quem? No que iria, muito simplesmente, a pensar?

Ela esperava, confessou-me, e aquilo ocorrera-lhe de repente, ali, a meio da serra, que ele lhe dissesse qualquer coisa no género de:

«Um dia uma pessoa encontra outra pessoa e pensa: era esta. Não é uma questão de amor à primeira vista, não. Uma simples constatação que se faz. Era esta. Era você, Dora Rosário. Podíamo-nos ter encontrado mais cedo. Mas ainda é tempo, não é verdade?»

Ele, porém, falou-lhe de uma divisão grande, que queria adaptar a sala. Que móveis lhe sugeria para uma sala? Móveis dispersos, claro, mas que não chocassem demasiado. Dora Rosário pôs-se a dar sugestões. Deu-as até à altura em que o carro parou.

Não vou entrar em pormenores que me são desagradáveis. Não vou pois fazer suposições neste capítulo. Ela, Dora, foi, de resto, muitíssimo discreta. Não descreveu (não havia, de resto, necessidade de o fazer) a casa, quase vazia, nem aquele quarto, que já não se assustava com o que via, de tanto que vira. Só disse que depois, *depois*, tinha aberto a janela, que dá para o pequeno lago ainda seco, a futura piscina dos sonhos de Ernesto (quase construída, segundo me disseram), e lhe perguntou (sem o fitar, olhando para o lago) *porquê*. Só isso. *Porquê*. Ele levou tempo a responder, e Dora julgou que isso acontecera por ele não saber muito bem que resposta dar. A pobre, inocente Dora. Como se o Ernesto tivesse alguma vez sido apanhado em falso. O Ernesto sem resposta engatilhada... Até dá vontade de rir. Pode ter havido várias razões válidas para explicarem tal demora. Para começar, o achar que não valia a pena gastar o ouro da sua prosa. O estar hesitando entre várias razões e serem todas elas demasiado *terre à terre* para as dizer naquele momento. O não ter sequer coragem para se valer da mais simples de todas e mais gasta e menos verdadeira, a de que gostava dela. Ele sabia, pelo pouco que conhecia de Dora Rosário, que ela não o acreditaria se lhe dissesse tal enormidade.

Levou pois algum tempo e então falou-lhe de mim. De mim, é verdade. Naquela altura, quando ela lhe perguntou sem o olhar, porquê. De princípio não compreendi o que tinha eu que fazer em toda aquela salada, mas quando Dora Rosário repetiu as palavras de Ernesto reconheci que ele é formidável. De força, sem dúvida alguma. «Não sou feliz», disse ele, portanto. «Na verdade, não sou feliz. Note que gosto muito da Manuela. A verdade é que é precisamente essa a razão por que não sou feliz e procuro aqui e além, desculpe a franqueza, um momento de exaltação.»

Aquele aqui e além situava o caso nas suas devidas proporções de encontro fortuito sem complicações, melhor, cujas possíveis complicações ele de antemão recusava. Seria aquele o seu sistema habitual? Talvez, embora eu esteja convencida de que não é seu hábito pôr assim os pontos nos ii com tanta precipitação. Possivelmente, porque nenhuma das suas anteriores visitantes lhe perguntou tão interessadamente porquê, logo assim, de chofre.

E como ela se houvesse voltado um pouco, desprezando definitivamente o lago, Ernesto embrenhou-se numa confusa tragédia de casal sem filhos e do desgosto que tinha de não os possuir. Ele, Ernesto Laje, era um lutador, mas que gostaria de saber para quê ou para quem lutava. Assim... A verdade é que eu nunca me ralara muito com isso. Em que teria modificado as coisas se me ralasse, pergunto eu. A tal coisa. Ele queria por força uma *tragediae persona*. Depois falou da sobrinha, única pessoa de família que lhe restava, no fundo uma hipócrita ambiciosa, sempre a dizer a toda a gente (que pudesse ir-lhe contar a ele) que até nem gostava de ir muito a casa do tio Ernesto, ele podia pensar sei lá o quê, não, se ele fosse pobre, sim, senhor, iria lá, mas assim, Deus a livrasse. Era desse género, a querida pequena. Um amor de garota. Agora já não pensava nisso, isto é, nos filhos, tinha quarenta e dois anos. De qualquer maneira, seria tarde. Morreria antes de eles serem homens, ou então seria demasiado velho. Era um problema sem solução, mas, apesar disso, um problema.

Eu julgava que o problema dele não se chamava Manuela e afinal... Arranjara maneira de eu ser o seu problema. Era infeliz por eu não ter filhos e procurava compensações lá fora. Ao mesmo tempo, porém, gostava muitíssimo de mim e não podia trocar-me por mais ninguém. Um círculo vicioso muito vicioso. Como já disse, não cultivo o estilo dramático e por isso sempre compreendi que se no fundo ele tem razão (quando me conheceu estava, de resto, mais ou menos noivo de uma jovem inglesa que decerto lhe teria dado alguns meninos loiros, gordos e rosados, sem sobrancelhas como a mãe, belos bebés anglo-lusos), por outro lado, se tivesse tido filhos, isso tê-lo-ia forçado a arranjar outro álibi (decerto fácil, o do infinito amor que o ligava às crianças).

Ora isso dos filhos sempre me pareceu um pouco cerebral. Do que o Ernesto gosta acima de tudo (e nisso sente, creio eu, um prazer quase físico) é de ganhar dinheiro, pondo para isso em acção a sua inteligência e a sua infalibilidade através daquelas discursatas habilidosas de que dependem sempre o presente e o futuro de dois homens: o que tem dinheiro para o pagar e o outro, o que não o tem. Acontece que quase sempre o que não o tem é que está na razão, mas isso é secundário. Gosta de dinheiro para o gastar, sem dúvida, mas principalmente para o juntar. É bom não esquecer que ele foi um *self made man* e começou a vida com dificuldades. Mas juntá-lo para quê? Para quem? Aí é que surgia o problema dos filhos que não existiam, e da sobrinha, que existia de mais. Consolava-se, porém, procurando aqui e ali um momento de exaltação. Exaltação? Nem isso. Exaltação com Dora Rosário? Qual!

Se me houvesse ocorrido, mesmo de longe, que Dora Rosário seria um problema, enfim, traria um problema consigo... Mas não! Como havia eu de pensar tal coisa? A Dora... O Ernesto... Mesmo que soubesse do caso, pensaria: «Não dura um mês, é deixar correr.» Como já disse, não sou ciumenta. E rir-me-ia mesmo um pouco com o recesso sonho de amor da pobre Dora. Porque julgaria que se tratava, da parte dela, de um sonho de amor. Só mais tarde, porém, tive conhecimento do caso com todas as suas consequências. E então não tive nenhuma vontade de rir. Dora Rosário, sentada na minha frente, puxava a saia para baixo, num gesto maníaco que ganhara desde a última vez que eu a tinha visto; e era leal. Nunca mais acabava de ser, embora um pouco tardiamente, leal. Eu, porém, estava-me nas tintas para a lealdade de Dora Rosário. Ter-lhe-ia rido na cara se não fossem os posteriores acontecimentos. Como ela, no entanto, teimava na sua autobiografia, tive de lhe ouvir a maneira como se vestiu, precipitadamente, dizendo que estava com pressa porque tinha de ir jantar a casa da sogra.

«Mas tínhamos falado em jantar por aí, em qualquer sítio.»

«Não, não, tenho de ir. Lembrei-me agora de uma coisa urgente que me esqueci de fazer. Uma carta para o estrangeiro. Tenho de a pôr no correio ainda hoje.»

«Muito bem. Vamos. Espero que não a tenha ofendido. Às vezes sou um pouco...»

Devia estar aborrecido consigo mesmo, porque se deixara arrastar a estúpidas confidências que até podiam ridicularizá-lo. Depois a tal frase «procuro aqui e além um momento de exaltação» não ia para baixo. Continuava à tona, a encará-lo. Que estupidez, pensou. Mas também por que diabo lhe fora ela perguntar «porquê?». Como se alguém perguntasse porquê numa altura daquelas.

Quando meteu pela Volta do Duche ia furioso consigo próprio e já a mais de cem. Quando chocou com a árvore devia seguir talvez a cento e quarenta. Foi um milagre salvarem-se.

Dora Rosário perdeu naturalmente os sentidos, mas insistiu em me contar pormenorizadamente todas as suas recordações a partir do momento em que voltou a si. Creio que me mostrei um pouco enervada, ou desinteressada, mas ela nem assim me poupou. Não deve mesmo ter dado por isso, estava demasiado interessada na sua história, contada pela primeira vez em público.

Acordou pois num quarto todo branco e cheia de dores. Tinha ligaduras na cara, um braço metido em gesso. Fez um esforço de memória e julgou ver um leito agreste e desconhecido, itinerante, à volta do qual havia (devia ter havido) brancos homens misteriosos. Da vida à morte ia o breve fio de uma navalha (onde lera aquilo?), e ela estivera entre uma e outra, no gume da lâmina, hesitante e a dormir. Falavam de quê? Contavam o quê? O corpo estava adormecido, mas a alma, a sua alma imortal? Pensou nisso, pela primeira vez na vida, na sua alma imortal. Por onde teria andado, se existia, que não se lembrava de nada?

«Onde esteve a minha alma, irmã, enquanto me operavam? Fui operada, não fui?», perguntou daí a bocado à freira que apareceu de termómetro em riste e sorriso aberto. Esta olhou-a demoradamente, como que desconfiada da fartura. Depois riu mansinho: «Do que havia de se ir lembrar!» – «Eu só queria saber...» – «O que queria então saber?» – «Isso», disse com dificuldade, porque mal podia abrir a boca. «Se ela também se deixou anestesiar.» Um silêncio e outro riso: «Anestesiar... Claro que não.» – «Tem a certeza, irmã?» Claro que tinha a certeza, não havia de a ter? A sua vida era feita de certezas enganchadas umas nas outras, formando longas, infindas correntes. Por isso ria tão aberta e confiadamente. «Claro que tenho a certeza.» – «Onde esteve então?» – «Talvez a descansar, como quando dormimos. Ou então encolhida, à espreita. A tremer um bocadinho. Isto, se não é uma alma valente, irmã.» – «A tremer um bocadinho, pois. Ou muito. Eu disse uma alma valente, mas não era bem isso. Às vezes a valentia... Uma alma limpa ou uma alma suja, é que era. No primeiro caso...» – «Digamos enxovalhada.» – «Enxovalhada, hã?» – «Sim, como a roupa, passado algum tempo.» – «Compreendo.» Não compreendia, mas isso também não tinha importância de maior. Fechou os olhos, cansada daquele esforço, e já esquecida do que perguntara. Exausta.

Lisa foi vê-la, e também Ana e a tia Júlia, mas não se demoraram, não queriam excitá-la. Ela, de resto, não insistiu. Até porque era bom fechar os olhos e ver as nuvens.

Eram espirais e espirais de montanhas cónicas, cobertas de neve de uma brancura imaculada, lisa, sem zonas secretas e que magoava os olhos, ou então, talvez fosse mais certo, prendia o olhar, e tanto que o não largava mais. E ela, de olhos fechados, olhava-as perdidamente. As montanhas eram fofas, tão suaves. Devia ser doce cair sobre elas, ficar suspensa entre o céu e a terra, esquecida de tudo e para todo o sempre. De súbito, porém, as montanhas já não eram montanhas. O cenário fora escamoteado e o que via eram pequenos icebergues à deriva num grande mar frio, incrivelmente sereno e translúcido, com minúsculas casinhas submersas e bosques de um verde-cinzento, que deviam ondular ao sabor das marés. Uma pausa e logo outra vez as nuvens. Mas agora estava nelas, rebolava como em criança nas dunas da praia, aos gritos de alegria e com a boca cheia de areia. A sua boca, porém, se a possuía, o que era duvidoso, estava vazia e silenciosa. Vinha por ali abaixo, suavemente, ao retardador. O que era a força da gravidade? Qual era a velocidade dos corpos? Era como se tivesse asas, mas não precisasse de as abrir. Chegava sempre incólume, parava sempre a tempo, muito ao de leve – poisava –, no sopé das frias montanhas. Não se lembrava de as subir de novo; para quê, se não era necessário? Continuava a descê-las, uma, outra vez, outra ainda, rebolando pelas encostas. De onde? Até onde?

Eram assim os seus sonhos. Havia também o mar, um mar grande, muito quieto, mas mar a sério desta vez, a banhar praias imensas, sem ninguém. Ela nadava nesse mar, mas também era um pouco como se voasse, em gestos lentos, fáceis, como se toda aquela água muito azul fosse um elemento suave, maternal, que os ajudasse em vez de os combater.

«E Ernesto? Que seria feito dele?», pensava nos intervalos. «A outra pessoa que vinha no carro?», perguntou ao médico que a foi ver no dia seguinte.

«Está esplêndido, não se preocupe. Foi logo para casa. Foi projetado e caiu num monte de palha, num monte de qualquer coisa, enfim, só deslocou um pulso.» E acrescentou: «O doutor Laje tem telefonado a saber de si. Está desolado com o que aconteceu. Desolado.»

«Ah!», disse ela.

Estava então desolado. Desolado. Riria um pouco, se pudesse rir, se isso lhe fosse materialmente possível, mas na altura compressas, adesivos e as feridas propriamente ditas, claro está, impediam-na de o fazer. Desolado. E ela então... Doente, desolada e cheia de vergonha. «Procuro aqui e além um momento de exaltação.» Mas o que esperava ela? Estava porventura apaixonada por Ernesto Laje? Não, mas isso não impedia que se sentisse profundamente ferida. Um pouco como se a tivessem esbofeteado. Desolado. Pensaria que ela lhe ia pedir alguma indemnização por perdas e danos? Pensaria isso?

Dora Rosário julgava-o mal. Oito dias depois, enfim, logo que saiu à rua (porque sempre ficara magoado), mostrou-se extremamente atencioso e eficiente. Não se limitou a telefonar para casa dela a perguntar se havia alguma coisa em que pudesse ser útil. Foi mesmo lá, antes do jantar, e pediu para falar com alguém da família. Era por causa do desastre da senhora. «Menina!», gritou a criada, que não tinha o hábito das visitas. Lisa apareceu, melhor, materializou-se na sua frente, toda afogueada, porque estava a aperfeiçoar uma *pirouette*. Toda ela era *collant* preto, cabelos loiros e olhos doirados.

«É a filha da senhora dona Dora?», perguntou ele, espantado.

«Sou. Faça o favor de entrar.» E precedeu-o na direção da sala. «Faça o favor de se sentar. A minha mãe está na casa de saúde, vim de lá há bocado e...»

«Eu sei. A sua mãe ia no meu carro. Tinha-lhe pedido que me desse alguns conselhos sobre a decoração da minha casa de Sintra, e ela teve a gentileza de me acompanhar.»

«Ah, era o senhor?», perguntou, olhando-o atentamente. «Mas não está ferido, pois não?»

«Bem, desloquei um pulso. Tenho sempre muita sorte e fui cair num monte de terra fofa que para ali tinham posto. Fiquei levemente magoado no ombro e na perna, mas sem importância.»

«Ainda bem para si», disse ela.

«Fui quase um tiro ao alvo. Acertei no alvo.»

«Refiro-me ao facto de ter sorte. Eu creio que também tenho sorte. É agradável.»

«É», concordou ele. «Muito agradável.»

Sentou-se. Ela também, no outro canto da sala. «É calmante», prosseguiu ele. «Mesmo que na aparência as coisas não corram *muito* bem, elas correm afinal otimamente.»

«Ainda sou muito nova», disse ela. «Tenho dezassete anos e um mês. No entanto...»

«Só?», interrompeu-a Ernesto Laje. «Dava-lhe à vontade dezoito, ou mesmo dezanove.»

Lisa sorriu, encantada. «A sério?», perguntou. «A sério? Quando eu tiver dezoito anos...» Abriu os braços esguios, forrados da malha preta do *collant*, e bateu graciosamente as asas: «Paris... Londres... Nova Iorque... Berlim... o Oriente talvez... a África... É... apaixonante.»

«Hospedeira do ar?»

Pôs a cabeça de lado. «Exato.» Os cabelos, que tinha fartos e lisos, caíram-lhe todos, em cascata de seda, sobre o ombro esquerdo, estreitinho, desceram-lhe quase até ao cotovelo acerado.

«Cada vez que penso...» Fechou os olhos e faltou, de súbito, a luz. Ela sorria, porém, e o seu sorriso era também algo que merecia a pena ser visto.

Esta parte da história soube-a eu pelo próprio Ernesto, que quis ser – pela primeira vez – muito leal comigo. Toda a gente se punha, de repente, a ser leal, que cansaço! «A consideração que tenho por ti obriga-me a contar-te tudo. Para que compreendas que não se trata de uma paixoneta passageira. Desta vez – lamento-o tanto como tu – é a sério.»

Lamento-o tanto como tu, vejam lá. Mas foi isso mesmo que ele disse e com a maior seriedade. Que o lamentava tanto como eu.

Mas voltemos ao sorriso de Lisa, *d'après* Ernesto Laje. Se pudesse chamar-se reto a um sorriso, aquele era um sorriso reto. Atravessava tudo horizontalmente, ia ter aonde era preciso ir. Quanto ao seu olhar... Bem, o Ernesto também falou bastante desse olhar.

«Uma rapariguinha a sonhar numa casa deserta, compreendes? Eu, de súbito, não estava ali. O seu olhar varrera tudo sem ver ninguém, sem me ver sequer, ali, na sua frente. É um olhar, verifiquei-o depois, com a estranha qualidade de transformar em vidro ou até em ar pessoas e coisas, de as atravessar, muito simplesmente, e de seguir adiante, em busca do que lhe interessa. Quem não lhe prende a atenção é como se não existisse, não existe mesmo, ela dá-lhe, tornando-o invisível, o golpe de misericórdia.»

Portanto, nessa tarde, antes do jantar, ela olhou e sorriu bastante. Também falou e o que dizia era encantador. Tão cheio de vida, tão...

«Jovem. Podia ser tua filha, não admira.»

Ele encolheu os ombros: «Podia, de facto. Mas não é. Felizmente.»

Dizia ela, Lisa, filha de Dora Rosário:

«Cada vez que penso... no que hei de ver, nos sítios por onde hei de andar... Eu, compreende? EU!»

Abriu outra vez os braços: agora não era para voar mas para abraçar o mundo. Europa, Ásia, África, América e Oceânia. «Falo bem inglês e alemão, sou saudável, não há razão para não ser aprovada, não é verdade?»

Para mais com aquele rostozinho branco, aqueles olhos de bicho absolutamente nada assustado (nem agressivo), aquele supracitado sorriso, aquele corpo magrinho e cheio de graça, com gestos fáceis e seguros de bailarina, ora lentos de mais, ora rápidos, mas nunca errados.

De súbito, lembrou-se, provavelmente, de que todo aquele entusiasmo era demasiado, quando a mãe, coitada, estava internada, e sabia-se lá por quanto tempo, e voltou à terra, mais precisamente àquele terceiro andar onde morava, mais precisamente ainda à sala onde estava com «o proprietário do automóvel». Os braços escorriam-lhe ao longo dos braços do *fauteuil,* pingavam em pequenas mãos brancas, muito cuidadas, de unhas cor-de-rosa.

«Coitada da mãe, lá está», declarou à falta de melhor e compondo um ar contristado, que dava uma vontade louca de a consolar.

«É verdade», concordou ele. «Pouca sorte. Bem, eu tenho a culpa toda (não era verdade. Na sua opinião aquele "porquê?" continuava a ser o culpado de tudo), vinha muito depressa. No fundo, ainda foi uma sorte não termos lá ficado.»

«Seria horrível», disse Lisa.

«Sem dúvida. Eu vinha precisamente a sua casa a fim de oferecer os meus préstimos para qualquer coisa que seja necessário. Dinheiro, tudo. Vou deixar-lhe o meu cartão. É só pegar no telefone e dizer.»

«Não é preciso nada», disse ela. «Agradeço, mas não é preciso. Se houvesse qualquer problema desse tipo, quero dizer, de dinheiro, a minha avó solucionava-o.»

Ele levantou-se: «Em todo o caso, gostava que me considerasse um amigo. Há coisas que uma avó…»

Soltou uma risada: «Não é bem uma avó. Claro que é muito velha, mas… Bem, é muito camarada quando é preciso.»

Agora já estavam à porta da rua e Lisa entreabrira-a mesmo. Ernesto hesitava. «Como se chama?», perguntou.

«Ana Luísa. Mas todos me chamam Lisa.»

«Lisa Rosário», disse ele, pensativo.

«Decerto. Lisa Rosário.»

«E que tal, Lisa Rosário, se em vez de ser hospedeira do ar você conhecesse o mundo todo, enfim grande parte do mundo, como passageira, ao lado do seu marido?»

Deu outra risada. E, como os cabelos a incomodavam, entreteve-se a enrolá-los no alto da cabeça enquanto ria, a prendê-los com um gancho que trazia no bolsinho do *collant*.

«Não vou nisso. Você não conhece as raparigas de hoje, é como a minha mãe. No vosso tempo elas ficavam à espera, mas nós sabemos que são muito vagas as hipóteses de amor e dinheiro: ou uma coisa ou outra. É preciso trabalhar, mas escolher um trabalho agradável. Eu detesto estar sempre no mesmo sítio. Olhe, se me obrigassem a passar os meus dias no *Museu,* como a mãe, creio que fugia, mas antes disso partia toda aquela caqueirada ilustre. Pensei em fazer jornalismo, mas haverá jornalismo, cá? Descobri a minha vocação ao ouvir a tia Júlia contar os seus sonhos de ficção científica.»

«A tia Júlia é a dos discos voadores?», disse ele, e logo mordeu o lábio, arrependido. Não era natural que Dora Rosário fosse contar, ao primeiro cliente que lhe aparecesse, problemas de família, melhor, assuntos familiares. Lisa franziu levemente as sobrancelhas, mas não deu parte de fraca.

«É sim, é a dos discos voadores. Mas ela sonha e eu vou realizar o meu sonho. Querer é importante.»

«Mais do que tudo. Sem força de vontade ninguém é nada.»

Desatou a rir: «Parece a Ana a falar. A Ana é a minha avó.»

«Eu sei.»

«Ah, *também* sabe?», disse com desconsolo. «Sabe muitas coisas, não é verdade?»

Ernesto Laje sentiu-se pouco à vontade, pela primeira vez em muitos anos, e apressou-se a desfazer qualquer desconfiança da parte dela. Com solicitude.

«Na noite anterior quase não tinha dormido e ia a guiar cheio de sono. Então pedi à sua mãe que falasse. Ela foi muito amável e pôs-se a contar coisas.»

«Não é nada o género da mãe, contar coisas.»

Ia dizer «eu sei que não é», mas deteve-se a tempo. «Nesse caso, ainda foi mais meritória a sua atitude», limitou-se a dizer. «Falou de si, da sua avó, da tia Júlia, do seu pai, naturalmente. Mas eu cada vez tinha mais sono, até julguei que não tinha fixado nada.»

«Ficou tudo no subconsciente», declarou Lisa com ar doutoral.

«Ficou. Deve ter ficado.» Hesitou, depois, estendeu-lhe a mão: «Pois bem, se me dá licença passo amanhã outra vez a saber notícias da sua mãe.»

«Mas...» Mostrou-se levemente perplexa. «Sabe onde ela está, não sabe?»

«Sim, mas acho melhor não a ir incomodar. Nas casas de saúde só deviam deixar entrar no quarto do doente a família mais próxima.»

«Talvez», disse ela. E acrescentou: «A esta hora estou sempre. Venho da lição de *ballet* e passo pela casa de saúde antes do jantar. A mãe não quer que eu durma lá, diz que não é preciso.»

«Vem assim vestida?», perguntou Ernesto com curiosidade.

«Claro. Com um casaco por cima. Acha muito extraordinário?» E riu outra vez.

A porta já estava fechada e Ernesto descia lentamente a escada acompanhado pelo eco do seu riso. Ele descia lentamente porque o corpo lhe doía, mas também porque não podia ficar e não lhe apetecia ir-se embora. Era a primeira vez que tal coisa lhe acontecia. Mas é uma criança, pensava. Lisa, porém, não tinha corpo, nem olhos nem riso de criança. Era uma rapariguinha à espera do amor. Infelizmente, era uma rapariguinha à espera do amor. Mas o que dissera ela... pensou. Sim, o que dissera ela acerca do dinheiro?

No dia seguinte voltou à mesma hora. Antes tinha chegado uma enorme caixa de bombons, luxuosa. Logo que ele entrou, Lisa saltou--lhe ao caminho: «Eram deliciosos. Enfim, são deliciosos.» Não disse «para-que-se-esteve-a-incomodar», e Ernesto Laje ficou contente com isso. Lisa não estava de *collant,* mas de saia pregueada e camisolão, como uma colegial. Tinha também uma fita nos cabelos. Falou da mãe, que estava um pouco melhor, talvez lhe tirassem os pontos no sábado, e perguntou-lhe se queria beber qualquer coisa. «Não há grande variedade», disse, acocorando-se junto de uma estante-bar. «A mãe nunca bebe e não temos muitas visitas.» Ernesto aceitou um cálice de *Porto* (que sempre detestou) e pôs-se a falar de si, com a maior naturalidade possível. Aquele vinho do Porto lembrava-lhe os seus tempos de rapaz. Não tinha muito dinheiro *nessa altura* e um copo de *Porto* era uma despesa considerável. Falou dos amigos desse tempo, do café onde se encontravam. Era nessa altura empregado de comércio, mas estudara à noite. E voltou à conversa da véspera: «Você disse ontem que querer é importante, Lisa. Não há nada mais importante. Fiz assim o meu curso de Direito, comecei a ter nome, a ser chamado para aqui e para além. Hoje o meu passado parece-me um sonho. *Tenho um nome conhecido, uma boa fortuna, já fui convidado várias vezes para um cargo oficial.*»

«Ministro?», perguntou ela interessada.

«Não tanto, mas anda por perto. Recusei sempre. A política escangalha a vida das pessoas.»

«Dá prestígio, não?»

«Não preciso de prestígio. O meu nome basta. De todo o país vem gente consultar-me. Bem vê...»

O ar indiferente, de quem não liga grande importância ao que disse... De quem só o disse por acaso, a propósito de... de quê afinal de contas?

Ah, é verdade, do vinho do Porto. «Não bebe, Lisa?»

«Não convém, por causa da linha. Tenho um medo horrível de ficar gorda como a Ana, que já era assim aos vinte e cinco anos.»

Ficou pensativa, depois disse: «A mãe, coitada, vai ficar com uma grande cicatriz na cara.»

Ernesto lamentou: «Oh, que aborrecimento. Ela não me vai perdoar com certeza.»

«A mãe não liga grande importância ao aspeto físico... Embora, ultimamente, não é verdade?» Olhou-o com fixidez. O seu olhar, agora, não tinha a tal estranha propriedade de gaseificar as pessoas. Pelo contrário. Tocava-as, elas sentiam-se existir de mais, era quase incómodo. Ernesto Laje pensou que Lisa lhe ia fazer qualquer pergunta indesejada. O que quer que fosse como: «O que é a minha mãe para si?»; ou «Gostam um do outro?», ou qualquer coisa do género. Ela, porém, estava simplesmente a pensar que Dora Rosário lhe tinha dito que não pensava em se casar, nem mesmo gostava de ninguém, e também que as pessoas *daquela* idade eram estranhas, e inesperadas as suas reações. Inesperadas, não, ilógicas. Porque, se a mãe não era mentirosa, aquele homem era atraente e cheio de interesse.

A avó dizia-lhe sempre, depois de a olhar como se apreciasse as suas possibilidades e o exame a houvesse satisfeito plenamente: «Apaixona-te, Lisinha, mas por homem rico. Não te apaixones por qualquer. *Podes* fazer isso.» Ela própria não teria já dito qualquer coisa no género à mãe? Se se apaixonasse, *se consentisse* em apaixonar-se um pouco por aquele homem rico, prestigioso, ainda atraente, porque os homens, não é, e as mulheres são absolutamente diferentes. A mãe *já era* velha. Aquele homem, Ernesto Laje, *ainda era* novo. Que idade teria?

«Que idade tem?», perguntou.

Sobressaltou-se. «Quarenta e dois anos. Sou um velho, não é verdade?»

Inclinou a cabeça, pensativamente. Bem, os homens eram diferentes das mulheres, não eram? Parecia, de resto, mais novo, assegurou-lhe. Muito mais novo, senhor doutor Laje.

«Chame-me Ernesto, por favor. E esqueça que eu tenho essa horrível profissão e…»

«Horrível porquê?», espantou-se ela. «Mas é uma bela profissão. Defender gente é uma bela profissão.»

«E acusá-la? Note que eu estou absolutamente integrado e não sofro nada mandando gente para a cadeia. Com o tempo apanha-se um calo, não é verdade? Você, por exemplo, seria incapaz de andar descalça por cima de pedras soltas; eu ando com a maior facilidade por cima de gente caída. Habituei-me. O tal calo.»

Os olhos dela fitos nos seus. Serenamente. Como quem pensa com intensidade e esqueceu o olhar.

«Creio que não há gente inocente. Não, não me refiro aos seus acusados mas às pessoas em geral. Todos somos mais ou menos culpados. O senhor, enfim, o Ernesto é-o às vezes por profissão, só isso. Mas de outras vezes defende gente honesta, o que compensa. Nem todos se podem gabar disso.»

«Onde aprendeu tanta coisa, Lisa?»

Ela riu: «Parece a minha mãe. Onde aprendi? Mas, não sei… Talvez noutra vida… Como é que se chamam os que acreditam em…»

Interrompeu-a: «Teósofos.»

«Isso.»

«Mas você não acredita em coisas dessas, pois não, Lisa?»

Ficou muito séria e o seu olhar diluiu-se um pouco.

«Eu só acredito na vida. E sei que hei de ser muito feliz. Farei tudo por isso.»

«Tudo?», disse ele, impressionado com a sua franqueza.

«Tudo.»

Foi no dia seguinte que ele me comunicou que ia sair de casa. Estava terminantemente resolvido. Quem... Lembrei-me de Dora, não sei porquê. Talvez porque ele tinha ido ao *Museu* e ela estava diferente. Mas não acreditava no que dizia quando lhe perguntei:

«A Dora Rosário?»

«Não, a filha.»

«O quê?» O espanto que sentia era imenso. «Mas é uma garota, enfim, tem quinze anos ou...»

«Fez dezassete.»

«É uma garota.»

«Não, é uma mulher.»

«E ela quer-te, essa mulher?»

«Não sei. Ainda não lhe disse nada.»

«Meu Deus!»

Fiquei estupefacta. E então convencida. Não tive palavras. Ele despedia-me, melhor, despedia-se, antes mesmo de ter a certeza de ela o aceitar. Ela. Se não fosse Lisa, também não seria eu. Estava ao mesmo tempo apaixonado e farto. Ou talvez fosse a simples presença de Lisa a lançar-lhe em rosto a minha imagem de mulher estéril, que lhe tornara de certo modo estéril a existência. Ele chegava, beijava-me ao de leve, bebia o seu *whisky*, contava em pormenor o seu dia, e eu julgava que ele gostava de mim e precisava de mim. No entanto, eu era simplesmente um corpo ao seu lado e um auditório sempre atento, que soltava bravos de admiração incondicional perante os seus êxitos profissionais. O meu sorriso contente, as minhas mãos a apertar as suas eram afinal uma espécie de aplauso e incitamento *at home*. Os do tribunal ouvia-os também, até do público, que murmurava entre si quando ele passava pelos corredores: «Este Ernesto Laje é formidável, ninguém diria que o homem se salvava.» E a maioria das vezes: «Ninguém diria que este desgraçado havia de ficar sem cheta.» Não lhe bastavam, porém, precisava-os em casa para se sentir bem senhor de um pequeno mundo à sua medida. Não fora só porque eu era uma paisagem serena, não. Durara por isso, porque eu era também um público fiel a aplaudi-lo, e então incondicionalmente. No fundo, era acima de tudo um ator. Queria lá saber dos homens que defendia ou acusava. Era um ator, queria ser aplaudido. Agora, porém, o ator, já com quarenta e dois anos, apaixonava-se pela ingénua da peça, talvez não tão ingénua como isso. Era estranho. Às vezes pensava em mim própria como numa má atriz, sem vocação dramática, e nunca pensei que o ator era ele e eu a plateia. Paciência, não havia nada a fazer.

«Paciência, não há nada a fazer, pois não?», perguntei com à-vontade.

«Não. Receio que não. Foi muito belo, mas...»

«Por favor. Poupa-me às tuas frases. Já as ouvi bastante.»

«Custou-te?»

«Não interessa. Recuso-as neste momento, é tudo. Tens o resto da vida para as repetir a um novo auditório, ainda não habituado. Mas terás mesmo o resto da vida para isso? Não sei, não sei... Vinte e quatro anos de diferença é muito, meu querido Ernesto. É de mais.»

«Talvez seja.»

«Foi bom não termos casado... Assim tudo se torna mais simples. Ela escusa mesmo de saber da minha existência, não é verdade?»

«Tenciono falar-lhe de ti.»

«És a lealdade em pessoa, meu querido. Fazes bem. Dizes-lhe naturalmente que... já estávamos praticamente afastados, que... sou uma mulher frívola com quem não podias compartilhar os teus problemas, que... Mais o quê, Ernesto? Mas desculpa, estou a exagerar. Estou na verdade a exagerar. Desculpa, meu querido. E agora vai, preciso de ficar só. Preciso em absoluto de ficar só.»

Ele foi e eu fiquei só.

«A mãe já se levanta amanhã um bocadinho e no dia seguinte vem para casa!», participou-lhe Lisa logo que ele entrou, nessa tarde, com nova caixa de bombons. A notícia obrigou-o a precipitar os acontecimentos, e então precipitou-os mesmo. Sentou-se, olhou-a e perguntou-lhe:

«Lisa, quer casar comigo?»

Ela olhou-o com mais curiosidade do que espanto. Como se já estivesse à porta e só não compreendesse porque tinha demorado tanto.

«Sou muito nova», respondeu. «Queria aproveitar a vida antes de me prender. Na minha família os casamentos não são um princípio, são um fim.»

«Comigo não estará presa, Lisa. Nunca estará presa. E será um princípio. Sou um homem civilizado. A sua vida será sua, compreende? Se se casar com qualquer rapazinho a começar uma carreira, já pensou nas dificuldades...»

Interrompeu-o: «Já. A mãe falou-me do que passou quando o pai morreu, e mesmo antes, suponho, embora ela não se queixe dessa época, que considera a melhor da sua vida.»

«Gosto muito de si, Lisa. Nunca gostei assim de ninguém. É uma coisa diferente. Creio que estou louco por si.»

«Meu Deus!», riu ela. «Meu Deus!»

«Sim, sim, louco por si. Quero contar-lhe tudo, depois me dirá o que pensa. Não quero que haja entre nós nenhuma mentira, nenhuma omissão.» Falou-lhe então de mim, suponho, e disse decerto que estávamos praticamente afastados, que era infeliz, que eu não o compreendia. Não tenho a certeza, claro, mas deve ter andado à volta disto. Falou-lhe também do prédio da Avenida de Roma, da casa de Sintra, tudo comprado com o suor do seu rosto (e das suas cordas vocais, devo acrescentar), das ações, de quanto ganhava por ano, em média, claro está.

«Meu Deus!», repetiu ela. «E que faz a tanto dinheiro?»

«Guardo-o. É seu. Pode fazer dele o que quiser. Apetece-lhe viajar? Muito bem. Comprar vestidos, joias? Excelente. É seu.»

«Meu Deus, sinto a cabeça à roda.» Sacudiu os cabelos, talvez para a equilibrar de novo, mordeu o lábio inferior, o seu olhar doirado partiu. «Preciso de pensar», acabou por dizer, ainda sem ter recuperado o olhar. «Na verdade, tenho de refletir. Não pense que vou pedir conselho à mãe ou à Ana. Não pense. Sei de antemão que seriam a favor – a Ana pelo menos. Preciso de pensar sozinha.»

«Tem algum namorado?»

Acenou negativamente. «Não, nunca quis. Pensava que isso… Bem, agora não sei. Não sei na verdade. Quer… deixar-me? Amanhã voltamos a falar, está bem?»

«Está bem, Lisa.» Era a segunda que naquele dia precisava de ficar só. «Posso telefonar-lhe amanhã de manhã?»

«Pode», disse, estendendo-lhe a mãozinha branca. «Às onze e meia já estou em casa. Tenho aulas até às onze.»

Levantaram Dora Rosário, quiseram levantá-la, embora ela se opusesse, choramingasse um pouco, dissesse que não lhe era possível fazê-lo. Insistiram, porém, tinha de ser, e puseram-na de pé. Dora Rosário era, no entanto (e elas, as mulheres que a obrigavam àquilo, deviam sabê-lo muito bem), uma boneca vazia, de pernas bambas e ventre delicado, ameaçando rasgar-se de um momento para o outro, e com um braço, o direito, que tinha o peso do mundo. «Não tenha medo», diziam-lhe. Medo não tinha, medo de quê? Estava era embriagada e ia cair. O quarto girava à sua volta, ou então era ela que rodopiava como um pião. Agarrou-se à freira, como pôde, deitaram-na de novo. Sentiu-se inteiramente feliz, gostaria de ficar ali para todo o sempre e que não voltassem a mexer-lhe. Não desejava mais nada senão estar ali, naquela cama. Não pedia, em silêncio, outra coisa senão que a deixassem ali ficar. «Mas amanhã tem de se levantar, de se vestir, de se ir embora, não vê?» Falavam-lhe como a uma criança. Ela, de resto, era uma criança, e respondeu com voz amimalhada que amanhã, pois, sim, faria isso tudo. «E tem de se pôr bonita, vem a sua filha buscá-la às cinco horas.» Bonita, sim, sem dúvida. E sorria beatificamente. Amanhã estava longe. Amanhã estava a uma eternidade.

Amanhã estava perto, afinal de contas, e acordaram-na bem cedo quando a enfermeira da noite a veio lavar de toda a ignomínia do seu corpo. O rosto dela, da enfermeira, era redondo, corado, a ressumar saúde, um rosto por assim dizer publicitário. Estaria ali para dar esperança aos que a tivessem perdido? Se estiverem quietinhos e comerem tudo o que lhes põem na frente, ficam como eu. Qualquer coisa assim. O pior é que decerto nenhum doente desejaria ficar como ela, até porque a publicidade era excessiva e as pessoas não acreditavam. Antes e depois de usar o creme X ou de lavar o seu rosto com o sabonete Y. A enfermeira deu-lhe um espelho, penteou-a, e ela viu uma vez, uma vez mais (já se dera conta disso na véspera), que era de novo outra, não a Dora Rosário de antes da conversa noturna com a sogra, nem a Dora que se seguira a essa mesma conversa, mas outra. Não voluntariamente antiquada, mas involuntariamente envelhecida. Depois, a ligadura tapava-lhe parte da cara. E por baixo da ligadura, o que haveria?

«Como ficará isto, menina Gomes?» (A enfermeira chamava-se assim, menina Gomes.)

Respondeu imperturbável: «Com o tempo deixará de se conhecer.»

«Ah, com o tempo, não é?», disse ela, sorrindo sem vontade. «Já não tenho muito na frente.»

«Ora, ora, não diga isso. Uma senhora tão nova ainda!», disse a enfermeira com convicção, porque era uma boa funcionária.

Dora Rosário, porém, não a ouvia. Observava-se com uma atenção quase científica. Dir-se-ia que fazia um estudo aprofundado e comparativo do que via agora com aquilo que vira quinze dias antes. A parte visível do seu rosto era mais flácida, surgira uma série de pequenas rugas novas, havia no canto do olho direito (o outro também estava semiescondido) um pequeno feixe delas em leque, que fechavam e abriam quando ela tentava sorrir.

«Acha que o creme X...?», perguntou à enfermeira. Depois abanou a cabeça: «Desculpe, nem sei o que estou a dizer. Nunca usou o creme X, pois não?»

«Não. Nunca usei creme nenhum. Só um leite à noite, antes de me deitar. Por uma questão de higiene, para limpar os poros.»

«Claro, claro.»

Sentaram-na no sofá, ao canto, mas daí por meia hora tocou para a deitarem de novo, em cima da cama. Quando poderia voltar ao *Museu,* fechado havia quinze dias «por motivo de doença»? Quando voltaria a ser a mesma? Voltaria a sê-lo algum dia? Quando veria de novo Ernesto Laje? Mas voltaria a vê-lo? Não havia razão, no fim de contas. A carpeta fora vendida, os conselhos tinham sido dados. Estava tudo solucionado. A sua cara? Oh, a sua cara. Com o tempo deixaria de se conhecer, segundo a opinião abalizada da menina Gomes.

A irmã Chagas entrou pela tarde e parecia entusiasmada: «Então, então, temos mulher, não é verdade?», disse a freira, como se ela, Dora Rosário, tivesse acabado de nascer ou desse provas de uma notável preciosidade. Como se para ela só houvesse futuro.

«A minha filha traz o dinheiro, quando logo me vier buscar», disse. «Agradecia-lhe que pedisse a conta, irmã.»

«Já está tudo pago!», exclamou a freira. «O senhor com quem ia no carro passou esta manhã logo às nove horas. Até nos deu dinheiro para os pobres. Ele tem tido notícias da senhora pela sua filha.»

«Pela Lisa? Mas não sabia... Bem, então...» E levou maquinalmente a mão à ligadura que lhe cobria o rosto. «Bem», repetiu. «Então é só esperar pela Lisa e ir-me embora.»

«Sem saudades...» E a irmã Chagas parecia que estava de novo a falar com uma criança pequena que fizera ou ia fazer uma maldade. «... Sua marota!», achou-se Dora Rosário a pensar. O «sua marota» estava implícito nas reticências: «Ai que apanha dois açoites», também. Sentiu-se, de súbito, cansada, quase exausta. Fechou então os olhos e passou pelo sono.

* * *

Quando acordou, já Lisa ali estava. Sentara-se na borda da cama e estava a olhá-la. Parecia muito pensativa, quase obcecada pelos seus pensamentos. Dora pensou que fora o olhar dela que a tinha acordado, mas não, Lisa olhava-a visivelmente sem a ver. O tal olhar que fundia as pessoas.

«Há quanto tempo estás aí?», perguntou.

«Não sei bem. Há um bom bocado, meia hora, talvez, ou mais.»

«Porque não me acordaste?»

«Para quê?», disse Lisa, encolhendo os ombros. «Estavas bem. Parecias tão sossegada, tão feliz... És sempre assim a dormir?»

«Sei lá! Nunca me vi a dormir. Suponho que devo parecer morta, como toda a gente. Feliz, mas morta.»

«Toda a gente *te* parece morta?», interessou-se Lisa.

«Sim, aqueles de quem gosto. O teu pai, agora tu... Sinto sempre o coração apertado, é como se pudessem não voltar a acordar, compreendes?»

«Sim, de certo modo. Deve ser um *handicap*.»

«O quê?», espantou-se Dora, o lado esquerdo de Dora. «O que é que deve ser um *handicap*?»

«Isso. Amar de mais.»

«Mais tarde hás de compreender.»

«Eu compreendo, mãe, senão a coisa em si, pelo menos o que tu sentes. Mais tarde, dizes tu... Não sei, é possível. Tudo é tão estranho, tão inesperado, há uma tal confusão...»

«Onde?»

«Bem, no meu espírito. Não compreendo a razão...»

«De quê, Lisa?»

«A razão por que vou casar com o Ernesto Laje. Disse-lhe hoje que sim, estava certa de que concordavas.»

Primeiro ficou a olhá-la como que aparvalhada.

A Lisa? O Ernesto Laje? Vou casar, dissera ela. Disse-lhe hoje que sim, estava certa de que concordavas. Os pensamentos haviam-se-lhe baralhado e não achava ponta por onde lhes pegar. O Ernesto Laje?

«Mas podia ser teu pai. És uma criança, Lisa.»

O podia ser teu pai voltou-lhe de ricochete. «Esse homem é meu amante!», gritou em silêncio, mas o seu rosto permaneceu sereno. Poderia sequer dizer «é meu amante»? Foi, isso sim, foi, uma tarde, que não iria repetir-se mesmo sem Lisa. Uma tarde que a enchia de vergonha póstuma. «Não pode ser, filha!», disse por fim.

«E porque é que não pode ser?»

«Podia ser teu pai, já to disse. E, depois, há a Manuela, com quem vive há muitos anos, que é como se fosse sua mulher.»

«Mas não o é, mãe. De resto, já estavam praticamente afastados, ele contou-me. Não era mulher para ele. Um erro da juventude e depois remorsos de a deixar.»

«Tu também vais fazer um erro da juventude, Lisa. O Ernesto tem quarenta e dois anos. Daqui por dez anos é um velho, e tu tens vinte e sete. Ou tu ou ele vão ser infelizes. Pensa bem.»

«Já pensei. Levei a noite a pensar. E *eu* hei de ser feliz.»

«Falaste com a avó?»

«Com a Ana? Para quê? Vai ficar louca de alegria.»

Dora Rosário baixou a cabeça. «Vai? Talvez. É possível. Mas eu sou tua mãe, devo aconselhar-te.»

«Mãezinha, adoro os teus conselhos. São sempre tão sensatos... Mas olha que eu ainda sou mais sensata do que tu. Casaste com um homem pobre e preguiçoso. Não! Ouve, a própria Ana já me disse que o pai era preguiçoso, nunca fez nada na vida, nunca quis. Eu vou casar com um homem rico, ativo e que gosta de mim. Tu ficaste a ruminar os bons tempos, como se fossem saborosos. Sou mais sensata. Isso da idade, depois se verá. Há tempo, há muito tempo.»

«Como resolveste isso?», perguntou Dora ao fim de um longo silêncio, quando recuperou as palavras.

Encolheu os ombros: «Apareceu lá em casa a saber de ti. No dia seguinte levou-me bombons. Está louco. Quanto a mim...»

«Quanto a ti?»

«Começo a gostar dele, a procurar razões para isso e a encontrá--las. Ainda é um bonito homem, apesar dos cabelos brancos que já tem. Obrigá-lo-ei a pintá-los e pronto. Ou resolverei não os ver. É inteligente. É agradável viver com uma pessoa inteligente. O seu nome é conhecido. Também é agradável usar um nome de certo modo célebre. Ganha muito. Posso viajar, ter joias, casacos de peles, essas coisas com que nem me atrevia a sonhar. Joias e casacos como a mãe da Madalena. É verdade, o Jaime! Vai ficar desiludido, coitado.»

«Não gostavas mesmo nada dele, do Jaime?»

«Já te disse que não. Era um rapaz aborrecido.»

«É pena.»

«Será?»

«Voltemos ao caso da Manuela.»

Voltou, disse-me naquele dia. E Lisa ouvia-a atentamente. «Uma mulher que deu àquele homem a sua vida inteira. Era casada e deixou o marido para ir viver com ele. Foi só por isso que nunca casaram, só por isso. E agora vais fazer com que ele a deixe?»

«Já a deixou. Ontem. Antes mesmo de saber a minha resposta. Não queria que eu pudesse ter remorsos, poupou-me a isso.»

«Tudo ainda se pode compor. Ele pode voltar. Sempre gostou da Manuela. Tinha aventuras, mas era para ela que voltava sempre. Ela agora tem quarenta e muitos anos e uma vida cortada. Cortada por ti, não gosto disso. Telefona-lhe, Lisa, diz-lhe que pensaste melhor, que é impossível. Hoje mesmo, quando chegarmos a casa. Sim, Lisa. És tão nova, uma criança.»

«Não, creio que não vou telefonar-lhe a dizer isso. Na verdade, creio que não vou.»

A freira entrou nesse momento com a enfermeira atrás e perguntou se já queriam que fossem chamar o táxi. Dora Rosário acenou que sim e levantou-se com esforço, enquanto Lisa pegava na mala. As criadas estavam todas no corredor para a despedida e a consequente gratificação. Dora Rosário, porém, mal as viu. Era um simples autómato a quem houvessem dado a corda suficiente para o percurso.

Tinha acabado de se deitar e de fechar os olhos – a felicidade de uma cama, ali, à sua espera – quando a sogra e a tia Júlia chegaram. Sentaram-se logo e pediram todos os pormenores do acidente. Na casa de saúde não tinham querido obrigá-la a falar, mas agora já estava melhor, quase boa, e elas cheias de curiosidade. O carro havia derrapado ou batido numa árvore? O doutor Laje tinha a mania das velocidades, não?, perguntou a tia. A sogra fez um pequeno discurso contra essa gente irresponsável que põe constantemente em perigo as próprias vidas e as dos outros. E, como para ela a palavra «ultrapassagem» tinha um sentido quase demoníaco, perguntou: «Quis ultrapassar alguém, não? É o costume.» Prosseguiu sem esperar pela resposta: «Todos os dias leio no jornal. A maior parte dos desastres é motivada por ultrapassagens, é sabido.» Depois, baixando um pouco a voz, perguntou: «Ouça cá, esse doutor Laje não vive maritalmente com uma filha dos Lewis, das fábricas Portofino?»

«Vive, sou amiga dela.»

«Ah, não sabia.»

Disse aquilo e ficou calada como agora lhe sucedia muitas vezes, depois de falar. Esquecida do assunto em que estava. Perdida no deserto e quase agradavelmente. Os olhos semicerravam-se-lhe, a boca entreabria-se-lhe e parecia ter entrado suavemente as portas do sono. Era uma máscara mortuária, que alguém, sem respeito pelo seu significado, se entretivera maliciosamente a pintar a vermelho e negro, com um toque azulado nas pálpebras fartas, tombadas. Estava a cair na senilidade, embora muito levemente, quase sem se dar por isso. A tia Júlia deu-lhe uma leve cotovelada: «Acorda, mulher!», e ela teve um sobressalto, compôs logo um sorriso. «Ora esta, não dormi nada de noite e estou com sono, estou na verdade com sono. A Dora desculpe, até é esquisito!»

Lisa colocou-se então no meio do quarto, fez uma reverência e disse: «Ana, o teu sono vai-se embora. Tão certo como eu chamar-me Ana Luísa. O teu sono vai transformar-se em entusiasmo, em euforia. Ana, levanta-te e vamos dançar.»

«Está maluca de todo!», riu a sogra.

«Não estou, vais ver. Estou cheia de juízo. Vou fazer muitas coisas e enquanto fores viva. Vais ver, Ana. Muitas coisas.»

«Que coisas, tonta?»

«Viagens, todas as que eu quiser, uma casa em Lisboa e outra em Sintra, na serra, com pis-ci-na, para passar os fins de semana, um ou mais casacos de *vison*, do autêntico, daquele levezinho, joias... Que tal te parece como aspeto geral?»

«Lisa!», disse Dora Rosário, sentando-se com esforço na cama. «Cala-te, por favor. Lembra-te do que eu te disse.»

«Ora, mãe. Não me disseste coisa nenhuma que eu não soubesse.»

E como a sogra perguntasse o que acontecera, porque não estava a perceber nada, ela riu alto, começou outra vez a dançar.

«Para!», gritou então Dora Rosário, pondo as mãos nos ouvidos. E os seus olhos brilhavam e saltavam. «Para!» E logo depois: «Sai imediatamente, quero ficar só. Saiam todas, todas, quero ficar só, só, ouviram?»

Aquilo era absolutamente único. A sogra saiu logo, bruscamente, atirando para a frente o seu grande corpo balofo. «Deu alguma pancada na cabeça», resmungava enquanto ia andando.

«Que, na verdade, estavas a ser irritante, Lisa. Ouve cá, a propósito, que querias tu dizer com toda aquela algaraviada?»

«Que me vou casar, Ana.»

«Tu!», berrou a avó.

«Com o Ernesto Laje.»

Ficou silenciosa, meditando.

«Mas ele vive...», ia arriscar, já em voz baixa.

«Já não. Vivia.»

«Ah!»

Outro silêncio em que os olhos se lhe fecharam e ela pareceu mais do que nunca uma máscara. «Creio que fazes bem», disse por fim. «Dá cá um beijo, que o mereces.»

Imagino esta cena, que Dora Rosário não me contou porque não estava presente. Ficara no quarto a tapar metaforicamente o ouvido com a única mão de que dispunha. Quero ficar só, tinha dito também. Tanta gente que queria ficar só nos últimos tempos.

A filha casara havia quase um ano e com grande aparato na Basílica da Estrela (sonhava – havia pouco tempo – com uma coisa assim), quando ela telefonou a perguntar se podia vir a minha casa. Precisava de me ver com urgência. Disse-lhe que sim e ela apareceu no apartamento de duas divisões, cozinha e casa de banho onde estou atualmente a morar. Era uma Dora Rosário bastante diferente da Dora Exército de Salvação e da Dora mulher-ainda-com-futuro que se lhe seguira sem evolução sensível, a que estava ali para se reabilitar, e à filha, na medida do possível. A cicatriz, oblíqua, da fronte a meio da face, desfigurava-a, e ela perdera o ar cuidado da época que se seguira à conversa noturna com a sogra. Era uma Dora que usava saias curtas e se pintava (apressadamente e quase sem olhar para o espelho porque aquilo que via não lhe agradava muito), mas com algo da fase precedente. Os seus cabelos eram outra vez presos na nuca, as meias tinham malhas caídas e os sapatos saltos cambados. Os seus olhos passavam do apagado quase total de casa vazia ao brilho excessivo de quando se exaltava um pouco.

«E tu?», perguntei quando o último capítulo terminou.

Encolheu os ombros vagamente. «Por aí ando.»

«O *Museu*?»

Fez um gesto de ignorância. «O patrão achou que ultimamente eu não lhe dava a assistência necessária… Talvez não desse. Houve umas dificuldades, faltou dinheiro... Agora estou numa casa de móveis, nem se lhe pode chamar assim. Vendo móveis em branco, por acabar, colchões, divãs.»

«Tens um genro rico.»

«Tenho. A secretária entrega-me todos os meses uma pequena pensão.» Corou intensamente, declarou: «Nota que a Lisa insistiu muito para eu ir viver com ela, mas bem vês... De resto nunca gostei de estar em casa dos outros. Depois têm sempre muita gente, jantares, reuniões, e agora que a criança vai nascer...»

«Ah», disse eu.

«Não sabias?»

«Não. Não sabia. O Ernesto deve estar contente. Sempre desejou ter um filho.»

«Creio que sim, que está.»

Levantou-se e estendeu-me lentamente a mão. Depois disse com um leve suspiro: «Adeus, Manuela, e desculpa. Enfim, quero dizer...»

Não achou o que queria dizer e eu não a ajudei nessa busca. Abri-lhe a porta, fui à janela vê-la, não sei bem porquê. Estava a chover e ela uma mulher cinzenta, um pouco curvada, perdida na cidade deserta depois da peste e do saque. Reparei que o seu caminhar era incerto e hesitante, às guinadas, como se estivesse levemente embriagada ou ainda não tivesse acordado totalmente de um longo sono.

A chuva continuava, uma chuva mansa e igual, quase lenta, sem interesse em tombar, escorrendo como que passivamente de um céu doente e velho, lacrimejante, fatigado de existir. Era um dia igual a tantos, agora que eu vivia só. Mais um número a subtrair à minha conta-corrente.

O SEU AMOR POR ETEL

O SEU AMOR POR ETEL

Para uma pessoa, Etel era a mais bela e desejável das mulheres. Ela, porém, ignorava-o. Se o soubesse, se tivesse ao menos uma leve suspeita daquilo que os olhos dele, demorando-se nos seus olhos, procuravam em silêncio revelar, às vezes esconder, outras insinuar a medo, se isso acontecesse, é natural que o fitasse com mais atenção, um pouco estupefacta da ousadia, ou deixasse mesmo – voluntária e definitivamente – de o olhar e de falar com ele. Porque Vitorino, embora frequentasse o último ano da escola comercial, nem por isso deixava de ser para a «gente bem» da cidade, categoria essa em que Etel estava incluída, o filho do antigo cozinheiro do hotel. Como, porém, não sabia nem suspeitava do que quer que fosse, Etel continuava a falar-lhe com um à-vontade desolador – ou consolador – e mesmo a perguntar-lhe, com o seu ar afável mas distante de rapariga bem nascida, se, como se dizia, ele sempre namorava a Fulaninha. Tantos outros baldes de água fria no coração amante de Vitorino, que fazia o possível por sorrir, mesmo amarelo, e responder qualquer coisa adequada, no mesmo tom inócuo e puramente lúdico.

Nos dias em que se travavam esses diálogos mais ou menos tontos, mas para ele tão preciosos, regressava sempre a casa calado e amargo após o entusiasmo, e com uma grande vontade de morrer. Eram os dias em que, fechado à chave no seu quarto modesto, passava em revista, estudando-lhes os prós e os contras – primeiro uns, depois os outros –, todas as possibilidades de pôr termo àquela existência morna e sem interesse onde nunca haveria Etel: o gás, os pulsos cortados com uma lâmina, o tubo da Aspirina. Pensava também, minuciosamente, recitando a meia voz algumas frases mais significativas, na carta que escreveria a Etel nos últimos instantes, confessando-lhe o seu desesperado amor. Estacava sempre, porém, a boa distância do precipício. Tentava-o, afinal de contas, a vida ainda não vivida e o desejo de tornar a ver Etel, de falar novamente com ela, mesmo de assuntos superficiais e dolorosos, que nunca conduziriam a nada.

Em dias mais serenos, sobretudo quando não a encontrara, conseguia encarar, quase friamente e com a objetividade necessária, o seu caso, e mesmo troçar um pouco de si próprio. Como podia Etel amá-lo?, pensava nesses dias. Era feio, pobre, de baixa condição. Nunca fora excecional em coisa alguma, e na escola comercial ia passando à justa. Ora não havia na cidade, por mais que pensasse, ninguém que merecesse Etel. Se ela gostasse dele, não seria quem era. Porque não afastar então esse estúpido sonho que tomara posse do seu corpo e do seu coração?

Isto pensava-o Vitorino em dias calmos. Mas depois encontrava-a, falava com ela, falavam-lhe dela e tudo voltava ao mesmo. A mãe olhava-o às vezes tristemente, quando o julgava distraído. Saberia do seu amor por Etel? Cria bem que não. No entanto, certa noite, beijou-o mais demoradamente quando lhe foi ajeitar a roupa, e depois sentou-se mesmo na borda da cama e falou-lhe de certa rapariga que era boa e bonita, um encanto, mesmo talhada para ele.

«Mas eu não me quero casar, mãe», disse Vitorino, encolhendo molemente os ombros.

«Todos se casam!», respondeu ela com um suspiro resignado, levantando-se. «Todos. Mais tarde ou mais cedo.»

Foi no dia seguinte que ele soube que Etel fora muito vista na última semana com um engenheiro de apelido inglês, recém-chegado à cidade, onde ocupava um cargo importante numa grande empresa.

Sempre pensara que nunca teria Etel para si, mas não lhe ocorrera que outro homem a conquistasse com tanta facilidade. Do pé para a mão, por assim dizer, e de maneira tão ostensiva que as vizinhas afiaram as línguas e se puseram a utilizá-las com atividade excecional. Foi um choque terrível para Vitorino. «Não pode ser», dizia sozinho, de cabeça nas mãos e a soluçar. «Não pode ser.»

Podia. E passou a encontrá-la por toda a parte, sozinha com o engenheiro, um homem alto e muito bem vestido que lhe pareceu odiosamente sedutor.

Agora que Etel estava perdida para ele e de certo modo para o pequeno mundo de que faziam parte, a ideia da morte deixou de obcecar Vitorino. Morrer tornara-se por assim dizer um ato gratuito. Ela era tão feliz que talvez nem desse pelo seu desaparecimento, e a carta que lhe escrevesse o mais que podia era provocar nela um «pobre rapaz!» dito ou pensado de passagem, à pressa. Ou talvez que, para se fazer valer, também era possível, a mostrasse ao noivo. Seria uma boa peça para o seu palmarés de mulher. Poucas se podiam gabar de a possuir.

Vitorino viveu, portanto, mas desinteressadamente. Perdeu o ano. O padrinho, que lhe pagava os estudos – o pai morrera era ele pequeno –, retirou-lhe então a mesada. Que trabalhasse, não era mais do que os outros e a ele ninguém lhe tinha pago um curso. Vitorino empregou-se. Entretanto, pessoas nasciam e morriam, pessoas amavam-se e esqueciam-se. Ele continuava a amar Etel.

«Porque não lho disseste enquanto era tempo?», perguntou-lhe a mãe, com quem um dia, por fim, se abrira.

Ele não respondeu, porque isso era difícil e não sabia muito bem o que havia de responder. Dizer-lho? Ele, Vitorino? E sabia que uma razão houvera, e bem forte, para se ter calado. Não queria, no entanto, pensar nisso, receava tais pensamentos e as conclusões a que eles o podiam conduzir.

Um dia qualquer o engenheiro anunciou a sua partida, e os notáveis da cidade ofereceram-lhe um almoço de despedida com lagosta e discursos laudatórios. Depois, logo a seguir, começou a constar que o seu caso com Etel havia acabado e que pedira a transferência de propósito para se ver livre dela. Humilhada, Etel não apareceu no primeiro baile da época e as outras raparigas sorriram discretamente. «Coitada!», lamentaram-na sem piedade. «Já se via casada com o engenheiro. Ela que com toda a sua pose não tem onde cair morta.» – «O que se lhe havia de meter na cabeça», comentaram as mães, esparramadas nas cadeiras de palhinha em volta do salão e vestidas com os seus trajes domingueiros, a estalar pelas costuras porque todas elas tinham engordado ultimamente. Sentiam-se um pouco felizes com aquele fracasso sentimental, porque as filhas delas nunca tinham tido um pretendente tão categorizado. Uma das senhoras, a mãe da rapariga «que era mesmo talhada para ele», chamou Vitorino de parte e perguntou-lhe em grande mistério se já sabia «da Etelvina».

«Não, o que foi?», disse ele, fingindo um à-vontade que estava longe de sentir.

«Que acabou o namoro com o engenheiro. Enfim, que ele acabou o namoro com ela, o que não é bem o mesmo.»

«Ah, sim, ouvi qualquer coisa.»

«E é só esse o efeito que lhe faz?», exclamou a dama, mostrando os dentes muito brancos sob o buço forte. «Estes homens são verdadeiros cataventos. Um dia para o sul, no outro para o norte. Ah, a pobre Etelvina não tem muita sorte com os apaixonados!»

Vitorino riu um pouco, para tomar uma atitude, e depois foi dançar com a rapariga talhada para ele, que também lhe falou de Etel com voz doce e alguma ferocidade. Aquela pobre Etelvina, tão boa rapariga, não é verdade, e bonita, sem dúvida, mas não prendia homem nenhum, ele já tinha reparado? Havia mulheres assim e a Etelvina era uma delas. Lamentava-a sinceramente porque era muito, muito sua amiga.

Ele dançava apertando-a muito contra si, cheio de raiva inconsciente. Apertava-a tanto que ela se desprendeu e se quis ir sentar, dizendo-lhe que se sentia um pouco tonta. Mais tarde contaria que o filho do cozinheiro tinha sido atrevido, ora vissem lá, sem compreender que ele a apertava contra si por ódio.

O afastamento do engenheiro alegrara-o bastante e restituíra-lhe, ao mesmo tempo, a antiga angústia. No escritório muitas vezes lhe chamavam a atenção porque se esquecia do que estava a fazer e o seu olhar atravessava as pessoas e as paredes, fugindo para bem longe daquele lugar.

«Então, senhor Vitorino, essa carta? Em que diabo está o senhor a pensar?»

Em Etel, evidentemente, mas isso ignorava-o o patrão, que não descia a interessar-se pela vida privada dos seus assalariados e muito menos pela sua vida amorosa. Vitorino regressava sempre sobressaltado e pressuroso à velha secretária onde habitava, e comunicava a uma firma qualquer de responsabilidade limitada qualquer coisa que não tinha para ele o mínimo interesse. Depois escrevia «muito atento, venerador e obrigado» e levantava-se, a fim de entregar a folha em mão própria ao patrão para ele se dignar rubricá-la.

Um dia Etel voltou a aparecer nos bailes do Casino e riu e brincou como dantes, embora houvesse um véu de melancolia, invisível para a maioria das pessoas, sobre essa alegria aparente. «Então, ouvi dizer que estás apaixonado pela Cicrana. É verdade?» A Cicrana era a rapariga talhada para ele e Vitorino respondeu que se dizia muita coisa falsa e pensava: «É de ti que eu gosto, Etel, só de ti.»

Ela, porém, não compreendia pensamentos, mesmo violentos e gritados como os de Vitorino. Por isso o olhava interrogativamente, de sobrancelhas altas e uma ruga na testa muito branca.

«Bem, adeus!», acabou por dizer, afastando-se nuns braços quaisquer, ao ritmo de um samba. «Até um dia destes.»

«Até um dia destes, Etel.»

Porque nem mesmo se atrevera a pedir-lhe que dançasse com ele.

O patrão despediu-o no fim do ano, porque o achava incompetente, e Vitorino colocou-se numa loja de fazendas. As freguesas, porém, não gostavam dele e todas queriam o outro empregado, um homenzinho calvo, obsequioso e ativo, que tinha autoridade para fazer dez por cento ou para deixar ficar na conta.

Vitorino não sofria por se sentir tão ostensivamente posto de parte. Estava habituado e considerava isso natural. O contrário, sim, espantá-lo-ia, talvez mesmo o assustasse. Depois, a loja ficava precisamente na rua onde Etel morava, e ele podia vê-la passar várias vezes ao dia e até sorrir-lhe, quando ela se detinha a olhar para a montra.

Um dia, o padrinho morreu e, para espanto de todos e indignação de muitos, deixou a Vitorino tudo o que possuía. Era a riqueza. Que faria com tanto dinheiro? Não era ambicioso e nunca lhe passara pela cabeça que tal coisa pudesse acontecer, porque o padrinho fizera sempre constar que a sua fortuna iria para casas de caridade. Vitorino não se habituara, pois, a sonhar com bens materiais, faltava-lhe o treino. Pareceu-lhe por isso muito difícil e embaraçoso o seu futuro de homem rico. Teria rendas a receber, contribuições a pagar, o diabo. E hesitava sobre se continuaria ao balcão da loja ou montaria um negócio por sua conta.

«Porque não casas com a Etel?», perguntou-lhe um dia a mãe.

Vitorino olhou-a num grande espanto.

«Com a Etel?», repetiu pasmado.

«Sim, com a Etel, porque não? O que é ela mais do que tu, uma rapariga que não tem onde cair morta?», disse a mãe, já na sua nova perspetiva de mulher rica.

Vitorino sentiu o coração bater-lhe com força no peito e de momento não soube o que dizer, nem em que pensar. Depois foi serenando a pouco e pouco e deixou-se ficar onde estava, a coordenar as ideias. A mãe voltara para a cozinha (porque se recusara terminantemente a meter criada) e ele ficou só com os seus pensamentos. Porque não, afinal de contas?, acabou por perguntar receosamente a si próprio. Etel era pobre, embora de boas famílias – gente fina, como se dizia –, e, depois daquela história com o engenheiro, ninguém mais tinha aparecido a procurá-la. Porque não *lhe pediria* que casasse com ele?

Nos dias seguintes aperfeiçoou as suas meditações e resolveu que lhe falaria no domingo. Mas, conforme os dias iam passando e o domingo ia ficando mais próximo, foram aumentando os receios de Vitorino. Qual seria a resposta dela? Dir-lhe-ia, naturalmente, que não, nem outra coisa era de esperar. Etel era Etel e ele era ele, um pobre rapaz que por acaso recebera muito dinheiro e nem sequer sabia como gastá-lo, nada podia haver de comum entre ambos. Etel dir-lhe-ia que não, mas como?, de que palavras se serviria? Vitorino sabia, porém, de um saber lá de dentro, que ela ficaria de certo modo feliz vendo-se amada mesmo por ele. Andava tão deprimida nos últimos tempos... A sua alegria era tão falsa e tão ansioso o seu olhar azul...

Telefonou-lhe pois no domingo e a sua mão tremia ao marcar o número dela.

«Está?», ouviu-a dizer.

«Sou eu, o Vitorino. Desculpa se te incomodo, mas tenho uma coisa importante para te perguntar.»

Ela ficou espantada.

«Importante, dizes tu?»

«É que gosto de ti. Queres casar comigo?»

Dissera aquilo assim de repente, com ar de quem pede desculpa, porque tinha medo de se arrepender ou de a sua timidez o atraiçoar, impedindo-o de ir até ao fim. Do outro lado houve uma pausa e depois a voz de Etel perguntou, um pouco sumida:

«Isso é verdade?»

«Foi sempre verdade. Desde que te conheço. Mas tive receio. Nota que eu acho natural que tu...»

Etel interrompeu-o e disse:

«Creio que vou casar contigo, Vitorino.»

Ele ouviu-a e ficou hirto e vazio de pensamentos e de palavras. Quando pôde falar, quando isso lhe foi possível, murmurou uma frase confusa em que queria mostrar a sua alegria e despediu-se apressadamente. Qualquer coisa como: «Estou muito feliz, Etel. Até amanhã.»

Foi tudo. Depois desligou o telefone e sentou-se. Ficou assim longo tempo, como que esquecido, e sentia-se triste, desconsolado e árido. A mãe apareceu a limpar as mãos ao avental e perguntou-lhe se tinha falado. Depois, vendo-o tão abatido, pensou que Etel se lhe negara. «Que respondeu ela?», perguntou, apesar disso, ressentidamente.

Ele não respondeu, talvez mesmo não a tivesse ouvido. A última frase que tivera eco em si não fora sequer a sua «Estou muito feliz, Etel» – feliz, ele! –, não fora essa, mas a que ela lhe respondera e que ele nunca pensara ouvir um dia: «Creio que vou casar contigo, Vitorino.» Palavras de Etel, como era possível?

A mãe, na sua frente, falava. Ele ouviu-a, de súbito, dizer-lhe que não se ralasse, que essa toleirona (era a Etel que se referia) não era afinal de contas nenhuma perfeição, tinha quase trinta anos e dera muito que falar com o tal engenheiro. Ele, Vitorino, podia arranjar melhor. E Vitorino compreendeu, de súbito, que Etel tinha a idade que a mãe dissera, não era tão bela como ele durante anos a vira e muita coisa se tinha dito a seu respeito. Sentiu também que deixara de a desejar e que o seu rosto, que sabia de cor, e que a sua voz, que há pouco lhe dissera ao ouvido as palavras tantas vezes sonhadas, tinham de súbito deixado de ter para ele qualquer significado profundo e eram uma cara e uma voz como tantas outras.

A FLOR DA VIDA

O homem caminha sem pressa nem objetivo aparente. Às vezes retarda um pouco o andamento, fica quase parado, olha irresoluto para a esquerda e para a direita, hesita como quem não sabe qual será o caminho melhor. Dir-se-ia que anda por andar, talvez para gastar o tempo ou por não ter outra alternativa, e qualquer dessas razões é estranha àquela hora da manhã de um dia tão frio de inverno, em que as pessoas inativas ou adiantadas não vão deambular pelas ruas. À exceção daquele homem, todos caminham apressadamente, com urgência de chegar a um lugar determinado – o destino de cada um.

É um homem como qualquer outro, com uma mala na mão. Muito pálido – macerado – e sem idade. Absolutamente sem idade. Trinta anos envelhecidos? Cinquenta anos bem conservados? Veste uma indumentária estranha. Sobretudo azul-escuro, muito comprido e levemente cintado, calças largas que quase lhe cobrem os calcanhares e chapéu com a aba mais larga do que é costume nos chapéus. A mala é de boa qualidade, mas acusa o tempo, que tirou o brilho aos fechos e endureceu o cabedal de que é feita, cobrindo-o de manchas escuras, de humidade.

As mãos do homem estão decerto geladas, porque ele, de súbito, se detém, põe a mala no chão e as esfrega uma na outra durante algum tempo, como para lhes ativar a circulação. Olha então em redor e avista do outro lado da rua, para além do automóvel que passa, um pequeno café que abre naquele instante as suas pesadas pálpebras de ferro. Depois de um breve instante de expectativa, ou melhor, de meditação, o homem atravessa a rua, levemente curvado ao peso da mala.

Agora colocou-a ao seu lado, tão cautelosamente como se ela fosse frágil, senta-se e fica à espera. Não faz estalar os dedos nem chama o criado com o olhar. Fica placidamente à espera como quem tem o hábito de longas, infinitas esperanças.

O criado aproxima-se devagar, abrindo a boca, e passa a rodilha sobre o tampo da mesa. Esse é, decerto, um gesto automático, porque àquela hora ainda ninguém sujou coisa alguma. Isto pensa o homem enquanto ouve dizerem-lhe «Que tempo!» e enquanto responde «É verdade, que tempo», sem pensar o que diz, embora o diga com relativo entusiasmo. O criado prossegue:

«Há quinze dias que isto dura. Quando mudará?»

O homem repete:

«Quando?»

«O que deseja?», pergunta então o criado.

Ele fica indeciso, não sabe logo o que quer nem mesmo se quer alguma coisa. O que desejava acima de tudo, quando ali entrou, era estar sentado num lugar calmo onde não fizesse frio e se falasse de coisas simples e verdadeiras como o tempo. Acaba por pedir uma aguardente velha e bebe-a em pequenos goles pausados, refletidos. Aquele sabor traz-lhe recordações e ele deixa-se arrastar por elas, embalar por elas. Depois levanta-se e dirige-se para o telefone.

Marca um número, mas desliga logo a seguir. Marca depois outro e o coração bate-lhe apressadamente. Quando pronuncia o nome do velho amigo, sente que a voz lhe treme e tem de repetir a pergunta porque não o compreenderam, é natural. A voz risonha, um pouco ensonada, que ele bem conhece, que ainda conhece ao fim de tantos anos, diz além-fio:

«Esperava tudo – tudo – menos que ainda me viessem perguntar por ele, assim, com toda essa naturalidade. Se está... É incrível. Quem é o senhor, enfim, como se chama? A sua voz diz-me qualquer coisa... Um amigo? Um amigo e vem-me perguntar se ele está?»

O homem evita a resposta direta e diz-lhe que ela o não conhece e que o seu nome nada lhe diria.

A voz duvida: «Nada?»

«Nada.» A falar verdade não é bem um amigo mas um simples conhecido que precisava de lhe falar, que precisava urgentemente de lhe falar. Como havia de ser?

A voz ri um pouco. «Falar com ele? Não vai ser fácil, nada fácil. Que tal se se dirigisse à secção dos objetos perdidos?»

«Perdeu-o?», diz o homem, levemente perplexo.

«À volta disso. É uma longa história.»

«Não quero ser indiscreto. Só desejava...»

Houve um longo suspiro.

«Se é amigo dele... Ou conhecido, ou isso. Divorciámo-nos, aí está. Há dez anos. Só sei dizer-lhe que está em África. Leopoldville, Stanleyville, Brazzaville, qualquer coisa assim. Eu e a geografia! Não lhe posso ser de grande auxílio, como vê.»

O homem pede desculpa e ela ri mais, com afetação e já absolutamente nada ensonada. «Ora, não se preocupe. Eu já perguntei a um viúvo pela mulher. É quase a mesma coisa.»

«Sim, tem razão. É quase o mesmo.»

O homem paga e sai. O frio desce novamente sobre o seu corpo, envolve-o todo e ele deixa-se envolver. Pensa no amigo que partiu e que nem mesmo procurou vê-lo ou pelo menos dizer-lhe uma palavra, dizê-la à irmã (ou à mãe, que então ainda era viva), para que lha levasse. Divorciou-se, partiu. Vive numa cidade africana que termina em ville. Ela e a geografia!

Não há no céu uma réstia de azul, é tudo nuvens cinzentas e um vento frio, agreste, que magoa, com o qual é preciso lutar. Mas o homem está, de repente, cansado e incapaz de lutar, mesmo com o vento. Sente que não pode dar mais um passo. Está também, que estranha sensação, levemente embriagado, mas não sabe se é da aguardente que tomou – tão pouca –, se de todo aquele ar que lhe entra em lufadas nos pulmões desabituados de ar livre, melhor, de ar agitado, inquieto. Chama então um táxi e manda seguir para casa de Maria, sua irmã.

Carrega com o dedo frio, tão branco, exangue, no botão metálico e a porta entreabre-se. Vê então pela fresta que vai aumentando, que a certa altura estaca, o rosto dela seccionado, só a parte do meio – um pouco dos olhos, o nariz, a boca entreaberta, estupefacta –, e ouve também uma exclamação abafada. Depois é a voz dela, quebrada pela emoção e pelo espanto.

«Meu Deus, és tu!»

«Sou eu», afirma o homem. «Quis fazer-te uma surpresa. Ainda liguei, há bocado, de um café, mas depois arrependi-me. Quis fazer-te uma surpresa, Maria.»

A porta vai-se abrindo mais e ela diz: «Entra. Entra depressa!»

O homem penetra num corredor largo onde a atmosfera é quente e o cenário acolhedor, tão íntimo. Os braços roliços dela envolvem-lhe o pescoço, as suas mãos puxam-lhe a cabeça para baixo e ele sente no rosto a doce pressão dos seus lábios frescos. Depois entra na sala de estar para onde a irmã o conduz e senta-se na cadeira de braços que ela lhe indica. A mala ficou no corredor.

«Que vais fazer agora?», ouve-a perguntar.

«Não sei ainda. É cedo.»

«Ah.»

«Talvez penses...»

Ela interrompe-o:

«O quê?»

«Que tive muito tempo para fazer projetos, para ver os prós e os contras de todos os projetos», diz o homem. «Pois bem, tive. Mas ainda não sei.»

Há um silêncio e o homem aproveita-o para passear o olhar em volta, reconhecer a mesa redonda de tampo de mármore, a cadeira de baloiço, o retrato de mulher onde por fim se detém.

«Sofreu muito, não é verdade?», pergunta.

Maria acena afirmativamente. «Tinha hoje uma grande alegria», diz então. «Nunca mais foi a mesma.»

O homem baixa a cabeça. «Sim, decerto», diz. Diz sempre aquilo quando não acha que dizer. Sim, decerto. Por fim encontra mais algumas palavras. «Ela nunca compreendeu...»

Maria interrompe-o:

«Não podias exigir-lhe isso, pois não?»

«Creio que não. Entre os pais e os filhos haverá sempre um fosso. Às vezes são só vinte anos de idade mas isso não interessa. O fosso lá está. É feito pelo facto de se ser pais e filhos.»

«Nunca dei por ele», diz Maria.

«Sim, decerto», repete o homem.

Ela olha-o fixamente e depois desvia o olhar como que envergonhada. De quê, irmãzinha?, pensa o homem sorrindo mas com uma leve tristeza. Vê-a, porém, torcendo as mãos, as suas mãos pequenas de menina, e o sorriso desfaz-se-lhe, porque sabe que aquilo não é nela um gesto habitual, mas um indício de sincera aflição.

«Gostava que ficasses», diz ela em voz trémula. «Gostava tanto. Também nunca compreendi nada, mas gostava...»

«O teu marido, não é?»

O homem vê-a olhar de relance para o relógio e ouve-a dizer: «Ainda temos tempo. Nunca chega antes do meio-dia. Fala-me de ti.»

Ele descansa nela um longo olhar cansado. Não se mostra irritado nem sentido. O sorriso que tem aos cantos da boca é um simples sorriso sem mais complicações. Está sentado numa cadeira sua conhecida, em casa da irmã, a única pessoa de família que lhe resta, e olha-a longamente como se só agora, por fim, a visse. Quando aquilo sucedeu era ela uma criança e estava ele, como a mãe dizia, na flor da vida. Depois viu-a várias vezes, não muitas e nunca a sós. Soube que tinha feito o sétimo ano do liceu, depois que tinha um namorado muito-bom-rapaz, em seguida que ia casar, mais tarde que tinha casado. Não reparou, no entanto, durante essas visitas – pouco frequentes e cada vez mais raras –, não reparou, apesar de a saber casada, que se tornara uma mulher a sério, e agora espanta-se ao vê-la tão fêmea, tão desabrochada, tão bem pensante que pede (indiretamente, é certo) ao irmão recém-chegado que se vá embora antes do meio-dia, para não perturbar com a sua indesejada presença a paz de espírito do seu homem.

«És feliz, não és?», pergunta.

«Sou muito feliz.»

«Ainda bem, Maria. É o que é preciso.»

Pergunta-lhe por várias pessoas conhecidas, mas todas elas desapareceram mais ou menos da órbita dela. E as que ficaram, ficaram pouco.

«A Dina?»

«Tem três filhos. Engordou muito.»

«Ah!»

«Fala-me de ti», pede-lhe ela.

«De mim? Mas não há nada a dizer. Nada, na verdade. Saí hoje e passei aqui para te dar um beijo, só isso. Agora vou indo.»

Ela está quase a chorar e as mãos giram-lhe mais velozmente uma em redor da outra.

«Gostava que ficasses. Se dependesse de mim...»

«Eu sei, Maria. Não te preocupes, não vale a pena.»

Levanta-se, curva-se um pouco para a beijar.

«Ainda é tão cedo», balbucia ela.

«São horas. Tenho que fazer.»

«Tens? Espero que ao menos agora...»

«Sim, sim, decerto.»

«Não precisas de nada? Posso emprestar-te algum dinheiro. Não é muito, não somos ricos... Em todo o caso...»

«Obrigado, não é preciso. Até um dia destes.»

Beija-a de novo, pega na mala e começa a descer a escada.

Outra vez aquele frio agudo que penetra na carne e também a chuva que começou a cair. O homem vai andando, outra vez sem objetivo, e pensa noutras pessoas do seu tempo que não vale a pena procurar. Dina, sua noiva, que casou dois anos depois, os colegas talvez bem colocados, prósperos, quem sabe? E talvez serenos, sem problemas, com a placidez quase hierática das boas digestões. Barriga grande, riso quieto. Budas, enfim. Vai procurá-los, em todo o caso. Precisa de comer e portanto de trabalhar.

Olha sem a ver para a mulher esfarrapada que vende lenços de plástico e que ri largamente, de orelha a orelha. Ri daquele gajo, que tipo, hã? E o penante? O penante é dum cómico...

O homem sorri em frente a coisa nenhuma e continua, fustigado pela chuva, fatigado pelo peso da mala, o seu caminho incerto.

LEVO-OS NO MEU CORAÇÃO

Eram leves, macias massagens dadas por mãos hábeis, invisíveis, que vinham, estavam e logo se iam embora para voltarem outra vez daí a cinco, a dez minutos, a meia hora nos dias melhores. Dores que chegavam em onda, cresciam, ficavam redondas, logo refluíam. Ele gemia, entretanto, ao de leve, baixinho, às vezes com impaciência, que estranha música de fundo. Depois era um suspiro e o silêncio. Ficava à espera de que elas voltassem, essas mãos cruéis e sem forma. Semicerrava os olhos enquanto esperava, quase ansiosamente, e no seu rosto havia já um esgar de sofrimento. Elas não o dececionavam; voltavam sempre.

Aquilo foi evoluindo lentamente e um dia não se pôde levantar mais. Para ali ficou no grande *fauteuil* de cabedal, com uma perna dobrada e a outra estendida, olhando a parede fronteira ou a rua, melancolicamente, para além das vidraças da janela. A habituação não foi fácil, nem para ele nem para os que com ele viviam. Tinha sido um homem ativo e bem-humorado. A boa disposição fugira, porém, com a atividade, daquela sala onde o haviam arrumado, por ser mais clara e ter largas janelas, mas que mesmo assim era dotada de muito limitados e estáticos horizontes.

Nos primeiros tempos os amigos apareciam com frequência tornando-lhe menos longas as horas. A pouco e pouco, porém, as suas visitas foram rareando e tornando-se também mais breves. Tinham sempre um assunto urgente a tratar. Todos eles. Era inevitável. Mais ainda, era verdade. Traziam-lhe, no entanto, para se entreter, livros recém-aparecidos, «muito bons, cheios de interesse, vais ver», que se iam amontoando, encetados e logo postos de parte na mesinha ao seu lado, junto do aparelho de rádio.

Os filhos vinham todos os dias e às vezes traziam consigo as mulheres e bebés chorões nas suas alcofas floridas. Mas as noras só falavam de crianças e os filhos tinham um único assunto, o escritório, que ficara por assim dizer abandonado. Se não tomassem conta dele... Bernardo dizia: «Sim, claro, têm razão. O escritório, sem dúvida...»

A verdade é que o escritório deixara de o interessar. Assim. De um dia para o outro. Mas completamente. De resto muitas coisas tinham deixado de o interessar desde que adoecera, e o escritório fazia parte delas. Quando os filhos apareciam para lhe pedir conselho sobre assuntos que consideravam importantes, ele limitava-se a encolher os ombros e a dizer-lhes, com um leve sorriso de quem não acreditava, que tinha absoluta confiança neles e que fizessem como entendessem.

«Devias ajudá-los», disse um dia Augusta, sua mulher, levantando os olhos do *tricot* a que ultimamente se dedicava para lhe fazer companhia. «Estão no princípio da vida, ignoram um certo número de ratoeiras que tu conheces bem. Podem cair nelas.»

«Podem», assentiu ele, abrindo um jornal.

«É tudo o que tens a dizer?» A sua voz ganhara o tom um pouco ácido dos dias maus, um tom que em todo o caso tinha posto de parte, porque era uma mulher caridosa, quando ele adoecera, mas que reencontrava agora para defender os filhos ameaçados pela sua indiferença.

«É», respondeu.

A mulher largou o *tricot* no colo e perguntou:

«Podes explicar-me essa tua atitude? Dir-se-ia que tens qualquer coisa contra nós. Alguém te ofendeu? Alguém tem a culpa do que está a acontecer?»

Bernardo disse-lhe que não, que ninguém tinha a culpa, e ela respondeu como que confortada, em todo o caso aparentemente confortada, ou serenada, que ainda bem. E voltou ao trabalho interrompido.

Agora as dores não chegavam com tanta frequência nem com tanta intensidade, porque ele tomava umas cápsulas cor de mel e umas pílulas, e também todas as manhãs uma injeção. Os dias, porém, eram imensos e a sala onde morava de manhã à noite, cada vez mais reduzida e sem mistério. Conhecia-lhe todos os pormenores que até então lhe haviam passado despercebidos. Era como se as coisas inanimadas se vingassem da sua longa desatenção de trinta anos e o obrigassem agora a olhá-las, a observá-las, depois a afastar o olhar cansado e por fim exausto. Voltava, porém, a elas; não havia outra possibilidade quando a rua o aborrecia e as coisas da rua e até o binóculo que mandara comprar para as ver melhor. Tinha os livros, sim, e os jornais, estes lidos de ponta a ponta ou então atirados raivosamente ao chão, a meio da leitura, naqueles dias que não caminhavam, se detinham esquecidos, se recusavam a seguir em frente. Que lhe interessava a ele, nesses dias, saber se o milionário Kennedy e o proletário Kruschev chegariam a um acordo? De que lhe servia esse acordo? Que rebentassem, isso sim, e que rebentasse tudo incluindo ele próprio e as suas pernas para sempre imóveis.

Nesses dias a mulher também fazia *tricot*, não havia nenhuma razão plausível para que o não fizesse. E fazia-o serenamente como sempre, movendo os lábios ao de leve para contar as malhas, como se rezasse. Também não havia razão nenhuma para que ela não contasse assim as malhas. Nunca havia sido muito faladora – fora mesmo esse, em tempos, um dos seus predicados –, mas aquela desgraça – era assim que Augusta costumava referir-se à doença de Bernardo – dir-se-ia haver-lhe roubado o uso da palavra. Só se lhe ouvia a voz quando se tratava de coisas importantes, coisas que ela considerava importantes, como por exemplo o facto de ele não encaminhar os filhos com os seus conselhos de homem experimentado (os pobres pequenos eram tão honestos que qualquer os enganava!) ou o de às vezes se esquecer de tomar os remédios a horas. O resto do mundo parecia haver desaparecido, e as suas mãos moviam-se agilmente no vácuo, talvez só para provarem a si próprias que existiam. E ela inundava de camisolas e *pull-overs* a família inteira.

Bernardo fechava o livro, atirava o jornal ao chão ou acabava de o ler até ao fim, incluindo os anúncios, e fugia daquela sala tão pequena e atravancada de objetos (ele e o seu *fauteuil*, o sofá, três cadeiras estofadas, a escrivaninha, os quadros), fugia-lhe fechando os olhos. Nunca fora homem dotado de grande imaginação, por isso não conseguia, por mais que se esforçasse, fazer histórias. Tinha que se servir da prata da casa e retomar em mãos coisas já passadas e há muito postas de parte. Aquela corista a quem em tempos pusera casa – um capricho –, a viagem aos Estados Unidos quando um dos motores do avião tinha falhado e a inglesa ao seu lado se pusera aos gritos, os tiros e aquela mulher que quase lhe caíra aos pés, toda em sangue, à porta do hotel da rue Vavin. Coisas assim. Às vezes recuava mais no tempo ou dava mesmo um salto mortal que o deixava a subir o primeiro degrau da felicidade (e de uma prosperidade relativa), ao som da marcha nupcial, de braço dado com Augusta, fresca como uma rosa e arrastando o seu véu. O sogro apresentava-o. E ele apertava em volta, emocionado, mãos com sangue azul (ou azulado) nas veias, e também, de vez em quando, a mão condescendente de um ministro. E todos lhe sorriam afetuosamente, como se o amassem, desejando-lhes as maiores felicidades. O sogro tinha-lhe valido, decerto, com as suas relações (era tudo o que possuía), mas ele fizera fortuna e hoje era um homem rico – um inválido rico, para ser mais preciso. Os filhos, em todo o caso, não ficariam pobres quando ele morresse. Podiam mesmo, por agora, dar-se ao luxo de umas burrices «por honestidade»; só lhes faria bem.

Um dia um amigo visitou-o e falou-lhe, estavam ambos sós, de uma mulher chamada Sofia. As pálpebras de Bernardo bateram ao de leve, perplexas, porque ele sempre afastara de si, por desagradável, qualquer recordação a que essa mulher estivesse ligada, e todos os seus amigos o sabiam e respeitavam tal atitude. Tinha sido casado com ela muitos anos antes, mas isso fora breve e depois cada um deles seguira o seu caminho. E os caminhos de ambos haviam sido tão divergentes que nunca mais se tinham encontrado. Bernardo sempre encarara esse seu primeiro casamento, civil felizmente e precipitado, como um erro da mocidade. O verdadeiro fora o outro, anos depois, com noiva de branco, convidados de categoria e projetos concretizáveis para o futuro. Agora que o amigo lhe falava de Sofia – «Sabes quem encontrei ontem? A Sofia, a tua primeira mulher» –, agora que o amigo lhe falava dela lembrou-se de discussões terríveis, de reconciliações apaixonadas e até da tarde em que ao chegar a casa para jantar a encontrara vazia e sobre a cama, em lugar de destaque, a carta em que a mulher lhe confessava na sua escrita rápida e atabalhoada, com erros de ortografia, ter encontrado finalmente – finalmente! – o amor da sua vida.

«Deve ter tido muitos mais», disse o amigo de Bernardo.

«Foi isso, pelo menos, o que me deu a entender. Uma existência dos diabos. Mas agora está velha e vive sozinha. Com dois gatos.»

«Tenho dificuldade em a imaginar velha», disse Bernardo, pensativo. «É natural. Não a vejo há trinta e muitos anos. Há trinta estou eu casado com a Augusta. Também não a imagino só.»

«Pois eu se te falo na Sofia é porque tenho uma incumbência. Ela pediu-me que te dissesse...»

«O quê?»

«Que gostava de te ver. Que gostava *muito* de te ver.»

«E porque não?», murmurou Bernardo maquinalmente. «Porque não? Isso, de resto, está de acordo com ela», prosseguiu. «Sempre gostou de festas e também de visitar doentes e frequentar enterros. Vem ver o inválido, está certo, vem distraí-lo. Pois que venha.»

«E a Augusta?»

«Que venha na segunda-feira à tarde. É o dia em que a Augusta vai à Baixa. É um velho hábito, ao que parece, mas eu só agora tomei conhecimento dele. Imaginas uma pessoa a ir à Baixa todas as segundas-feiras durante uma vida?»

O amigo saiu e Bernardo galgou as colinas que lhe tapavam a vista e foi parar lá adiante, bem longe, junto de Sofia, na altura em que começava a erguer-se aquele muro entre ambos, invisível e cada dia mais alto e mais espesso. Ela falava (muito), ele falava (pouco) mas não se ouviam um ao outro, só se ouviam a si próprios e não davam por isso. Depois as cenas começaram talvez porque ela chegava tarde (ou por outra razão?) e tinha nessas alturas uma expressão ausente, um pouco misteriosa, de quem está longe e está bem. Um dia não voltou porque encontrara o amor da sua vida, porque julgava, em todo o caso, havê-lo encontrado. Tinham ambos vinte e três anos.

Na segunda-feira à tarde uma senhora de cabelo branco, bem esticado, e chapéu de feltro preto no alto da cabeça, uma senhora velha sem artifícios e isso porque decerto compreendera um dia qualquer que eles já de nada lhe valiam, tocou à campainha com decisão e comunicou à criada que o patrão estava à sua espera.

A rapariga fê-la entrar na sala e fechou a porta. Durante duas horas ouviu a voz forte da recém-chegada e o seu riso alto, entornado. Depois houve uma conversa em voz baixa e a visita saiu.

«Quem esteve cá hoje?», perguntou à noite Augusta, que iniciava um *pull-over* para um dos filhos com lã comprada nessa tarde.

«Uma antiga secretária.»

«Parece que era muito velha», disse a mulher cujo rosto ainda era fresco e rosado.

«Muito», assentiu ele. «Muito, na verdade. Nunca pensei.»

Depois uma semana passou e na segunda-feira seguinte Sofia voltou a tocar a campainha. Desta vez, porém, não vinha só. Acompanhavam-na dois homens, portadores de uma maca. Bernardo já estava preparado e até impaciente. Os enfermeiros pegaram nele e a criada começava a abrir a boca a fim de dar início a um ataque de histerismo, quando Sofia a empurrou para dentro da dispensa e fechou a porta à chave. Depois partiram. Bernardo tinha deixado sobre o aparelho de rádio a sua carta. Escrevera-a na véspera e dizia o seguinte:

Minha querida Augusta:

É costume – sei-o por experiência própria – deixar uma carta de despedida. Como redigir não é o meu forte, espero que me acredites se te disser simplesmente que gosto, como sempre gostei, de ti e dos nossos filhos. Essa verdade indiscutível nada tem a ver (e disso gostaria eu que não duvidasses) com esta atitude que resolvi tomar. A verdade é que me aborrecia terrivelmente. Nunca antes tinha reparado, por absoluta falta de tempo, em como me aborrecia junto de vós. Agora, porém, o tempo sobrou-me e pude compreender tudo isso e o que me esperava de horas de tricot silenciosas e de enfadonhas conversas sobre biberons, *farinhas e escritório. Compreendi também, Augusta, que poucos dias me restam, e dolorosos, e que devo por isso vivê-los, desde que isso vos não prejudique, da maneira mais agradável. Repito que o que faço nada tem a ver com o amor que vos tenho e que permanece inalterável. Levo-os aos três no meu coração. Amanhã escrevo aos nossos filhos uma carta de negócios, como eles gostam. Tenciono fazer as coisas de modo que todos fiquem contentes. Eu de pouco preciso. Basta-me ter o suficiente para me tratar e pagar a minha estadia em casa da pessoa amiga que aceitou receber-me.*
Um grande abraço do teu marido,

Bernardo.

ADELAIDE

«Vão-se rir», dissera nessa altura. A voz mal se lhe ouvia e fitava-o com aquele incerto olhar estrábico, já perdido, já à deriva, que ele não poderia facilmente esquecer. «Vão-se rir», repetira. «É o pior de tudo.»

Seria? Talvez. A verdade é que se tinham rido. Até ele. Não para fazer coro com a multidão mas para se limpar de alguns salpicos de ridículo, que, como não podia deixar de ser, o tinham atingido. «Vão-se rir.» Ainda estava a vê-la e a ouvi-la. Vê-la-ia, ouvi-la--ia ainda durante algum tempo, especada naquele limiar de porta, magrinha e oscilante, como que vergada ao peso dos longos cabelos, ou da mala, ou da dor. Nessa altura ainda ela não tremia nem chorava nem sentia medo. Tudo isso viria depois, misturado com um claro desejo de morrer e um obscuro medo de procurar a morte. Por isso mesmo ele queria que ela se fosse embora, bem depressa, antes que chorasse e tremesse e tivesse medo. Antes disso tudo.

«Vais voltar imediatamente», dissera. «Sem perda de tempo. O teu marido não saberá de nada. Se quiseres podes deixar a mala. Virás por ela noutra ocasião, quando não estiver ninguém em tua casa.»

«Mas eu contei-lhe tudo. Eu... fiz mal, claro. Mas julguei... Tu disseste...»

Não acusava, não sabia. Falava como quem pede desculpa ou até perdão por ter feito tudo ao contrário do que devia. Talvez reconhecesse nos olhos dele outros olhares, da mãe, do pai, das mestras, do marido. Talvez. Eu julguei... Julgara sempre, coitada, a vida inteira.

Sentira vontade de a matar, sim, de a matar, ou pelo menos de lhe bater, de a sacudir, de lhe chamar tudo, de lhe dizer a verdade nua e crua. «Nunca gostei de ti, nunca, ouviste? Disse-te tudo aquilo porque calhou sentar-me ao teu lado, compreendes? COMPREENDES? Acho-te desagradável e estúpida, sobretudo estúpida. Sabes o que isto é, es-tú-pi-da?»

Mas ela talvez já tivesse compreendido, e, depois, para quê feri-la mais? «De qualquer maneira vais-te embora», dissera afinal num tom que procurava tornar persuasivo, o tom com que se fala a uma criança. «O teu marido é bom homem e perdoa-te, verás. Diz-lhe qualquer coisa. Que pelo caminho refletiste, que verificaste que só gostas dele... Qualquer coisa serve nestas alturas. Mas é preciso que não te demores e sobretudo que ele não desconfie de que falaste comigo. Isso, sim, é que é importante. Aqui em frente há uma praça de táxis. Vamos, não percas tempo.»

Ela olhava para ele como quem não compreendia. Mas já tinha esse olhar quinze dias antes, naquela reunião onde a conhecera melhor porque houvera uma cadeira vaga ao seu lado e ele se sentia fatigado para estar de pé. Tinha nessa noite um ar de rapariguinha atrasada. Pouco bonita, pouco elegante e certamente pouco esperta. O marido parecia muito interessado na loira de vestido verde e absolutamente indiferente ao facto de a mulher estar ali, a três metros de distância. Ele começara então a falar e tinham trocado algumas frases banais, sem significado. Depois alguém soltara o nome de Einstein: «É um médico alemão, não é, que descobriu qualquer coisa?», perguntou ela com naturalidade. Tinha resolvido explicar-lhe, de modo acessível, esse qualquer coisa, mas a certa altura ouvira-a dizer: «É muito abstrato, não é?» E desistira. A poetisa ruiva falava alto de um cruzeiro que ia fazer no verão e ele então voltara-se outra vez para ela (ainda não sabia o seu nome – «Desculpe mas como se chama você?» – «Adelaide»), voltara-se para ela e perguntara-lhe se gostava de viajar.

«Gosta de viajar, Adelaide?»

Tinha corado um pouco, envergonhada talvez das próprias limitações ou da mediocridade da sua vida.

«A bem dizer, não sei. Nunca saí daqui. Suponho que deve ser agradável. E adorava viajar. Sabe o que gostava imenso de conhecer, o meu sonho?»

«As ilhas dos mares do sul?»

Tinha-o olhado, boquiaberta.

«Meu Deus, como adivinhou?»

«Gosto de si, Adelaide. Gostava de ir consigo a Kauai.»

Porque dissera aquilo? Porque o marido estava ali a fazer a corte a outra mulher? Porque ela tinha tudo da presa fácil? Porque tivera pena da sua solidão? Sim, por tudo isso, mas principalmente porque houvera uma cadeira vazia ao seu lado.

Ela voltara-se, fitava-o boquiaberta. Ignorava que devia rir, fingir que não acreditava, entrar, enfim, no jogo. Que devia dizer-lhe: «Sinceramente? Mas isso é formidável. E eu que não sabia, e eu que tenho vivido na ignorância! Você perdoa-me, não perdoa?» Ou então atingir a perfeição de dizer alto, ao marido: «Querido, prepara-te para um choque. Acabam de me fazer uma declaração de amor. Estou indecisa, que dizes?» E haveria risos e seria extremamente engraçado.

Ela, porém, não sabia. Fazia uma vida muito retirada e o marido fora buscá-la à província; não conhecia, pois, esses jogos elegantes. A mãe era tão burguesa que ignorava que o era, que ignorava mesmo o que era ser burguesa. Por isso tudo ela o fitava boquiaberta.

«O quê? O que foi que disse? Está a brincar, não é verdade?»

Ele então, ao vê-la assim, tão vulnerável ao seu lado, julgara que sim, que era verdade, que gostava dela, que ela era a mulher da sua vida, apesar de Einstein e dos mares do sul. Dissera-lhe então muitas coisas, coisas tão loucas que nenhuma mulher iria acreditar totalmente nelas. Nenhuma mulher à exceção de Adelaide.

Repetira-lhas no dia seguinte e no outro e no outro ainda pelo telefone. Ela escutava-o em silêncio, do outro lado do fio. Às vezes perguntava: «Mas é verdade? Jura-me que é verdade?»

Depois um dia, nesse dia, aparecera-lhe em casa, de mala na mão. Tinha sido um momento difícil.

«Vim. Não era isso que querias? Não disseste que gostarias de ir comigo... para onde era?»

Sabia lá! Para os mares do sul talvez. Com ela nem valia a pena procurar a verosimilhança. Era atirar-se de cabeça. Fora isso, pois, os mares do sul.

«Suponho que não terás dito nada ao teu marido?», perguntara com aspereza.

«Disse, claro.»

Claro. Já não sabia de que palavras se tinha servido. Fora talvez cruel mas nessa altura nem sabia que o era. Tinha-lhe dito tudo o que ainda não lhe dissera. Ela não o compreendia muito bem, estava-se a ver. Ficara especada na sua frente e só então ele reparara que ela ainda não tinha saído do mesmo sítio, no limiar da porta.

«Estás a brincar comigo», arriscara amedrontada. «Queres assustar-me... Porquê?»

Ele não lhe respondera e ela tinha compreendido então. «É verdade», dissera.

Não tinha havido uma recriminação, um lamento, uma lágrima a molhar-lhe a voz. Parecia outra mulher e era isso que ele dificilmente podia perdoar-lhe.

Vira-a dobrar-se um pouco, pegar na mala, vergar outra vez ao seu peso – ao seu peso? –, depois vira-a voltar-se e sair, digna e sem palavras. A porta batera e ele tinha ido à janela e encostara--se à vidraça para a ver sair. Avistara-a a atravessar a rua, devagar, sem olhar para os automóveis; vira-a pousar a mala como que para tomar fôlego e depois começar a descer pelo passeio fora, perdendo-se na multidão. Uma formiga num formigueiro, eis o que ela era. Uma pobre formiga carregada com os seus haveres mas sem buraco para onde ir. Por isso caminhava tão devagar, por isso não chamava nenhum dos táxis que passavam por ela. Não tinha morada para lhes dar.

Sentira uma coisa esquisita na garganta e precisara de que alguém lhe dissesse que fizera bem, que alguém lhe desse razão. Os amigos tinham-lha dado toda. E ele então começara a rir e a achar a coisa ridícula. Mas o ridículo tinha-se gasto quando todos tinham rido o bastante e ele então vira as imagens nítidas, a dela e a sua, e começara a ter remorsos. Remorsos naturalmente leves. E que seriam, claro está, passageiros.